dtv

»Sie, die nach einem furchtbaren Wort vor ihm zurückweicht, von Angesicht zu Angesicht von diesem Unfaßbaren sich entfernt, als müsse sie von nun an vor Entsetzen bis ans Ende ihrer Tage rückwärts von ihm fortgehen.«

In den hellsichtigen Geschichten, Wahrnehmungen und Fabeln von Botho Strauß geht es immer um diesen einen, einzigen Augenblick, in dem sich das Leben ändert, die Liebe sich auflöst, die scheinbar stabilen Zusammenhänge verschwimmen. Unter dem Vergrößerungsglas seines physiognomischen Blicks wird dieser Augenblick festgehalten. Das hat zumeist unheimliche Konsequenzen. Denn wenn es auch von außen so aussieht, als würden »die Sinne sich wieder aufrichten wie Gras, das man eine Zeitlang niedergetrampelt hat«, so bleiben doch winzige Narben zurück, die sich zu seelischen Katastrophen addieren.

Botho Strauß, 1944 in Naumburg/Saale geboren, war als Redakteur bei der Zeitschrift ›Theater heute‹ und als Dramaturg an der Schaubühne am Halleschen Ufer in Berlin tätig. Sein Werk wurde mit zahlreichen Preisen ausgezeichnet, u. a. mit dem Jean-Paul-Preis und dem Georg-Büchner-Preis. Zuletzt erschienen ›Lichter des Toren. Der Idiot und seine Zeit‹, ›Allein mit allen‹ sowie ›Herkunft‹. Neben zahlreichen Prosatexten sind bei dtv Theaterstücke in Einzelausgaben und in vier Sammelbänden lieferbar. Botho Strauß lebt in Berlin.

Botho Strauß

Die Fabeln von der Begegnung

dtv

Ausführliche Informationen
über unsere Autoren und Bücher
www.dtv.de

MIX
Papier aus verantwortungsvollen Quellen
FSC® C019821

2015 dtv Verlagsgesellschaft mbH & Co. KG, München
Lizenzausgabe mit Genehmigung des Carl Hanser Verlag

Umschlagkonzept: Balk & Brumshagen
Umschlaggestaltung nach einem Entwurf
von Peter-Andreas Hassiepen unter Verwendung
des Bildes ›Emma (5)‹ (1991) von Julião Sarmento
(Collection Hirshhorn Museum and Sculpture Garden,
Washington D. C. USA. Foto: José Manuel Costa Alves)
Satz: Satz für Satz. Barbara Reischmann, Leutkirch
Druck und Bindung: Druckerei C.H.Beck, Nördlingen
Gedruckt auf säurefreiem, chlorfrei gebleichtem Papier
Printed in Germany · ISBN 978-3-423-14422-3

Leeres Kino, lichte Leinwand, bildlose Standprojektion. Eine Frau allein in mittlerer Reihe, in ihrem Rükken rechts und links die beiden Einflüsterer des Films. Zwei Männer, die der leeren Leinwand eine verwegene Geschichte unterlegen. Sie ergänzen sich im rhythmischen Wechsel und beschreiben der Frau in Schnitten und Sequenzen genau den Film, den sie nicht sehen kann. Nur geschildert, verführen sie in eine unentrinnbare Handlung, bezwingen mit Bildern nur in Worten – Bildern, die man niemals zeigen könnte, ohne auf den Glamour von Mehrdeutigkeit zu verzichten, der nur gut gewählte Worte umgibt.

Es ist gewiß nicht leicht, als Frau allein in einem fast leeren Kino zu sitzen, ein Film ist nicht zu sehen, doch zwei Männer flüstern ihn immer atemloser in ihr Ohr, beschwören Einstellung um Einstellung ein Filmkunstwerk herauf, so ergreifend und so anschaulich, daß der Beflüsterten am Ende ist, als habe dieser Film sie derart geblendet, daß sie ihn nicht sehen konnte.

*

»Hören Sie meine Erzählung, bevor Sie sich weiter entkleiden!« rief der Gast, als die Frau seines Wohltäters ihn heimlich auf seinem Zimmer besuchte.

»Potiphars Weib ist deshalb so unerträglich, weil sie nicht aufgibt. Tag für Tag bedrängt sie den keuschen Joseph, und nur ein halbes Stündchen erbettelt sie für das Beilager, dann nur ein paar zärtliche Minuten, dann nur einen Hauch, einen Stich, ganz schnell, wie nicht gewesen. Beim nächsten Mal wird sie schon ungestüm, stürzt durch die Tür, greift ihn beim Rock und zerrt ihn an sich. Komm jetzt, laß uns endlich lieben, laß es uns hinter uns bringen. Es wird ohnedies geschehen. Ob heut oder morgen, warum nicht jetzt?

O nein, erwidert Joseph, das ist nichts für mich. Ich habe zwar Lust, aber ich tue es nicht.

Ah, du verschmähst mich nicht?!

Und er hätte sich am liebsten mit ihr eingelassen.

Ich achte deine Haltung, sagte das Weib des Pharaos, aber ich lasse nicht locker. Heute noch!

Doch Joseph ließ sich nicht erweichen.

Das nächste Mal sagte Potiphars Weib: Es ist so gut wie geschehen zwischen uns. Es gibt kein Zurück mehr. Nimm mich.

Nein. Das ist nichts für mich.

So beständig blieb Joseph.

Ich tue es nicht, selbst wenn du mir einredest, ich hätte es längst getan.

Zum Schluß also sitzen sie still beieinander, und als ob sie Rosenkränze betete, wiederholt, immer müder werdend, die Frau des Potiphar: Und ich kriege dich doch und ich kriege dich doch. So murmelte sie fort und fort und schlief endlich an seiner Schulter ein.«

»Und ich kriege dich doch. Und ich kriege dich doch«, übernahm die Frau seines Wohltäters die Litanei. Nackt stand sie vor ihm, von keiner Pose bekleidet – und fühlte sich bis auf die Knochen unbegehrt.

In der Hoffnung, seinem Erzählen sei zuletzt doch

ein wenig Fluch- und Bannkraft verliehen, griff er eine weitere Mythe auf und wendete sie gegen die aufdringliche Gattin. Und tatsächlich gelang es ihm, sie mit einem (von ihm derb ausgeschmückten) Ovid-Vers zurückzuhalten.

»Mögen Sie eines Tages ihr eigenes Fleisch nicht mehr spüren! Möge sich an Ihrer blassen Haut vollziehen, was einst der Dryope widerfuhr, als sie zum Lotosbaum verwuchs. Angewurzelt stand sie auf einmal, konnte nur mehr das Oberteil wenden und wiegen. *Allmählich von unten / wuchs die Rinde ihr zäh und umschloß ihr gänzlich die Weichen.* So wird es auch Ihnen ergehen. Eines Tages greifen Sie sich ins Haar und greifen nur Laub. Sie fassen sich an den sinnlichen Mund und pflücken kleine grüne Blattwanzen von den Lippen. Wie es dem Verstümmelten zuckt im fehlenden Arm, sobald das Wetter wechselt, so zuckt dann Ihr Geschlecht, das Sie nicht mehr besitzen und wo nur noch Borke ist.«

Sie verbarg ihm die Brüste. Sie quetschte die Ballen unter die verschränkten Arme. Es blieb ihr nichts, als sich selbst zu umklammern, sich zusammenzufassen in der Zwangsjacke der eigenen Arme, niederhockend an kalter Zimmerwand, verwischte Wimperntusche, als wäre das Auge nur ein Leck ihrer schwarzen Seele.

*

Das menschliche Gedränge … auf engem Raum zu viele! Vor einem Einlaß sich stauende Menge – Flugzeug, Stadion, Apple Store, Essensausgabe. So ließe sich der Haufe immer derselben Gedrängten auf dem Weg vom Luxus zur Not verfolgen. Und immer mittendrin die geschiedene Frau mit dem weißblonden struppigen Kurzhaar, die ihren Kopf rückwärtssprechend nur leicht nach rechts wendete, denn knapp hinter ihr, wie immer, stand der ehemalige Lokalreporter mit seiner alten Sporttasche voller Habseligkeiten, deren Träger von Mal zu Mal leichter von seiner magernden Schulter rutschte. Still stand er in der Masse und fühlte sich ununterschieden. An ihn richtete sie die Worte: »Wir haben uns immer irgendwo anstellen müssen. Und sind doch in unserer Begegnung nie über das enge Beieinander im menschlichen Gedränge hinausgekommen.«

»Sie haben recht«, antwortete der entlassene Reporter. »Aber ich genieße es. Würde ich Sie einmal willentlich berühren, anstatt an Sie gedrückt zu werden im Haufen, wäre alles entschieden zwischen uns. Die Sache nähme ihren gewöhnlichen Verlauf. Sie würden dann das nächste Mal zu Hause bleiben und ich müßte allein für uns beide anstehen.«

Auch wenn sie daran gehindert waren, ihren Weg fortzusetzen, fühlten sie sich nicht bedroht. Niemand rempelte sie an, keiner trat ihnen auf die Füße, die beiden Strömungen der Menge, der Habgierigen und der Bedürftigen, hatten sich ineinandergeschlungen, gestaut, nichts bewegte sich mehr, alle standen fest. Im Stillstand kamen den beiden einige noch unerprobte Gedanken, die alle auf ein Lob des Stillstands zielten.

*

Die lachende Nymphe in ihrem schwarzen einteiligen Badeanzug lag ausgestreckt auf ihrer Hüfte, der Oberkörper ein wenig aufgerichtet, gestützt vom gewinkelten Arm, die Schläfe auf die Faust gedrückt, der Ellbogen im Sand, an dem die flache Welle leckte. Ihr Kopf blieb in den Nacken gehoben, so daß die Spitzen ihres langen schwarzen Haars mit dem Wasser strudelten, und auf dem Haarfall erschien nun deutlich eine Halogenschrift, wie sie zur Weihnacht vor Juwelier-Geschäften auf den Bürgersteig gestrahlt wird – in gestürzter Zeile stand über ihrem Haar der Satz, den auszusprechen ihr schwappendes Lachen verhinderte: *Ich kann dir nicht sagen, wie glücklich ich bin!*

Im Gegensatz zu dir, erwiderte ich, deren Kehle und Mähne die Wellen sanft bewegen, bin ich der Tropfen an der Felsnase, ein Spritzer vom Meer, der bis zur vorspringenden Klippe gelangte und dort hängen blieb. Und dieser kleine Tropfen füllt sich und fällt bald wieder zurück in die ununterscheidbare und wogende Masse des Elements. Solange ich hier oben hänge, frisch und zu wie eine Perle, und langsam schwerer werde, bin ich das Meer in seiner kleinsten Größe.

Gibt es denn gar keine andere Möglichkeit für dich, als zu fallen? fragte die glückliche Nymphe.

Ich könnte eine Fingerspitze überschwemmen, die mich berühren will, statt abzustürzen in das All aller Auflösung. Ein Tropfen bleibt nirgendwo ewig hängen. Er verdunstet, oder er löst sich und fällt.

Aber unten im Meer bist du nichts und nie etwas gewesen.

Oh, ich bin dort unten viel mehr als einsam hängen geblieben hier oben. Hier spiegele ich allenfalls sehr winzig eine Nymphe wider, während ich unten einberaumt ein Teilchen jener Woge bin, die so ein Mädchen ganz umrundet und es überall berührt.

Ich werde dich vorsichtig mit der Fingerkuppe abnehmen und auf meine Haut setzen. Dann kannst du kullern, wohin du willst.

Ich bin salzig, und du bist längst keine echte Nymphe mehr, sondern nur noch eine Badenixe. Du würdest mich mit der nächsten Dusche vernichten.

Aber du könntest erst einmal auf meiner Haut rollen und rinnen, wohin du willst.

Ich warte lieber, bis ich runder und schwerer bin, und falle dann ins All zurück. Auflösung in Allem, mußt du wissen, ist weitaus lustvoller, als an irgendeinem Talghügelchen auf noch so geschmeidiger Haut zu stranden.

Na, dann sieh zu, wo du bleibst!

*

Ihre Hängetasche gebeult und gebaucht. Dies und das, sie liest es auf vom Boden, steckt's in die Tasche, Sammlerin, Jean-Pauline ... Man hat Fundstücke, die man um und um dreht, ohne sie recht zuordnen zu können; so wie der fränkische Dichter auf seinen Gängen immerzu etwas vom Boden hob, nach Hause mitnahm, aufbewahrte. Irgendwann würde die kleine isolierte Merkwürdigkeit in der funkelnden Kette eines *Zusammenhangs* verschwinden.

Als ich ihn wiederfand ... auch so eine Urfabel. Da geht ihr der Liebste verloren, verschwindet im Dschungel der geschäftigen Welt. Sie macht sich auf die Suche, läßt nicht nach – und irgendwo findet sie ihn. Er wendet sich um nach ihrem Ruf, er steht still, er sieht sie wieder.

Suche, was du findest. (Erschließe aus Gefundenem dein Suchen, das dir verborgen blieb.)

Den alten Plunder, in dem schon oft das Begreifen wühlte, das Altbekannte vielleicht noch einmal begreifen, vielleicht etwas langsamer als beim ersten Mal. Dies und das noch versiegelt finden, sieh an, und es erstmals aufbrechen, ha, war gar nicht altbekannt, kannten wir gar nicht, die Wahrheit zu sagen, was Übersehenes liegt da vor, verschloß sich uns bis jetzt ...

Das Verlorene steht auf, das Liegengelassene rebelliert, es will zurück in den Verkehr, zurück an den Tag – es erhebt sich wie die Gefangenen in unterirdischen Verliesen und Kanälen, Aufständische, die an den Gitterstäben der Gullys rütteln und manchmal zwischen den Stäben eine dürre Hand hervorstrecken, einen eiligen Fußgänger am Hosenbein packen und schreien: Hol mich herauf, Schurke von heute, zieh mich aus der Erde!

Im Morgengrauen aber stolziert eine ungefreite Dirne, Rotlicht-Fee, Geist, der verlieren läßt, auf Pfennigabsätzen von einem Abfluß zum nächsten und hackt sie in die ums Gitter verkrampften Hände. Kurz darauf hört man markerschütternde Schreie. Und schnell stürzt so ein wiederaufgetauchtes Geschöpf in die Tiefe. Stürzt das Verlorene in endgültige Verlorenheit.

*

Von ihr nur ... was sie mit eigener Hand zerknüllte. Ein Papier, von dem er sich erhoffte einige nachträgliche Zeilen von ihr. Jedoch das hastige Entfalten des wie verächtlich – gerade das ihre Botschaft? –, vielleicht aber nur achtlos verworfenen Fetzens mußte ihn enttäuschen, es stand nichts darauf. Er zählte die Knicke und Falten des von ihrer Hand gepreßten Bällchens Papier, des aus ihrer Faust entlassenen, hingeschmissenen Köders mit Null-Nachricht für ihn – oder vielmehr der Nachricht, daß er ihr keiner wert sei. Aber Nachricht genug lag schließlich in der Geste, ihn zu täuschen, zu foppen, ihn sich bücken zu lassen nach einem von ihrer Hand gedrückten, sonst aber wertlosen Zettel, so daß er in diesem Augenblick am liebsten ein ihr unbekannter Bürger gewesen wäre, der nach der Weisung »Haltet unsere Stadt sauber!« sie vermahnt hätte, ihren Unrat nicht auf die Straße fallen zu lassen, sondern ihn ordnungsgemäß in einem Abfallkorb zu entsorgen. Und tatsächlich schlich er fortan in gierigen Gängen durch die Stadt, jemand, der überall Ordnungsverstöße aufspürte und sich, man kann nicht sagen: freiwillig, vielmehr geradezu manisch in den Dienst der städtischen Sauberkeit stellte.

*

Frau Beyond oder, mit Kosenamen, Beyondie, die weiß, daß hinter allem noch etwas andres steckt. Eins ist, was einer so sagt, ein anderes, was dahintersteckt. Zum Beispiel Liebende benutzen überhaupt nur Paßworte, mit denen sie einander als zugehörig und ungefährlich, mit denen einer als des anderen Eingeweihter sich zu erkennen gibt. Oder was die Wissenschaft so weiß, und was jenseits vom sicheren Wissen sich sonst noch rührt, das läßt nur die wenigsten nachts nicht schlafen. Auch die vielen Redewendungen, hinter denen etwas steckt, auf das man nicht gleich kommt. Wenn jemand sagt: der hat eine Schwester und die hat eine Mühle und also hat er immer Brot, liegt's beinah glatt auf der Hand: weder heißt Schwester Schwester noch Mühle Mühle sowenig wie Brot Brot, sondern es handelt sich um eine verklausulierte Botschaft über ein Rauschmittelgeschäft.

Jetzt aber steht sie vor verschlossener Tür!

Dahinter die törichte Tochter, die sich einschloß, weil sie sich die Mutter vom Leib halten will. Beyondie nun zärtlich, wütend, verzweifelt, schreiend, flüsternd, fordernd, Abbitte leistend, alles verfluchend, tief demütig, ja kriechend auf und ab vor der Tür. Die Tür küssend, die Tür rüttelnd. Sich an sie schmiegend wie an den Körper der Tochter. Die Klinke abreißend und gegen das Türblatt schlagend. Mit Fingerkrallen über den Lack schabend, sanft wie über den Rücken der Tochter, bis sich ihr die Haare wohlig sträuben. Und schreit und heult: Ich versteh kein Deutsch! Ich kann kein Deutsch. Verklausuliert scheint jeder Satz, den sie hört auf deutsch. Verklausuliert wie die Tochter jenseits der Tür.

*

Eine zierliche ältere Dame befand sich mit ihrer Gesellschafterin, einer verarmten Gastwirtstochter, die einer täglich frischen Unentschiedenheit ihrer geschlechtlichen Neigung wegen keine andere Bindung einging, in einer geradezu unaufhörlichen Unterhaltung. Fest umschlossen von Gespräch, durchschritten beide das »Gewühl« der Straße und den zeitlichen Schutt, den Nah und Fern ihnen vor die Füße kippten. Einmal wurde der Begriff vom »falschen Zungenschlag«, ein andermal der »von der uneinschätzbaren Hilflosigkeit der eigenen Person« ausführlich erörtert. Dabei übertrafen sie einander mit derart kühlen und spitzen Unterscheidungen, daß keine von beiden die Beleidigung, die die eine gegen die andere in Begriffe versteckte, im geringsten bemerkte.

*

Ein ehemals blonder, sorgenvoller Mann stand vor einer erblondeten, jedoch frohen Frau.

»Ich –« sagten sie gleichzeitig und stockten, um höflich einer dem anderen das Wort zu überlassen. »Bitte, du zuerst!« Und sie sagte: »Ich liebe dich.« Er indessen, an zweiter Stelle, brachte denselben Satz, den er in der Gleichzeitigkeit schon auf den Lippen hatte, nicht mehr heraus.

*

Unbescheidene Fülle einer Bescheidenen. Bei aller Strenge ihres eingezogenen Lebens blieb unabschnürbar ihr großer Leib. Nur schwer vertrugen sich die ausgeübte Demut und Entbehrung mit der üppigen Figur, Vestalin im Fleische eines Vamps! Pepitahose voll Gesäß. Unpassend wie das Innere zum Äußeren trug sie zum gepunkteten Muster der Hose den quergestreiften Pulli, pink und weiße Bänder wechselten. Vor der Verlockung der Figur warnte die Schrecktracht von schlechtem Geschmack. Die Wahl der Garderobe widerrief den schönen Körper. Es war dieser mit natürlichsten Vorteilen verwöhnten Frau zur zweiten Natur geworden, sich besonders unvorteilhaft zu kleiden.

Ihr Aufblick mit Handschaufel und Kehrbürste, in der Hocke, denn sie säuberte ihre Ecke und sah dabei vorsichtig rückwärts in die Höhe. Und vorsichtig antwortete sie der Stimme, die sie prüfend nach dem Sinn der Ecke fragte, in der sie hauste, dem Sinn ihres Tuns, der Sparsamkeit, der Selbsterniedrigung. Die Mindere, die Mollige. Gehänselte des Raums. Verstoßene ihrer vier Wände. Sogar die Tür riß ihren Rachen auf und wollte sie wegschnappen.

Gevierteilt von Wünschen, gefoltert von Reue, Wunden des Verzichts, geschieden lebte sie abgeschieden. Sie war sich selbst, wie der Dichter sagt, »eine Eisenraspel, die das Herz aufschürft«.

Verbrüllte Klause. Wände, die von Schreien modrig rochen.

Ein Stuhl vor dem entkräfteten Fenster, ein Bündel schmutziger Wäsche ums Stuhlbein gebunden. Von einem Unbekleideten diese Abwesenheit. Auch das Herz braucht, um alles zu geben, seine Einsiedelei, nur zwei Kammern.

Und wie sie an ihr hingen! Sonntags trug sie ihr steifes Silbergraues, glatt und geschlossen. Da kamen Hände, die sie von hinten, aus dem Dunkel der Jahre umfassten. Hände des Kinds hielten ihr die Augen zu. Hände des Mannes griffen ihre Brüste. Hände der greisen Mutter lagen gefaltet in ihrem Schoß.

Die Büßerin sah darauf, daß sie niemals unverschmutzte Nahrung zu sich nahm. Der angebissene Apfel wurde in den Staub gedrückt. Dann weitergegessen. Darauf wurde der Apfel mit dem Fuß am Boden zerquetscht. Weitergegessen.

So wie es die einzige Sorge der Hl. Isidora war, immer verachtet zu werden. Deshalb trug sie Lumpen um den Kopf, nährte sich von Brotkrumen, die sie mit einem Schwamm vom Boden saugte, und trank Spülwasser. Aus Liebe zur Demut und Selbsterniedrigung gab sie vor, verrückt und besessen zu sein, eine heilige Simulantin. Idiotin und Messie-Frau.

Eingemauert in Schönheit. Eingemauert in Entsetzen. Nichts wird je stattgefunden haben. Das Allzugleich atmet tief und ruhig. Nichts fand statt. Alles stand und wiegte sich in seiner Gegebenheit.

Berge mit lachenden Klüften und Berge mit Leichenbittermiene. Inwendig mit der Kraft einer Vortriebsmaschine schält sie den Tunnel in den Fels. Man muß den Bergdruck kennen!

Sie duldete, daß sie von der Stimme, die ihr den Frevel der Scheidung aus jeder Kammerecke vorhielt, gezüchtigt wurde. Sie schickte sich, wie eine nachsitzende Schülerin ihre Strafarbeit zu schreiben: »Warum ich eine blendende Erscheinung und daher eine elende Lügnerin bin.« Oder: »Warum ich von innen hohl bis unter die Außenhaut bin.«

Sie schrieb unter Tränen und in großer Selbstverleugnung. Es verlangte sie, je länger sie schrieb, nach immer mehr Strafe, immer strengerer Züchtigung durch Selbstanklage. Aber sie vergaß einige Fehler, die sie hatte, oder kannte sie gar nicht. Sie ertappte sich dabei, daß sie sich wiederholte und sich mehrmals für dieselben Fehler geißelte. In ihrem Drang nach mehr und mehr Buße begann sie Fehler zu erfinden, die sie gar nicht besaß. Das bemerkte wiederum die Stimme, da sie die Reumütige besser kannte als diese sich selbst. Sie bezichtigte sie aufs neue der Lüge und erklärte ihr Bußetun für null und nichtig. Sie zeigte aber insofern ein Einsehen, als sie nun ihrerseits eine Fülle von Fehlern aufzählte, die die Beschuldigte bei sich nie vermutet hätte. Unter dieser schonungslosen Verurteilung richtete sie sich langsam auf. Ungläubig hörte sie, was alles an Versehen und Vergehen, die sie sich angeblich geleistet hatte, die unerbittliche Stimme wie nach jahrelangem Stau hervorsprudelte – alles und jedes hatte sie sich gemerkt, hatte sie verzeichnet in ihrem kalten Herzen, und noch das geringste Versetzen einer Topfpflanze an die falsche Stelle! Fehler, schrie die Stimme, Fehler über Fehler!

Nun ergriff die Abgeschiedene ein tiefes Entsetzen vor dem Bild, das die Stimme von ihr besaß und alle Zeit vor ihr verborgen hatte, und sie rannte, ihr Verlangen nach Buße jählings auf Vergeltung umstellend, Hals über Kopf aus ihrer Klause.

Die Flüchtige. Über den breiten Menschenstrom am Feierabend stieg ein Gesicht, aufgeweht wie ein Drachen im Herbst, Gesicht aus Abendschein, das ihr einmal das liebste war.

Und er erkannte sie aus den Lüften und sah sie wieder.

Zitternd im dünnen Dunst, welch ein kolossales Lippenpaar, Lippenkolosse, flüsternde, weit geschwungen über den ganzen Horizont! Gnadenreiche, die uns soufflieren, den vergeßlichen Menschen, den Unbedarften und Enttäuschten, den Verworrenen und Bestürzten, vorsprechen, was sie jetzt – gerade eben – noch sagen sollen!

*

Auf meinem weitläufigen Gelände, nahe den ehemaligen Ställen, erblickte ich eine unbekannte ältere Frau, die hinter einem umgestürzten, fahruntüchtigen Lkw hervortrat. Um uns war es traurig und trüb. Seit langem verbrachte ich meine Tage ohne Gesellschaft auf meinem unübersichtlichen Anwesen, das an den Rändern und vielen anderen Stellen zu verfallen und wüst zu werden drohte. Zur Landstraße führte ein ausgekolktes, zerspaltenes Kopfsteinpflaster durch eine nordöstliche Lücke im Vierkantgehöft. Dort stand sie im dunklen Arbeitskittel wie eine unerlöste Wiedergängerin aus den Tagen, da auf dem Vorwerk noch viele Bedienstete und Arbeiter wohnten. Sie hielt einen kleinen Forsythienzweig in der Hand, hielt ihn aber mit verdrehtem Gelenk nach hinten, so daß es an die verhohlene Zigarette des Arbeiters erinnerte, einst, wenn er mit dem Gutsherrn sprach. Soviel ich erkennen konnte, hatte sie ein gedunsenes, fast ein wenig gequetschtes Gesicht. Ich nahm an, daß sie irgendwo in den Gebäuderuinen Unterschlupf gefunden und sich einquartiert hatte, in der Hoffnung, daß ich sie nicht bemerken würde. Es waren also die vielfach so genannten menschenunwürdigen Umstände, unter denen sie auf meinem Hof hauste. Ich erwog, ihr ein Zimmer unten im Haupthaus einzurichten. Dachte dann aber, es wäre vielleicht besser, wenn wir uns in nächster Zeit noch einige weitere Male auf dem Gelände begegneten, bevor es dann irgendwann zu einem ersten Wortwechsel käme und man weitersehen würde.

Während ich reglos und in einiger Entfernung ihr gegenüberstand, gab auf einmal die Stunde nach, und ich hörte wie in einem Rausch »die alten Tage wiederkommen«. Mein Herzklopfen wurde zu Hufschlag, eine Reiterschar stürmte über den Hügel, goldenen Staub aufwirbelnd, die große Schwadron unschuldiger Tage, die da zurückströmte, mich zu überwältigen mit den verworrenen Gelüsten der Frühe, den Vor-Lieben zur ersten Liebe, den jungen Erkenntnisschaudern, dem Goldrot des Findens und Entdeckens, den aberwitzigsten Beweggründen! Es schien sich mein innerster *Inhalt* über mich zu ergießen ... Revue aus reitenden Boten, von denen jeder begeisterte Nachricht brachte, schnelle Schar, Ritt von trommelnder Ungeduld und rastloser Neugier, galoppierende Stunden, doch bald sich wieder entfernend, leiser, schwächer werdend. Ja, sie entfernte sich schon wieder, die Reiterschar, Abmarsch der frühen Tage. Fackeln in der beginnenden Dämmerung, Lichterkette Erster Male.

Bestürzt von Überkommenem, ein Überkommnis war's, ging ich rückwärts auf der breiten Einfahrt zu meinem Haus. Zurückweichend unter dem Baumkronengewölbe, entfernte ich mich auch von der Unbekannten, die immer noch unverwandt vor dem zerstörten Lastwagen stand, und erkannte sie nun: dunkle Amme an meiner späten Wiege. Ich spürte, wie sich hinter mir der Weg mit Büschen und Gestrüpp verschloß, als ob er mit jedem meiner Schritte fester verwilderte. Während ich nach vorne ausschaute in die breite offene Fährte, drang ich mit dem Rücken tiefer ins dichte Zweigwerk vor, in Wald, wie er war, vor dem Schneisenschlag, der Wegbahnung, der Lichtung.

*

Ein Psalmwort auslegend arbeiten Mann und Frau, ein Seelsorger-Paar, gemeinsam an der Bußtagpredigt. Er schlägt vor, den Vergleich mit dem »geistigen Bergmann« heranzuziehen und dabei das Wort *abteufen* zu benutzen. »Sein Name sei herrlicher denn einige Vernunft könne abteufen.« Sie prüft den Wortlaut, »abteufen«, und antwortet mißfällig: »Sagt mir erst einmal gar nichts.«

»Abteufen, Grubendeutsch, soviel wie einen Schacht in die Tiefe treiben. Ausgründen.«

Er wiederum kritisch, stirnrunzelnd gegenüber allen Vorschlägen, die von ihr kommen. Sie unbeherrscht: »Bei dir läuft alles über Sympathie. Du bist gar kein guter Prediger. Die Leute finden dich bloß gut aussehend. Nur deshalb kommen sie.«

»Na ja«, antwortet er und weiß, daß das nicht

stimmt. Sie, in die Enge getrieben, reif für einen Ausbruch. Seine störrische Frage: pastoral oder Tageskommentar. Deutung oder Orientierung. Erlöserworte oder Schöpfungsauftrag. »Da gibt's keinen Gegensatz!« Sie weltnah, gespürig, zeitbezogen. Er mit wachsender Neigung zu Unduldsamkeit und Intoleranz. Zwei, die sich gegenseitig am Zeug flicken, Prinzipien prallen aufeinander, bis im Wortgefecht schließlich einer den anderen zum Werkzeug des Versuchers erklärt. Bedrohung durch Fanatismus. Bedrohung durch Zeitgeist. Welle der Entfernung. Sendungsbewußtsein in der Isolation, Flüche in der Besenkammer. Der Düstere zu Haus, der Geschmeidige, Freundliche draußen mit anderen. Sie eines Nachts auftauchend aus dem Hintergrund wie ein großer aufgeplusterter Vogel im Halbweltglanz, schwarze Leggins, weißer Pelz um die Schulter. Häusliches Drama, zügig verwildernd.

Ihre Wut nicht blind, sondern lauernd, ihr Angriff stumm. Er hebt sein Handy ans Ohr, sie reißt es ihm aus der Hand und schleudert es gegen die Tür. Er greift zum Heiligen Buch, sie tritt es ihm aus den Fingern. Er nimmt sein Weinglas, sie haut es ihm aus dem Genießergriff, sie fegt ihm alles aus den Händen, ohne ein Wort. Er soll nichts in den Händen haben. Das dient ihm doch nur zur Erleichterung, zur Ablenkung von ihr. Er weiß ja nicht, wohin mit seinen Händen. Undicht wird zuletzt der enge Raum. Das Kammerspiel bekommt ein Leck, die Straße rinnt ins Zimmer. Markt und Gassen spülen unbekanntes Personal herein. Der Chorus zersetzt den Agon.

*

»Alle Türen, alle Fenster auf!« ruft der Mann ins fahle Vorstadtgrau, zurück vom Begräbnis seines besten Freunds, und hundert Fenster, Türen, Nischen werden hell, wie auf einem Adventskalender am Heiligen Abend, und überall sind Menschen, Freunde, Bauarbeiter, Kinder und Zirkusleute unterwegs. Sie streiten sich, sie rufen einander zu wie auf dem Hinterhof zur Nachkriegszeit, sie kleiden sich an, sie werfen Pakete, sie tun Verbotenes, lesen Schuldpapiere, flicken ein Fallrohr, schrubben den Fensterrahmen, winken und beten. In den Umrissen der Beschäftigten verborgen zwei Liebende. Ein Suchbild.

*

Aus unerfindlichen Gründen zog es den Lastwagen, der einige Dutzend Flüchtlinge auf der offenen Ladefläche transportierte, über den Straßenrand, und die Leute vom anderen Ufer erlebten in langsamen Sekunden, ihn sich neigen, ihn kippen zu sehen. Auch die Flüchtlinge sahen ihr Unheil kommen, betrachteten es aber wie die Leute von drüben, ohne sich zu rühren, unter Schock hinstarrend wie auf einen sie nicht erfassenden Unfall. Die Zuschauer vom anderen Ufer hielten sich die Hand vor die Augen, um die letzte Vollendung dieses im Entstehen genau verfolgten Verunglückens nicht zu erblicken. Alles ging langsam und still – bis die ersten Schreie, noch vereinzelt, in die Luft brachen, beim Aufschlag des Wagens auf den Uferweg, der einige zerquetschte, und schließlich viehisches Gebrüll aller kurz vor dem Abrollen hinunter in den Fluß, der das Fahrzeug und die gestürzte

Fracht schnell und stumm mit sich riß und den anfangs nur wenig aus der Bahn geratenen, daraufhin aber sich überschlagenden und zerbrechenden Transport restlos abräumte, als wäre er nie unterwegs gewesen.

*

Ich sah den Mann sie sehen. Seitwärts saß er am Küchentisch, einen Ellbogen aufgestützt, kaum zwei Meter von ihm entfernt reckte sich die junge Frau, die für ihn eine liebenswürdige, doch keine geliebte mehr war, zu einem oberen Regalbrett, um eine Dose mit Wechselgeld herunterzuholen. Ich sah ihn sehen *les fesses*, die unter ihrem Kittel sich hoben – les fesses waren nicht die »Hinterbacken«, die er kannte, oft umfaßt oder liebkost hatte. Die vom Kittel auffällig verhüllten les fesses schienen ihm jetzt wie »fremdes Eigentum«, das nie im Besitz seiner Hände war, und sie versetzten ihn augenblicklich in eine Vergeßlichkeit, aus der wieder ein Ahnen von les fesses hervorging sowie ihre mystische Erneuerung. So entstand aus der Liebenswürdigen wieder eine Geliebte genau an der Stelle, wo ich ihn sie sehen sah.

*

Neun Monate Sturm auf den Hebriden! Seit dreizehn Jahren lebt Mrs. Chaley dort nur ihrem Mann zuliebe. Unterhält die einzige Teestube der Insel. Halb verrückt ist sie schon und bangt, der Wind könnte sie eines Tages mit einem letzten Stoß ganz aus ihrer Fassung fegen. Therese kam her, um Arbeiterlieder zu sammeln.

Der Sturm will schnell den Menschen leer und seine Rippen auf die Steine prellen.

Ausgezogen, splitternackt und nur die gespreizte Hand mit einer Fingerspitze kleidsam unterm Kinn, so sitzt die Sammlerin unverändert aufrecht auf demselben Stuhl, auf dem sie vor wenigen Tagen noch, als Maurer Chaley sie begrüßte, den Rocksaum anstandshalber über ihre Knie schob.

Das ist nicht Nacktheit! sagt er sich, das ist nur wie der Handschuh umgestülpt – die hellere Innenseite eines unabstreiflichen Gewands.

Lange hatte sie ihm in den Rücken geblickt, einem zwischen seinen Schultern herabhängenden Mann, der den Kopf mit dem bärtigen Kinn schräg anhebt, rund, langsam, ernst aus tiefer Entschlußlosigkeit, der raucht, summt und kritisch die Streichholzschachtel zwischen den Fingern dreht.

Heller Aufblick aber in ihren Augen, Lust verbiegt ihre Lippen. Darauf einiges Springen schwerer Gewichte. Und Chaley singt. Nachmittags auf der Heimfahrt, wenn sich die Stunden Schicht um Schicht ablagern, Staub und Scherben von Grüßen und Bitten, Telefonabfall, Erledigtes, wenn der Tag heruntersinkt und Reste preßt, kratzt sanft die Sammlerin an der schorfigen Kruste ihres rechten Knies, das Mr. Chaley über alles ging. Der Wunsch eines jeden lebenden Herzens ist es, eine Ausgrabung zu sein, ein Fundstück glitzernd für alle Zeit, seiner Verborgenheit entrissen. Es war ihr von seinem Singen geblieben, überall, wo verriegelte Schlösser sind, mit einem Feuerspei zu öffnen.

*

Zwei alte Männer kämpfen um eine Frau, die genauso alt ist wie sie selbst. Es geht aber nur um die warme Bettstelle neben ihr. Doch sie kämpfen wie zwei junge Rivalen um eine Schöne, mit der man ins Bett will. Auch die alte Frau fühlt sich begehrt wie in ihren jungen Jahren, und sie spielt ein wenig kokett mit den betagten Freiern. Es geht nur um die warme Stelle.

Da sie sich zwischen den Männern nicht entscheiden kann, läßt sie beide um die Wette für sich arbeiten. Bei einem großen Aufräumen knien sie neben der Rattan-Truhe und wickeln Porzellangeschirr in Zeitungspapier. Den ganzen Tag sind sie beschäftigt, sie packen und verstauen. Niemand könnte sagen, wer der eifrigere ist.

Gut, sagt sie, wenn ihr damit einverstanden seid, daß jeder seinen Tag hat, heute der eine, morgen der andere die warme Stelle einnimmt, dann können wir meinetwegen gleich morgen damit anfangen.

Bist du damit einverstanden? fragte ein Rivale den anderen.

Das kann ich nicht.

Ich auch nicht.

Das bringe ich nicht über mich.

Ich wüßte nicht, was ich mir alles einfallen ließe, um dir den Hals umzudrehen.

Dich gänzlich zu vernichten.

Ich würde sie nicht mehr haben wollen.

Ich auch nicht.

Aber so weit ist es noch nicht.

Wird es nie kommen.

Sie aber wäre dazu fähig.

Das ist etwas, das mich stutzig macht.

Ich muß mich vorsehen, denkt die Alte. Wenn die beiden heute den defekten Luftbefeuchter wieder in Gang bringen, dann wird es ihr größter Tageserfolg sein. Und sie könnten verdammt übermütig werden.

*

Da ist er! riefen die beiden Frauen mit einer Stimme und ergriffen den Zauderer.

Für eine von ihnen hatte er sich bereits entschieden und nannte sie daher »Die Lösung«. Seitdem verfolgte ihn die andere und bedrohte ihn mit Beschattung und zuweilen sogar mit einer Waffe. Sie hieß folglich »Das Problem«. Aber Lösung und Problem gehörten zusammen wie Auge und Apfel, sie sollten *einundieselbe* Frau für ihn sein. Mein Gott, die eine war ihm fast zu erbötig, die andere darüber und durch sich selbst viel zu aufgebracht und widerspenstig. Sie forderte, daß er Lösung verlasse und sie wähle. Das hätte er tun können, denn Problem war für sich betrachtet anziehend genug. Aber wäre dann Lösung nicht zum Problem geworden? Wie sie beide vereinigen und er durch beide hindurch der Vereinigungsfaktor?

*

Die Besucherin saß auf einem Stuhl gegenüber dem Krankenbett, in dem ein Mann gerade aus seiner Narkose erwachte. Als er sie erblickte, sprach er sie mit Namen an:

»Anja! Wie schön, dich als erste zu sehen!«

»Nein«, sagte die Frau, »ich bin nicht Anja. Ich bin eine Unbekannte. Sie kennen mich nicht.

Aber ich – ich wollte Ihnen einmal nahe sein, ohne daß Sie mich gleich fortschicken. Jetzt gehe ich wieder.«

Sie setzte beide Arme auf ihre Knie und spreizte die Ellbogen, wie man es tut, wenn man zum Gehen entschlossen ist, aber noch nicht geht.

»Bleib!« sagte der Mann. Und: »Wenn du nicht Anja bist, wer ist Anja dann?«

Sie zeigte jetzt ihren rechten Zeigefinger und streckte ihn in die Höhe. Zwei spitze Erhebungen standen ab und waren aus weißem Nagelrand formschön gefeilt zu zwei winzigen Teufelshörnern. Ein tiefer Kummer lag dabei auf ihrem Gesicht, als bedauere sie unendlich, sich einem von ferne schon immer geliebten Menschen derart eindeutig entdecken zu müssen.

*

Sie bei ihm eingehakt, stiegen Mann und Frau, Menschen von gestern, das dunkle Treppenhaus hinunter. Unmöglich, dachte der neue Mieter, ihnen von unten entgegensteigend, die können nicht von heute sein. Mit leichten, verflochtenen Schritten nahmen sie die Stufen, beide in gehobener Garderobe zum Abendausgang. Auch das streng gefaßte Paar, dachte bei ihrem

Anblick der Aufsteigende, unternimmt nur einen äußeren Versuch, den inneren Versuchungen einen Rahmen zu setzen. Gerahmt wird von Mann und Frau, aufrecht und standhaft, grundsätzlich ein unermeßliches Drunterunddrüber.

Er gab seine Hand, als würde sie vom Magnetfeld zwischen ihm und der schönen Frau abgedrängt, zuerst dem Mann und dann, sich entschuldigend, ihr. Er beachtete sehr genau, wie sie mit einer Augenbraue seufzte. Er dachte, es wird wohl bedeuten: Du könntest es sein – aber darfst es nicht sein. Oder: Erlöse mich! Oder: Zeig, was du kannst!

Als sie auf den Stiegen schon lange aneinander vorbei waren und er längst wieder allein in seiner noch unmöblierten Wohnung, ernüchterte sich plötzlich der Eindruck, und er mußte einsehen, daß die Augenbraue keineswegs geseufzt, sondern sich im Gegenteil ein wenig belustigt gehoben hatte, weil ihm ein so grober Begrüßungsfehler unterlaufen war. Ein Begrüßungsfehler, dem prompt ein schwerer Einschätzungsfehler folgte. Denn er dachte, als er sie sah, spontan an die gelangweilte Schöne am Strand der Kurischen Nehrung – wo hundert Jahre später noch die Abdrücke verträumter Frauen, einige in Badekleidern mit Matrosenkragen, sich erhielten, der Busen, die Hüfte, das halbe Gesäß, davon die Kuhlen im Sand, kaum verweht.

Wie schön, wenn sich die Sinne von selbst wieder aufrichten wie Gras, das man eine Zeitlang niedergetrampelt hat! So gab es außer den alten Badekabinen wieder den Zauberladen um die Ecke, das Kolonialwarengeschäft, die Buchhandlung mit belesenen Verkäufern – und auch wieder das bequeme komfortable Zugabteil mit viel Platz, in dem Männer und Frauen versonnen-laszív lagerten nach einer ausgedehnten Landpartie, auf Kissen und Decken ausgestreckt, überall abgelegte Kleider, zum Trocknen ausgebreitet, fête champêtre die ganze Reise zurück, Koffer offen überlaufend von Seidenblusen und berüschten Unterrökken, Frauen mit kleinen Kindern auf dem Arm, doch nicht so kindzentriert wie heut in unbeholfener Zeit. Wie Putten gehörten sie zur erotischen Ausstattung der jungen Mama, die Männer, einzeln, lehnten am Fenster. Die Damals-Fahrt hatte alle Passagiere in die gleiche schläfrig schlüpfrige Unordnung versetzt – niemand beschäftigte sich.

*

Eine junge Frau mit kahlgeschorenem Kopf fährt zum Anwalt ihrer Eltern in die Stadt, vereint haben sie sich den Tod gegeben.

»Wenn ich nur wüßte: warum? Ich muß es herausfinden.« Daheim ist sie Angestellte bei den Wasserwerken.

»Ich helfe Ihnen, so gut ich kann. Sie können mich beim Wort nehmen.«

»Ich glaube, ich habe bewiesen, daß ich das kann«, entgegnete trotzig die Waise.

Satz und Ton paßten als Erwiderung nicht zu der freundlichen Wendung des Anwalts. Er stutzte und prüfte, ob er sich mißverständlich ausgedrückt habe. Er hatte wohl irgend etwas eher beiläufig dahingesagt, so daß er sich nicht mehr an den Wortlaut erinnerte. Doch reagierte er auf den gereizten Ton der jungen

Frau und sagte beschwichtigend, er habe es nicht so gemeint (aber was nur?).

»Und ich hatte mich so auf Sie gefreut«, unterbrach ihn die Waise mit einem traurig-süßen Lächeln. Es war wiederum keine passende Antwort auf die Bemerkung des Anwalts.

»Ich verstehe Sie nicht«, sagte er und zuckte mit den Schultern. »Wir werden es nicht leicht haben miteinander.«

»Aber es führt kein Weg aneinander vorbei, wenn es um meine Eltern geht.«

Man hat es gehört, kein Satz stimmte zum andern. Die Worte zog ein heimlicher Attraktor aus der eingeschlagenen Richtung. Oder war's ein holpriger Paarfindungswortwechsel?

Drei Wochen später reisen sie erstmals zusammen.

Träg, von Schlaf übergossen, widerspricht er einer hochgradig Geräuschempfindlichen, die die Martern der Hellhörigkeit erduldet:

»Nein, dies hier ist nicht die Lüneburger Heide. Nennen Sie nicht alles, was kein Gebirge ist, Lüneburger Heide!«

»Aber die Landschaft – geben Sie das zu? –, die Landschaft erinnert intensiv an eine andere Landschaft.«

»*Sie* müssen es wissen. Fact and fantasy, die Doppelspur des Skilangläufers.«

»Aufbauend auf Ihrer Herzkammer, werden Sie für uns beide einen Palast errichten.«

»Man kann kein Haus von innen nach außen bauen.«

»Ihre Stimme ist der Schwibbogen über allem, der mich schützt und schirmt. Sehen Sie, dies ist ein

Raum – mit Ihnen teile ich diesen Raum der Stille, der Bestialität und des täglichen Sackhüpfens.«

Der Anwalt ging nun mit sehr festem Schritt, auch sonst in sich ganz gefestigt. Gewelltes Blondhaar, helles Gesicht. Seine Augen immerzu geradeaus und jeden Zoll Wirklichkeit diebisch genau verrechnend, nicht einen Schimmer Traum oder Weitsicht einlassend. Er war nun eben ein Mann, mit dem eine Frau *eindeutig* reden mußte, ohne in Unsinn abzuirren. Sie *mußte* ihn verstehen. Er gestattete ihr kein Ausweichen mehr ins Unter- oder Nebenverstehen.

In der Nacht, wenn die Waise wach auf dem Rücken lag, nur das matte Eigenleuchten ihres nackten Schädels im Raum, fragte sie zur Seite:

»Du kannst nicht anders? Oder kannst du auch anders?«

*

Sie zögerte mit dem Einsteigen, bis der Rücksitz des Volvo schon mit zwei Partygästen besetzt war, rückte dann nach und erreichte, daß für den Letztzusteigenden nur sehr wenig Platz neben ihr und der Wagentür blieb, worauf – aus dem Nichts weniger Scherzworte, die sie vor dem Einsteigen miteinander wechselten – ihre Körper nun auf der Rückbank eine Position unbeweglicher Zudringlichkeit einnahmen. Gewiß war nur, daß sie sich unter zwanglosen Umständen kaum so schnell so nahe gekommen wären und, nachdem sich der Schenkel dem Schenkel, der männliche Schoß der weiblichen Ellbogenspitze, die weibliche Brust dem männlichen Oberarm, der Beckenknochen der Hüfte verraten und jeder sich mit des anderen Beschaffenheit aufs unbequemste bekannt gemacht hatte, auch in Zukunft nie wieder so nahe kommen würden.

*

Das kleine geduckte Haus, verschlossen, unbewohnt, ein Rolladen hängt schief, Bretter vor den anderen Fenstern. Auf der Eingangsstufe sitzt der Alte, umarmt seine Knie. Neben ihm Gebüsch von der Erde bis zur Traufe. Hoch- und zugewachsen, verwuchert, Efeu, Knöterich, Geißblatt. Darin ihre Stimme. Der Alte spricht, das Gebüsch spricht, ohne daß sie aufeinander eingehen. Man antwortet sich nicht mehr. Man siniert, wie die Bienen summen. Was jetzt noch geschieht, berührt nichts von dem, was einem geschah. Das Geschehen versteht das Geschehene nicht. Ist es nicht so? So ist es doch.

Und die Zeit? Beim Davonlaufen weht ihr der Rock auf. Er liest noch einmal »wie wild« Camus, ist nach wenigen Zeilen mit Haut und Haar ins Erstlesen von Camus verschwunden. Wie leicht das geht! Will sich denn niemand außer mir so herrlich versetzen lassen in seine frühen Tage? In rücksichtslose Aufbruchstimmung!?

Zeit läuft auf verschlungenem Weg, mal nach vorn, dann wieder zurück. Sind wir nicht durch und durch wie noch einmal? Wenn der obere Kolben der Uhr den Sand deines Bilds verliert, so nimmst du von unten her wieder Gestalt an. So werden wir die, die wir waren. Und es fällt so leicht.

Da tritt der Versucher an den stillen Leser heran und stellt ihn vor die Wahl: Entweder stirbst du heute noch oder erst nach Ablauf der nächsten hundert Jahre. Entweder du erliegst noch heute deinen Leiden, oder du willigst ein in den Pakt und wirst noch hundert Jahre leben. Es gibt dann aber keinen Ausstieg aus diesem Zeitfenster. Bedenke das. Du kannst dich aus ihm nicht in die Tiefe stürzen. Die Frist ist unumstößlich. Selbstmord wird dir nicht mehr möglich sein. Mit diesem Medikament, dem *Säkulat*, das dich *jetzt* rettet, wird dir die Chance, beizeiten zu enden, ja selbst der Gedanke an den Freitod verwehrt.

Und süffisant fügt er hinzu: Es wird der Tag kommen, da niemand mehr das Leben verläßt. Keiner kommt hier mehr raus!

*

Neben dem spindeldürren Kerl stand eine mamsellartig rundliche Frau bei einer Ampel und behandelte ihren herabgefallenen Brotlaib wie einen Hund, der ihr nicht folgen wollte, nämlich darin, mit ihr die Fahrbahn zu überqueren. Sie sprach so bild- und stilgetreu zu dem Brot in seiner leichten Papierhülle als zu einem Hund, daß niemand am Hundetum des Brots hätte zweifeln wollen. Sie mochte es partout nicht aufheben. Es sollte zu ihr kommen und nicht sie zu ihm. So drohte und schmeichelte sie dem Getreidetier über mehrere Grünphasen ohne Erfolg. Schließlich zog ihr dünner Begleiter eine Hundeleine aus der Manteltasche, hakte den Verschluß in die Kruste und zerrte das störrische Brot über die Straße.

Sieht es bei den beiden, Mann und Frau, nicht nach Don Quijote und Sancho Pansa aus? Werden sie nicht wie der Hidalgo, stolz in ihrem unzeitgemäßen Beieinander, von zahllosen Halluzinationen, Verklärungen und Bewußtseinstrübungen heimgesucht? Sehen sie nicht in jedem kahlen Zweig den wiedererblühenden? Mann und Frau, zwei Gründernaturen, die selbst die Vertreibung aus dem Paradies überstanden, ohne sich scheiden zu lassen! Traumatisierter kann man wohl nirgends davonkommen. Jedoch niemals könnten sie ein Paar wie Don Quijote und Sancho Pansa sein. Am Ziel aller Gleichstellung von Mann und Frau erwarten wir, daß sie ebenbürtige Komiker abgeben.

Die Stimme des Mannes, der etwas Liebes murmelt, ihr zugewandt.

Die Stimme der Frau, die ihm antwortet, den Kopf in den Nacken gehoben, das Gesicht aufwärts gerichtet, weil sie nur über Bande, auf dem Umweg des Himmels zu ihm spricht.

*

Alles, was ich sehe, ist Angesehenwerden. Mein Gesicht ist offene Abgewandtheit. Ihr alle wiederholt das Vorbeigehen des einen, euch alle trifft mein grauer Zorn, der ihn verfehlte. Hier in der ersten Reihe, die Beine von mir gestreckt, sitz ich euch zur Schau im Straßencafé. Um die Fußspitze, die vorsteht, biegen eure Schritte, wenn ihr dichter drängt und der Bürgersteig eng wird.

Ich weiß nicht, daß ich sitze. Ich weiß nicht, daß ich mein Knie zeige. Ich weiß nicht, welches Kleid ich trage.

Es ist, was ich weiß, furchtbar. Ungemildert und stetig bekomm ich's zu wissen. Kein Mensch, keine Stunde, keine Kunst dämpft es. Kein Wort unterbricht es.

Nur daß mein Gesicht vom Lächeln träumt wie von einer süßen Jugendsünde.

Versuch noch mal die Muskeln anzuziehen, versuch's, das Gesicht mit einem gewissen Aufwand spielen zu lassen, wie einst auf einem festlichen Fest, wo man den anderen gefallen wollte und mit blitzenden Augen Paroli bot. Wieviel Gelenkigkeit, Mienenkunst besaß einmal die dürre Fläche, die Braue, die Lippe, das Kinn, der Mundwinkel – welche Sprachen sie beherrschten! Als ich noch ... noch gefallen wollte.

Obgleich ich meine sprechenden Züge verlor ... versuch ich's noch mal mit dieser ledernen Visage. Die meisten sehen ohnedies nicht zweimal hin. Oder sehen hin und empfangen keinen Eindruck von mir. Empfinden weder Unbehagen noch Freude. Denen genügt ein bißchen Gerede, und sie verlassen sich auf keinen ihrer Blicke mehr. Keine Vorsicht, nicht einmal gesundes Mißtrauen, nichts überhaupt, was noch mit dem Instinkt zu tun hätte.

Es ist, als sei nur ich einen einzigen verdammten Schritt zu weit gegangen, aus dem Schutz, aus der Behausung der zivilisierten Kreatur herausgetreten. Als hätte nur ich ein Mal das allerunbarmherzigste Dadraußen erlebt, wo schon das Tier beginnt. Niemand vermag ohne wechselnde Gefühle zu leben. Wechsel des Jahrs, Wechsel des Lichts, Wechsel von Launen. Nur mir, in mir ist fortgenommen das Veränderliche, geraubt wie Schlaf und Stimme.

Die zarte Undankbare am Straßenrand mit dem von innen abgelenkten Blick, beinah nichts-sehend, kommt vom Stuhl ins Stehen, tritt wie angezogen vor eine Bushaltestelle, die wegen Bauarbeiten ausgesetzt und verlegt wurde. Als sie den herannahenden Bus hört und sich mit plötzlichem Entschluß ihm zuwendet, steht sie wie auf hoher Klippe schwankend, scheint sie – nun, nicht etwa mit dem Gedanken »zu spielen«, sondern, benommen vom Dröhnen des sie angreifenden Doppeldeckers, bereits gefangen von der Sekunde, in der sie sich ihm ergibt, sich unterwirft, als er ungebremst auf die Haltestelle zuhält, die gegenwärtig keine ist. Sie widersteht. Der Bus ist schon vorbei. Als hätte sie das Monster besiegt, doch ohne Sieggefühl kehrt sie zurück zu ihrem leeren Platz am äußersten Rand des Straßencafés.

In diesem Fall hiess ich Toss und war zunächst der Typ von Mann, der auf Empfängen an der Wand lehnt und von den meisten Frauen unwillkürlich als eine Art Ablage benutzt wird. Sie stecken ihm eine zusammengerollte Zeitung zwischen Arm und Brust, da sie das Blatt gerade bei einer Begrüßung behindert. Sie lassen ihn einen Kaffeebecher halten – immer nur vorübergehend! –, wenn sie sich bücken und an einer Schließe ihres Schuhs hantieren. Sie schieben ihm einen Bleistift hinters Ohr, mit dem sie gerade die Telefonnummer einer wichtigen neuen Bekanntschaft notierten. Ja, sie stecken ihm sogar ihre Zigarette – vorübergehend – in den Mund, wenn unversehens der Mann auftaucht, der sie nicht rauchen sehen soll. Aber sie legen ihm auch vertraulich ein Plaid über die Schulter, wenn ihnen im Saal zu heiß wird, und hoffen darauf, daß er's ihnen nachträgt, ja, sie kosten schon vor die passenden Worte, mit denen sie sich später bei ihm bedanken und irgendwie erkenntlich zeigen werden.

So war mein Empfinden, solange ich als stille Ablage diente. Später, wenn ich mich dann im Kreis der Gäste bewegte, war ich oft bis zur Blödigkeit geniert.

Auf jeden ging ich zu mit zum Wangenkuß geschürzten Lippen, erzwang ihn auch dort, wo man mir nur eine leblose Rechte hinhielt. Mein Gott! Ich bin ein für allemal fertig mit dergleichen Geselligkeiten – man soll mich nicht länger mit Leuten quälen! Es geht doch nur schief, schon beim ersten Schritt auf sie zu vergreife ich mich in den Konventionen.

Herr Toss war also ein Gimpel der gewöhnlichsten Umgangsformen. Einer, der zu jedem Menschen schon bei der ersten Begrüßung sagte: »Ich habe mir immer gewünscht, näher mit Ihnen in Kontakt zu treten.« Dieser Satz wurde von einem prüfenden Blick begleitet und im Tonfall eines strengen Prinzipienmeisters vorgebracht. Den einen schien es, als wäre Herr Toss ein homme isolé und in seiner weltweiten Einsamkeit ein wenig affig geworden und hätte sonderbare Allüren angenommen. Bei manchen hingegen weckte er die Vorstellung, aus einem Jenseits voll schicklichen Benehmens herabgestürzt zu sein unter die ungeschliffenen Gesellschaftsmenschen von heute. Denn es schien unter ihnen ein galanter Tor zu wandeln, ein linkischer Gast, der die reicheren, jedoch beim Sturz zerbrochenen Manieren besaß.

Vielleicht befand er sich aber auch erst kurz vor dem eigentlichen und endgültigen Sturz. Jedenfalls geriet er, sobald sich ein Gegenüber fand, das ihm vielleicht nur eine belanglose Frage stellte, sogleich unter den Drang, seine ganze Seele zu enblößen. Es ging so weit, daß er sich in ungeheure (und das heißt: seinem wehrlosen Gegenüber nicht geheure) aufrichtige Bekenntnisse steigerte, sein Innerstes billig verschleuderte, wobei allerdings nicht selten das eine Bekenntnis Sturm lief gegen ein anderes, gerade zuvor von ihm abgelegtes.

Eigentlich dachten alle: der Mann ist gänzlich durch den Wind. Es muß ihm Schreckliches zugestoßen sein. Was in ihm vorging, drang ungebremst nach außen:

»Energetisch betrachtet, läßt sich Liebe als eine Angelegenheit von zwei Generatoren beschreiben. Man liebt eine Person und lädt sich aufgrund des körperlichen Reibungswiderstands mit einem Mehr, einem Überschuß an Begierde auf, der von denselben zweien gar nicht insgesamt verbraucht werden kann. Dies macht es fast unumgänglich, daß man sich so bald als möglich an eine dritte Person wendet, um das Zuviel bei ihr abzuführen. Mit anderen Worten: je heftiger sich zwei Liebende lieben, um so eher wird einer von ihnen, zunächst nur einer, zum Betrüger. Mit einem gewissen Recht ließe sich sogar behaupten, daß außer dem unmittelbaren Körperglück und der kurzen Selbstaufgabe darin beinah alles menschliche Liebesverhalten auf Täuschung und Scharlatanerie beruht. Man ist unweigerlich ein Scharlatan, ein Betrüger, wenn man anfängt zu lieben.«

So sprach er zu dem einen, der indes nicht länger festzuhalten war, weil er einen Bekannten entdeckt hatte. Mit einem Ruck, mit einer Art Hackenschlag drehte sich Toss zur Seite und wandte sich, ohne seine Ausführungen zu unterbrechen, einem murrenden Mädchen zu, das seit Stunden die Namensschilder für die Sitzordnung der festlichen Mittagstafel um und um stellte ... weil N. F. niemals neben R. sitzen dürfe, erst recht nicht neben G. I. und schon gar nicht neben A. J., folglich könne auch der Fürst nicht –

»Man gibt den Tölpel auf jeder Ebene der Existenz und auf jeder Stufe der Intelligenz. Tu l'as voulu, Georges Dandin ... Der Betrogene ist der Dumme – die Betrügerin in allem die Klügere (sofern sie keine plumpen Fehler bei der Geheimhaltung macht). Man gibt als Betrogener immer den Tölpel, egal ob als Ehrenmann mit gestriegelten Sitten oder ob als toleranter Verzeihling heutigen Schlags. Man nimmt sogar körperlich allmählich ein bäuerisches, tapsiges Gehabe an, nicht wahr? Man beachte die linkischen, mitunter schwerfälligen Bewegungen, die sich beim Betrogenen einstellen und sich immer stärker ausprägen. Schließlich nennt er sich selbst mit dem Namen Georges Dandin, erklärt den Leuten auf Geselligkeiten wie dieser hier, er entstamme einer alten Hugenotten-Familie, da in solcher Runde ohnehin niemand mehr das Stück von Molière kennt. Ach, überall flammt noch mal das alte Theater der Untreue auf, und ich höre die Hauptdarstellerin gleichzeitig denselben Text auf der Szene deklamieren, den sie mir eben noch hinter den Kulissen zart ins Ohr flüsterte: ›Jetzt kann ich's dir sagen: Dein Mißtrauen ging nie fehl. Dein Mißtrauen war Scharfsinn!‹

Kurzum, es ist sehr einfach. Es handelt sich um einen jungen Mann aus Litauen, der in Deutschland studiert, und sie hat ihm – mit Hilfe ihrer guten Beziehung zu evangelischen Hilfswerken – ein weiteres Stipendium verschafft. Im übrigen saß sie selbst in der Auswahlkommission und prüfte ihren Liebsten. Ich könnte das alles zerstören. Es handelt sich wahrhaftig um einen Fall von *Intim-Begünstigung*! Ich will zu ihr nicht mehr zurück. Gleichzeitig friere und zittere ich in eisiger Isolation. Ich verspüre das große Schütteln am Stamm. Doch keine Frucht fällt mehr vom Baum. Winterzeit. Mit anderen Worten: Wenn es nur noch mich gibt, sollte es mich nicht mehr geben ... Angenommen, ich kehrte zurück zu dieser Falschspielerin ... Warum ginge ich zu ihr? Was suchte ich dort? Man wird mich auslachen … Fragen des Fürsten Myschkin, während er die Treppe zu Nastassja Filippowna hinaufsteigt. Unser aller Fragen beim Treppenaufstieg zu jemandem, der uns anzieht, zu sich hinaufzieht, nichts sonst.«

Und endlich erwiderte das murrende Mädchen, ohne mit dem Versetzen der Namensschilder einzuhalten:

»Ich bin Tänzerin. Sprachlos tanze ich in der Höhle der Sprache.«

Mit diesem Visitenkartenspruch verschloß sie sich seiner Rede. So ist es nun. Ein homme isolé, der mit nichts und niemandem mehr in seiner Umgebung übereinstimmte. Der die Leute ansprach mit Gefühlen und in Worten aus Quellen, deren im niedrigen, verlandeten Mündungsdelta keiner mehr gedachte.

Er sah sich umringt von Menschen, die alle die falschen Begriffe benutzten. In ihrer verwunschenen Insgesamtheit, ihrer trancehaften Gemeinschafts-Befangenheit blieben die meisten zwar recht muntere, zielstrebige Geschöpfe. Doch über ihr Ziel täuschten sich alle. Gerade das festigte ihre Gemeinsamkeit.

Die Tänzerin machte ihn auf eine ehemalige Kollegin aufmerksam, die an der Seite eines gebrechlichen Manns erschienen war. Einzige Tochter, lebte sie so nacht- und nachwandelnd ihrer Mutter verbunden, daß sie sogar ein Verhältnis mit einem ihrer früheren Geliebten begann, obgleich er inzwischen ein Greis war. Der ahnte nichts vom wahren Trieb der jungen Frau, es beglückte ihn undurchschaut ihr Talent zur Nachahmung.

Herr Toss bat sie für einen Augenblick beiseite, nahm

er doch an, daß eine Frau unter Zwang wie diese vermutterte Tochter ein besseres Ohr für die Geschichte eines Idioten der Liebe haben müsse, die er bei der Tänzerin nicht zu Ende bringen konnte.

»Die Geschichte des Gehörnten ist auch zu früheren Zeiten nur selten die eines lieblos gewordenen, nicht mehr genügenden Manns gewesen. Wir kennen in unzähligen Varianten die Darstellung seiner Gleichgültigkeit und seiner schalen Gewohnheiten. Bei hochauflösender Betrachtung erkennt man erst heute, daß im Porträt des Betrogenen das Gesicht der Betrügenden eingezeichnet ist. Sein sie spiegelndes Gesicht läßt die Untreue, sobald sie ihn nur ansieht, mehr von sich selber erkennen, als ihr lieb sein kann. *Ihren* Gelüsten der Freiheit begegnet sie in seinen ahnenden, ängstlichen Zügen. Jedenfalls ist er viel weniger für sein Aussehen verantwortlich, als die meisten literarischen Dokumente, die ihn einseitig belasten, uns glauben machen wollen. Unzählige Geschichten von weiblicher Untreue müßten daher noch einmal geschrieben werden, da die erhöhte Menge an Ausdruckspixeln, an *Gesichts*punkten heute ein weitaus schärferes, gerechteres Bild des Betrogenen herstellt, als die Autoren der bürgerlich vordigitalen Epoche auch nur ahnen konnten. Ihre gesamte Motivarbeit wird von einem grobkörnigen Raster beherrscht, das allenfalls ein umrißhaftes Ab-, wenn nicht gar Zerrbild, jedoch kein dichtes, punktgenaues, reflexives Bild des Betroffenen zeigt.«

Die kleine Seitentür, die Herr Toss beim Gestehen immer im Auge behielt und von wo er jeden Augenblick den siegreichen Eintritt des Henkerknechts, des Wüstlings, des Grobians, also des Liebhabers erwartete, um den sein gepeinigtes Erörtern ja unentwegt kreiste und der es, sobald er tatsächlich in Erscheinung träte, mit einem Schlag, wahrscheinlich einem entsetzten Aufschrei des Besiegten, beenden würde ... Man kennt ja selbst das leichte Schwanken der Argumente von einer gewissen Höhe des Argumentierens an: es wird eine geradezu seiltänzerische, akrobatische Leistung. Das Wagnis des freihändigen Argumentierens ohne Netz und doppelten Boden! Man fürchtet dort oben nichts so sehr wie die plötzliche Bö eines groben Einwands ... Also diese kleine Seitentür sprang jetzt auf und herein rauschte seine Frau. Die Betrügerin. Sie schritt mit wutgespannten Schenkeln auf einen ihm nicht bekannten jüngeren Mann zu, der sich offenbar die ganze Zeit schon in der Gesellschaft aufhielt, spuckte ihm ins Gesicht und empfahl ihm, es abtropfen zu lassen und sich still zu verhalten. Darauf ging sie, etwas entspannter, fast geschmeidig, auf Herrn Toss zu und sagte mit ebenso strenger wie liebevoller Bitte: Komm mit mir! Laß uns gehen.

Er folgte ihr auf dem Fuße. Doch drehte er sich noch einmal nach dem Bespuckten um, dem Litauer also, der zu seiner Erleichterung in keiner Weise dem Helden seiner Eifersucht glich. Der skurrile Mensch sah eher aus wie ein Eheeinbrecher, der sich bemüht, keine Fingerabdrücke auf seiner Geliebten zu hinterlassen.

In dem Moment, da er seiner Frau in den Mantel half, verlor Herr Toss jeden Überblick über sein Verzichten und Erdulden, sein Können und Sollen. Er begleitete sie wie eine neue Bekanntschaft, die er eben erst auf dem Empfang gemacht hatte, eine völlig unvertraute Person, ein Imperium, wie er empfand, das darauf wartete, von ihm, ganz allein von ihm erobert zu werden.

Sie schlug vor, gleich nach Hause zu gehen, um dort noch etwas zu trinken, und anschließend ab in den »Kasten«. Sie stiegen die Treppe hinauf, die von Abrißarbeiten entblößt, beinah freischwebend in den vierten Stock führte. Sie schritt voraus, und der steigende Rücken vor ihm mahnte, daß seine männliche Bewährung erst noch bevorstand. Da alles an ihr, wie ihm schien, voll Körper war, schwere irdene Masse, würde sich die Begegnung unter Umständen lediglich an ihrer teilnahmslosen Peripherie abspielen. Die Macht der Zurücksetzung, die Macht des Ausharrens, die Macht der Ohnmacht hatten ihn tief erniedrigt. Dieser Rücken, der aus so langer Zeit der Entbehrung wieder vor ihm auftauchte und hinaufstieg, erschien ihm größer als lebensgroß. Ihm folgend bis zum Umarmungskasten, beschlichen ihn Zweifel, ob seine Empfindungen sich schnell genug von ihren Wunden erholten und sich in praktische Begierde umsetzen ließen. Doch sie stand bereits lachend am Ende des Wegs, erwartete ihn und zeigte, daß sie sich – »nach allem übrigen, nach allem sonst« – mit großer Leichtigkeit auf ihn freue. Dann zog sie ihn in den Wirbel der Wiederbegegnung. Es war eine Mittagsstunde, und es blieb die absolute Episode.

Man sagt so schnell: was bin ich für ein Narr gewesen! Aber welch gewaltige Geschichte der Selbsttäuschung drängt sich in einem solchen Satz! Wo genau beginnt sie und wie bewegt sie sich fort auf der feingestuften Skala der ehelichen Unaufrichtigkeit, von der schönen Verschleierung bis zur gemeinen Durchstecherei? Wie kann man sicher sein, daß man in dieser plötzlichen und ergreifenden Einsicht, ein Narr gewesen zu sein, nicht wiederum einer Täuschung unterliegt und im selben Augenblick als Narr lediglich auf eine höhere Stufe befördert wird?

Er, frisch verliebt in seine femme retrouvée, erfährt über eine leichtfertige Anspielung von seinem Schwager (den er zeitweise als ihren Liebhaber verdächtigte), daß sie den Angespuckten keineswegs aus den Augen verloren habe. Sie, die dem Betrogenen einen so fulminanten Auftritt zur Beendigung einer Affäre geliefert hatte und anschließend die leidenschaftliche Bestätigung eines abgeschlossenen Kapitels, sie log! Aber tat sie es etwa, um ihn zu halten oder neu für sich zu fordern? Gewiß, sie wollte ihn ja nicht verlieren. Gleichzeitig konnte sie im Schutz dieser Szene, dem vorgeblichen Schluß mit Speichelauswurf, jeden weiteren Verdacht von sich ablenken und ihrem jungen Freund nun mit größerer Freiheit und Sicherheit zulaufen.

Nachdem sie ein Mal als Betrügerin so viel Geschick gezeigt hatte, würden sie auch in Zukunft der erhöhte Reiz und die Kunst der Untreue herausfordern. Es war nun aber nicht mehr die Eifersucht, die Herrn Toss plagte und schließlich den kürzeren ziehen ließ, sondern vielmehr der tiefe Ekel vor gekonnter Lüge und gekonntem Betrug, die ohne diese Frau niemals in sein

Leben Einlaß gefunden hätten. Aber es ist ja unmöglich, einen unaufrichtigen Menschen zur Aufrichtigkeit zu zwingen!

*

Jeden Tag gibt es einen Augenblick, da sieht er seine Frau so entschlossen auf sich zukommen, daß ihr Gang gar nicht anders enden kann als mit den Worten: Hast du einen Augenblick Zeit? Ich muß etwas mit dir besprechen.

Jeden Tag einmal stockt sein Herz in der Erwartung ihrer Abschiedsworte.

Als hätte er sie bereits gehört, eine Sekunde bevor sie sie ausspricht, erwidert er und greift ihr voraus: Wenn du gehst ... Wenn du wirklich gehst ...

Und sie erstaunt: Warum sollte ich gehen?

Aber ihr Ton stimmt nicht. Und er sagt sich: sie wird wahrscheinlich keine Abschiedsworte an mich richten. Sie wird einfach gehen. Folglich habe ich inzwischen Angst vor jedem ihrer Schritte, die ich höre im Haus. Und ich glaube in diesen Schritten eine zielstrebige Vorbereitung jenes letzten zu bemerken, den ich je von ihr hören werde.

Diese Angst, erweitert um die Angst vor dem jähen Entzug aller gewohnten Umstände. (Die Angst *erweitert* um? Man kann ihr alles zuordnen, nur nicht das Attribut »weit«, denn Angst und eng sind vom selben Wortstamm!) Vor dem Absturz in Einsamkeit, in der man niederrauscht bis vor die Tore des Nichts. Dazu die Angst, von der Lawine all dessen, was war, verschüttet zu werden. Aber auch die Angst vor ihrem tatendurstigen Blick, der seinem Blick des Voraussehens ausweicht, dem Blick der innersten Vorausnahme von Wahn, Krankheit, Zerfall und Katastrophe.

Er, den Talisman gegen das Unabwendbare noch auf der Brust, wurde eines Nachts aus dem Schlaf gestoßen, weil es klopfte, nackt an sein Herz klopfte es, und da trat sie ein ... die Zukunft, im Nachthemd und den Kopf unterm Arm, ein Kindergespenst.

Auf dem Kissen, im Abdruck des Hinterkopfs, in der kleinen Mulde lag zurückgelassen ein Häufchen ihres Schmucks.

*

Sein Leichsinn, mein Leichtsinn, Leichtsinn meines Sohns, Leichtsinn deiner Mutter – der Leichtsinn hatte die ganze Familie heimgesucht und einen nach dem anderen in neue Verhältnisse versetzt. Im wesentlichen genau das, was Hesiod als Nachtrag zur Odyssee erzählt: Telegonos, das Fernkind des Odysseus, gezeugt mit Kirke, begibt sich auf die Suche nach seinem Vater und tötet ihn auf Ithaka, ohne ihn zu erkennen. Anschließend bringen Penelope und Telemach diesen Telegonos zu seiner Mutter Kirke auf jene Insel, die für den Zauber waghalsiger Symmetrien bekannt ist: Telemach heiratet dort die Stiefmutter Kirke, Telegonos die Stiefmutter Penelope. Ein Arrangement unter den Hinterbliebenen des Irrfahrers, in dem Keuschheit mit Übermut, Treue mit Lüsternheit, Ferne mit Heimat, Vatermord mit Vaterliebe eine Überkreuz-Verwandtschaft eingehen. Doch letztlich geschieht alles zum erhöhten, durch doppelte Blutsbande verstärkten Gedächtnis des listenreichen Kriegers.

*

Im Zimmer zu ebener Erde steht eine Frau am offenen Fenster, sie trägt eine Ensor-Maske vor dem Gesicht. Draußen erscheint ein Mann, ebenfalls mit einer seine Züge vergröbernden Maske vor dem Gesicht. In einem Eklat von Geistesgegenwart schlagen sich beide die Narrenpritsche auf den Kopf – Reflex eines gegenseitigen Erschreckens. Und doch war ihr blitzschneller Schlagabtausch wie eine Parodie des ersten Blicks, des Augenaufschlags – ein wahrer *ictus* der Liebeswahl, die sie getroffen hätten, wären sie einander ohne Maske begegnet.

*

Sie, die nach einem furchtbaren Wort vor ihm zurückweicht, von Angesicht zu Angesicht von diesem Unfaßbaren sich entfernt, als müsse sie von nun an vor Entsetzen bis ans Ende ihrer Tage rückwärts von ihm fortgehen.

*

Das kleine Gesicht der ganz kleinen Frau mit winzigen Warzen auf den Augendeckeln schließt sich und hört. Sie ist eine, die immer zu früh aufsteht, von ihrem Klappstuhl springt, drei Schritte vorschnellt, stoppt, hört, umkehrt, sich wieder setzt, noch gespannter hört, ob sie nicht aufgerufen ... beim Namen genannt wird? Kontaktpersonen des Ungeheuers, dem auch sie verfallen war, werden laut und öffentlich verlesen im Nebenzimmer, endlos.

Aufstehen, Ohr sein, sich wieder hinsetzen, abwarten. Das ist alles. Gut so. Mehr nicht. Bis sie wieder aufspringt, wie der Trainer am Rande des Fußballfelds, aber nicht sieht, sondern nur auf ihren Namen hört.

Er habe ihr damals mit List und Gewalt den natürlichen Gegenwartssinn geraubt oder betäubt, indem er von allem, was ihr gerade geschah, sich augenblicklich mit ihr zutrug, beharrlich und unerbittlich in einer Vergangenheitsform sprach, als handelte es sich um eine weit zurückliegende Angelegenheit oder Affäre. Eine abgeschlossene Geschichte. (Dort stand dein Bruder – wenn er gerade zur Tür hereintrat!) Was immer ihr unmittelbar in den Blick geriet, sie sah es aus späterer Erinnerung an.

Er hatte sie nach und nach in eine Zeit versetzt, die keine Gegenwart kannte, in der sie bei allem, was ihr gerade an Leid und Mißgeschick widerfuhr, den Eindruck gewann, als blicke sie geduldig auf eine längst bewältigte Krise zurück. Ja, als sei das Erleben von Leben im Grunde nur der Versuch, nachträglich an einer abgeschlossenen Erzählung hier und da noch etwas zu ändern, zu korrigieren, herumzurücken, natürlich immer vergeblich.

Die winzige Frau hörte sich beim Namen gerufen aus jeder Ecke oder Nische. Wendete sich nach allen Seiten, lief dahin und dorthin, wollte jedem Ruf gleich folgen, selbst hinunter in den Abraum unter ihren Füßen. Einem, nur einem war sie gefolgt, mitten in der Vergangenheit ließ er sie stehen. Und sie wurde winzig. Eines Mannes Ruf ging sie nach. Doch ihn selbst sah sie nie, denn ihre Augen blickten unklar, von Glücks wegen.

Auf ihrem Heimweg klackerte sie, die Kleinwüchsige, auf hohen Absätzen durch die enge Gasse und stieß am Rande des Marktplatzes auf einen breiten Menschenauflauf. Immer zog es sie zur Menge, denn im Gewühl, im Haufen, so glaubte sie, fände der Ungeheure sein sicheres Versteck, die Menge berge und decke ihn.

Ach, jeder Mensch ist ja ein Menschenauflauf. Dutzende Aufständische erheben sich gegen den falschen Souverän, das Ich, und schreien es nieder. Wollen es lehren, wer alles es sei!

Da wich auf einmal die Menschenversammlung auseinander und gab einen Durchgang frei.

Die Winzige mischte sich unter und stand nun vor den Größeren in erster Reihe.

Zuerst bog der böse König im Rollstuhl aus einem dunklen Tor und wurde auf den Marktplatz geschoben. Man mußte zu Tode erschrecken über die Schlechtigkeit, die er von weitem schon ausstrahlte. Da war auch äußerlich nichts an ihm, das noch verruchter hätte sein können. Ein geschorener Schädel mit schwarzem Flor, statt Kleidung lag ihm ein blauer Müllsack über dem nackten Schoß, mit Wappen und teuflischen Herrschaftinsignien tätowiert war seine Brust, ein junger Mann. Geschoben von einem Kind mit Engelhaar und dicker Brille. Zum Säcken hinunter an den Fluß.

Kurz darauf wieder so ein Kind als Führer und Geleit. Da stockte der Winzigen aber der Atem. Das Kind stieß den »Koloß vom Präteritum«, das Ungeheuer, *ihren* Gegenwartsdieb, den Zeitenverdreher voran, ihren hünenhaften Geliebten, an Schlechtigkeit sogar dem König überlegen, mittelalterlich verkleidet in Wams und Faltenrock. Der Junge hinter ihm in langem beigen Leinenhemd bugsierte den schweren Mann über den Fahrdamm, alles im grellen Flutlicht, das seine Bahn in das verweichlichte Tagesgrau schliff. Vorgesehen auch er zum Säcken im Fluß.

Kinder schon! Die sich zur Sekte verbanden gegen die Schufte der Welt. Sich in Unerbittlichkeit bewähren gehörte zu ihren ersten Prüfungen. Also säuberten die kleinen mordlüsternen Erwählten das halb schon entvölkerte Städtchen von letzten lasterhaften Bewohnern, um darauf selber im alten Gemäuer ihre Schreckensherrschaft einzurichten und zu festigen. Nun schleppten sie öffentlich die abnormsten Bürger zum Fluß, schnürten sie in blaue Säcke und stießen sie ins Wasser hinunter.

Als nun die Fuhre mit dem Unhold herankam, klammerte die kleine Frau sich an die Lehne des Rollstuhls und flüsterte ihrem Schinder ins Ohr: »Mein Liebster, oh! Welch ein Schock war es für mich, als ich sah, daß dich die kriegerischen Kinder abschleppten, um dich unten im Fluß zu ertränken. Ich schmiegte mich fest an dich und versuchte mit dir zusammen in den blauen Sack zu schlüpfen. Und welches Glück! Es gelang mir sogar ...«

Und so erzählte sie nun ohne Unterlaß, auch als das eskortierende Kind versuchte, sie mit der Peitsche abzudrängen, erzählte von der Einheit mit ihrem Ungeheuren im blauen Sack, der tief in den Fluß sank und wie sich das Wasser um beide hob und wie sie sich bis zuletzt in einem wasserdichten Kuß miteinander verschlossen …

Sie erzählte von allem, was sie nun tat oder gleich tun würde, wie aus tiefster Vergangenheit, und deshalb war für sie alles Schreckliche, das nun folgte, in Wirklichkeit seit langem geschehen und überstanden.

*

Zwei Männer stehen zusammen in einer angespannten Unterhaltung, eher einer Absprache, die ihnen nicht gelingen will. Ein Dritter, der nichts zu tun hat, hält auf sie zu und möchte ein wenig mitreden. Die beiden unterbrechen ihr Gespräch, das den Dritten nichts angeht. Sie antworten gezwungen und maulfaul, da der Dritte sie in eine seichte Konversation hineinziehen will. Dabei sehen sie sich, den Dritten ausschließend, in die Augen. Sie gehen sogar auf irgendeine Bemerkung von ihm ein, indem sie, leicht belustigt, deren Hintersinn traktieren, der dem Dritten unbewußt geblieben. Wobei sie in ihrem andeutungsvollen Einvernehmen diesem ein Rätsel und Rochus sind. Der Dritte fängt an sich wichtig zu tun und, da von intimeren Verständigungen ausgeschlossen, nimmt sich, extra dick auftragend, gewisse öffentliche Angelegenheiten vor, die jedermann betreffen und die im argen liegen. Der gegenwärtige Streik der Müllmänner gibt ihm Anlaß, die um sich greifende Verwahrlosung des Gemeinwesens anzuprangern. Die Wut über die beiden Verständigten, die ihn nicht einbeziehen wollen in ihre Verständigung, wird nur dürftig kaschiert mit der Entrüstung des Steuerzahlers und Vollbürgers, wie er sich einen nennt, der in seinem Müll versinke.

»Entschuldigen Sie, ich möchte Sie nicht von Ihrem Thema abbringen, aber, wie gesagt, draußen tobt der Streik der Müllmänner. Ich muß Ihnen gestehen: ich kann mich kaum noch beherrschen. Ich weiß nicht mehr, wie ich mich dazu verhalten soll. Sie beide suchen hier drin in schöner, aufgeräumter Umgebung nach einer guten Verständigung, aber draußen schreitet die Verwahrlosung der Stadt in Siebenmeilenstiefeln voran. Straßen, Plätze, Hauseingänge: Müll, Müll und noch mal Müll. Ratten, Gestank, Epidemien. Da hört für mich jede Verständigung auf. Man muß die Kerle zwingen! Man muß sie packen, rütteln und schütteln, bis ihnen ihr feistes Grinsen aus der Visage fällt.«

Und im selben Moment packt er den Schmächtigeren von beiden am Kragen und demonstriert an ihm, was man mit Müllmännern jetzt tun müßte, während er in Wahrheit niemand anderen als eben diesen sorglos Verständigten rütteln will.

»So richtig packen mit eiserner Gewalt, bis Sie/sie sich von selber darauf besinnen, was Sie/sie dem Gemeinwohl schuldig sind. Man muß Sie/sie mit der Nase runter in Ihren/ihren eigenen Dreck stoßen. Sie/sie Ihren/ihren ungeräumten Abfall fressen lassen!«

Nun läßt er den Mann wieder los, der von dem plötzlichen körperlichen Übergriff viel zu eingeschüchtert ist, um zu protestieren.

»Entschuldigen Sie. Aber Sie verstehen, wie ich es meine. Der einfache Mann von der Straße kennt seine Straße nicht wieder. Er muß doch irgend etwas tun, er kann doch nicht in Ruhe in seinem eigenen Unrat untergehen! Er muß sich wehren. Er muß den Kerlen an den Kragen ...«

Er packt den zweiten, den kräftigeren, und schüttelt ihn wie ein Pflaumenbäumchen.

»Jeder einzelne von Ihnen/ihnen muß zur Verantwortung gezogen werden, und runter mit ihm in den Dreck! Entschuldigen Sie. Aber Sie verstehen, wie ich es meine. Ein ehrlicher Vollbürger kann seine Kräfte kaum noch zügeln. Er steht unter Hochdruck. Und bevor Matthäi am letzten ist, muß etwas geschehen!«

Nun dreht er sich federnd zur Seite, geht ein paar Schritte zur Straße, als wolle er nun, geladen bis oben hin, seinen Tatendrang endlich an die bedürftige Stelle wenden.

»Das interessiert uns nicht!« keift mit dünner und zittriger Erbostheit der Schmächtige der beiden Verständigten und wehrt sich verspätet und hasenfüßig aus der Entfernung gegen den Mann, der ihn zum Demonstrationsobjekt erniedrigte.

»Damit sind Sie auf der sicheren Seite!« höhnt der Abgehende. »Desinteresse! Damit sind Sie auf der sicheren Seite!«

Und im selben Augenblick macht er kehrt, läuft beschleunigt zu den beiden anderen, die er zurückhalten muß, weil sie unwillkürlich ihm furchtsam ausweichen.

»Hören Sie! Alles und jedes beeindruckt mich, versetzt mich in Erregung, beschäftigt mich bis zur Selbstaufgabe, denn im Gegensatz zu meinem Körper ist mein Verstand ein durchlässiges Gebilde, eine poröse Schicht, die jeden Einfluß aufsaugt und dann, um diesen bereichert, sich völlig neu wieder aufbaut. Er kann unter Umständen dabei kollabieren, das ist möglich, natürlich, er kann zu völligem Stumpfsinn herabsinken. Auch das ist möglich. Aber er trägt in sich den Bauplan zur vollkommenen Erneuerung!«

Die beiden Verständigten, als hätten sie nur auf das geeignete Stichwort gewartet, wenden sich mit einem sanftmütigen Überlegenheitsgefühl an den erregten Mann. Der kräftigere von ihnen richtet zum ersten Mal ein von ihm selber ernst genommenes Wort an ihn:

»Damit Ihnen nicht völlig unbekannt bleibt, worin wir so ausschließlich verständigt sind, erkläre ich Ihnen das folgende: Der Geist, ob es nun der Ihre oder sogar der unsere ist, hat sich aus sich selbst zurückgezogen. Er ist nur noch ein blasser Spot, ein dünner Scheinwerferfleck auf dem Hinterhof eines weltweiten Speditionsunternehmens. Leuchtquelle unbekannt.«

»Ich beneide Sie«, sagte nach einem kurzen Besinnen der inzwischen besänftigte Wüterich, »ich beneide Sie beide, die Sie sich in einer Aussage von solcher Tragweite gefunden haben. Der Gedanke, in dem Sie nun übereinstimmen, kann zwei Menschen für ein ganzes Leben zusammenschmieden. Er muß es sogar. Denn allein gelassen mit ihm, würde keiner von Ihnen den Kopf oben behalten. Für einen Dritten, das sehe ich ein, ist zwischen Ihnen, die Sie wie zwei Spiegel voreinanderstehen, Männern eines schwindelerregenden Zusammenspiels, einer ins Unendliche sich fortsetzenden Übereinstimmung, kein Platz. Ich will mich Ihnen nicht länger aufdrängen und wende mich weiterhin der Oberfläche meiner Gedankenwelt zu, die mir den ein oder anderen Ausbruch von Unbesonnenheit erlaubt, jedesmal, wie auch soeben, verbunden mit dem Gefühl einer starken zwischenmenschlichen Reinigung und Entschlackung.«

Der Dritte verabschiedete sich mit diesen Worten von den beiden Verständigten mit einem kräftigen Händeschütteln, dankte für die genossene Erleichterung und ging ohne Eile davon.

*

Fünf streunende Schülerinnen von unterschiedlichen Jahren, größere und gedrungene, zusammengekommen in einer Steilkurve der bergan steigenden Straße, Brillenträgerin jede, bilden einen kleinen Haufen, der mit gleicher Kopfhaltung hinaufblickt zu einer verfallenen Kapelle, aber so mit langen Hälsen alle, als sei dort eine Erscheinung – noch nicht zu sehen, jedoch in der Luft liegend und in nächster Sekunde zu erwarten. Dann würden sie unverzüglich ihr Lied anstimmen, die Vorbereiteten, die zusammen kamen, sich gruppierten und irgendwann chorbildend stehenblieben, lange Zeit darauf gefaßt, im nächsten Augenblick ihre ganze Seele zum Verschallen zu bringen.

Jedoch dort oben nichts. Kein Rühren noch Rumoren. Mädchenjahre – aber zu fünft! – stehengeblieben in hoher Erwartung. Wenn sie auch zuweilen ihre Hälse kreuzten und zärtlich aneinander rieben wie die Pferde.

»Du wirst mich schnell vergessen.« Das ist später dann ihr Ton, ein ganz bestimmter Ton, den sie hinterließen im Ohr einiger Männer, solange das Lieben noch ein Kommen und Gehen war, sie aufstanden vom fremden Bett, sich anzogen und gingen. Irgendein Ton blieb von ihnen zurück, anstelle der Person, und manch einer hört ihren Ton noch heute wie eine unbelehrbare Stimme im Chor, die einsam stehenblieb auf ihrer Lieblingsnote, dem klaren zweigestrichenen F. Auch wenn der Dirigent längst die Hand über dem letzten Akkord schloß, verharrt diese nicht schließbare Stimme über dem längst verstummten Chor.

*

Alles hat seine Zeit, nur die Orte haben ihre Weile. Und am Ort zu bleiben verführt oftmals zu einem zeitwidrigen Verhalten. Er hätte, so denkt er inzwischen, viel früher davongehen müssen, um das Elend, die Bosheit und die Entartung ihrer gemeinsamen Zeit nicht erleben zu müssen. Aber das Haus fing ihn in seine Weile, und Weile kommt vom lateinischen *quies*, Ruhe ... Doch in den Räumen raste und lärmte das Zerwürfnis. Weshalb dieser Genuß des Eifers, die Wonne des Zorns? Warum nicht murmelnd untergehen?

Nun betritt er als Gast diesen Ort, an dem sie früher alles miteinander teilten. Der Besuch gilt dem kleinen Sohn, den er mit auf eine Bergtour nehmen will. Der äußere Gleichmut, mit dem sich die Eltern begegnen, ist eine manegereife Leistung der Selbstbezähmung. Der Mann hat seinen unbändigen Haß so abgerichtet, daß er brav seiner Frau eine Hand reicht, die ihr eigentlich an die Gurgel will. Mit übereinandergeschlagenen Beinen, das Geschlecht abgeriegelt, sich in der Gewalt habend, sitzt er bei ihr am Küchentisch, allerdings ohne daß sich ihre Blicke ein einziges Mal kreuzen. Er spürt vor sich einen Menschen, wahrscheinlich den einzigen, mit dem er es je zu tun hatte, den selbst sein Tod nicht versöhnlich stimmen würde. Sie sitzt derart verschlossen, in ihre Verhärmung eingesperrt, erstarrt, daß nicht einmal ein leises heißes Fauchen über ihre Lippen kommt. So sieht er sie.

Das also ist das wahre und tiefe Mißglücken von zweien, das keine Worte, keine Gesetze je mildern können. Zu hoch angesetzt, zu tief abgerutscht. Die Ressentiments bewahren noch die halbe Kraft der Sentimente, die einmal so übermütig und fordernd waren. Dabei läßt sich nicht ausmachen, ob im Sinne von Schuld einer dem anderen vorging; ob nicht vielmehr die Ursache für ihr zuletzt verkehrtes Verhältnis in der Ungleichheit von Zeit und Weile zu suchen ist.

Das Schulzeugnis des Jungen vorlegend, tritt sie nahe neben ihn, während er weiterhin am Tisch sitzt, die breiten Hände vorm Gesicht, schweigend. Sie aber schlank, hoch, beinah mit dem Bauch an seine Seite stoßend, den rechten Arm gestreckt auf die Tischkante gestützt, so daß der Ellbogen nach innen knickt, die hornige dunkle Haut in schrumpeligen Falten liegt, den Kopf gesenkt aufs Schlüsselbein. Eine weißblonde Haarsträhne, vorfallend, weht auf unter ihrem schweren Atem, Atem einer tiefen Erschöpfung, Atem einer Frau, die jetzt für ihr Leben gern klein beigäbe, aber gerade und aufrecht steht, um in der Erschöpfung schön zu sein mit hängendem Kopf und leicht ausgestellter linker Hüfte, gerade steht, jedoch bis auf den Anstoß nah bei ihm, bereit, auf seine geringste Regung hin das Geradestehen aufzugeben, sofort ihre mühsame Haltung zu verlassen, sich rund zu machen, sich zu öffnen und zu wälzen auf den glühenden Kohlen der Versöhnung.

*

Sie waren einfach Buchhalter und Buchhalterin und saßen an einem großen quadratischen Tisch, auf dem eine lange Reihe von Ordnern stand, und unbearbeitete Schriftstücke lagen zwischen ihnen. Sie kam einen Tag später als vorgesehen aus ihrem Urlaub zurück. Er erfuhr nicht, mit wem sie diesmal verreist war. Es hieß immer nur: »Wir waren schon um neun Uhr am Strand.« Oder: »Wir hatten Glück, die Regenperiode war gerade zu Ende.«

Er dachte, auch sie und ich teilen ein Wir, und dieses Wir am Arbeitsplatz ist doch eigentlich ein viel beständigeres als das häufig wechselnde Wir ihrer Urlaubsbegleitung.

Er dachte: sie ist auch jemand, die nur aus Protest wählt, also ohne eine jasagende Entscheidung. So wie sie auch nicht wirklich religiös ist, sondern nur das Erhebende vom Religiösen in ihr Wohlfühlprogramm übernimmt. Das wird bald zur Herrschaft gelangen, sagte er sich, es wird ausarten zur allgemeinen *Pseudokratie*. Seine Wortfindung.

Überall, querbeet, fielen ihm neue Klassengegensätze auf, die unbestreitbar und allgemein akzeptiert waren. Zum Beispiel: Der Experte und der Ignorant. Die Lieblose und *ihr* in sie Verliebter. Kein größerer Rangunterschied denkbar! ... Sie besaß im übrigen nicht die geringste physische Berühungsscheu oder Berührungsachtung. Während er am Computer ein neues Format für die Ablage vorführte, er sitzend, sie neben ihm stehend, vorgebeugt, legte sie den Unterarm über den seinen, um zwei drei Mouseklicks auszuführen. Außerdem drückte sie ihre Hüfte an seine Seite, ohne es auch nur zu bemerken oder ihm irgend etwas damit zu bedeuten. Das *Stewardess-Syndrom,* auch hier war der Begriff schnell geprägt, denn die müssen einen fühllosen Hintern haben, der, während sie servieren, unentwegt gegen die Ellbogen von zeitungslesenden Passagieren stößt. Die Berührungen seiner Kollegin waren aber nicht einfach ungeniert – sie gehörten vielmehr zu ihrer natürlichen körperlichen Ausdehnung. Sie demonstrierten eine neuartige Form von aufgegebener Distanz, von Unempfindlichkeit gegenüber dem Körper des anderen, etwa der Haut eines vorsichtigen Mannes, ihrem täglichen Gegenüber. Sicher wußte und ahnte sie nicht, daß dergleichen noch vor kurzem als Eingangssignal galt, um ein Interesse an fortschreitend anschmiegsamem Verhalten anzuzeigen. Und daß die Berührung stets gezielt oder gezielt versehentlich geschah. Hier handelte es sich aber um etwas ganz anderes, etwas prinzipiell Neues. Diese neuen Frauen mit dem von ihm so genannten Stewardess-Syndrom konnten sich bei einem Mann mit ganzer Flanke anlehnen und dabei ihr taktiles Empfinden auf Null fahren. Sie waren eine bestimmte *soziokulturelle Prägung* los. Wiederum seine Entdeckung, seine Definition. Er dachte: im Verhältnis zu dieser achtlosen Anlehnung müßte ein kräftiges Händeschütteln auf sie wie ein aufdringlicher Körperkontakt wirken, ein kräftiges Händeschütteln, das sie vielleicht aus ihren schlafenden Berührungen erwachen ließ. Es sei denn, es verhielte sich ganz anders. Und die gewöhnliche Fühlungnahme mit einem körperlich ihr fremden Mann, ihrem täglichen Gegenüber, sollte diesem ein Gefühl von Vertrautheit nach der Verführung ohne erfolgte Verführung vermitteln. Was könnte damit gemeint sein? Jedenfalls wäre alles sehr viel komplizierter, als seine Begriffe es bisher erfaßt hatten. Dann hätte er das Phänomen doch noch nicht ganz verstanden.

*

Nach so vielen Jahren der Gemeinsamkeit trifft ihn aus heiterem Himmel – ein Wangenkuß am Morgen – der Pfeil vollendeter Befremdung: dies ist nicht meine Frau!

Er sah, daß die gemeinsame Lebenszeit eine Sache ist, *der andere* aber eine andere. Über die nichts hinwegtäuscht und die von Dauer, Halt und Bindung ganz unberührt bleibt, ja, die am Ende elementarer ist als die Zeit.

Nach fünfzehn Jahren unverbrüchlicher Gemeinsamkeit ein Augenblick, ein Schleierriß: dies ist nicht mein Mann. Der Pfeil vollendeter Befremdung.

Du warst der mir nächste Mensch, du warst der sprichwörtlich *andere*. Aber du bist ein Mann. Es gibt genügend Beweise, daß ein Mann über jede Grenze zieht und auch die, *der andere* zu sein, überschreitet. Unsere lange Wanderung war eine andauernde Unterwanderung meiner Person. Und sogar der Gewißheit, die einst von dir Geliebte zu sein.

Nun nicht mehr.

*

Der gelbe Stempel der Hibiskusblüte, die feuerroten Lappen ihres flachen Kelchs; das verwaschene Rosa einer hochstieligen Rose in ihren flauschigen, zentrischen Wellen; der wie unterirdisch grollende Himmel, der Wolkenblöcke aus Granit verschiebt. Die Katze lauert auf einem Haufen Bauschutt nebenan, wo der Nachbar mit seinem Haus nicht weiterkommt und abgebrannter Boden öde bleibt.

Wie fahl, wie stickig ist die Sonntagsruhe hier am Nachmittag! Und wie er seine Börse aus der Hinterntasche zieht, »zückt«, wie er ihr Geldscheine übergibt, »aushändigt«; sie im Liegestuhl, die Hand aufhaltend. Ja, nun ist sie lasziv, fast stumm, besonders sinnlich geworden nach der Geburt; kein Muttertier. Eine nachlässige, verschwenderische, an keiner Gemeinsamkeit mehr interessierte Frau. Vorher/nachher. Der Instinkt ließ sie vor ihm erblühen, ihre Lebendigkeit, Heiterkeit, Geschmack und Intelligenz waren nichts als sexuelle Werbung, ihre ganze Leidenschaft erschöpfte sich in einer einmaligen Verausgabung, Geburt. Nach der Geburt: ein sinnliches, zerstreutes, apathisches Geschöpf. Eine faule Mutter. Eingerollt in die Nacht wie die Katze, wenn ihr Zahuriblick die Metalle im Erdmantel sieht. (Zahuri – nach Görres in seiner »Christlichen Mystik« – wurden in Spanien die Durchseher genannt. Sie sehen »Alles, was die Erde in ihrem Schooße beschließt: Wasseradern und Metallschätze und Erzgänge, zudem die Leichen in ihren Steinsärgen«.)

Schwerfällig wählt sie die Worte, immer mit Vorschaltfloskel, gesprochen mit sinkendem Lid: Ich weiß gar nicht … was hast du gesagt?

Ich weiß gar nicht, wie spät ist es denn?

Gegen Abend sitzt sie, langsame Malerin nach zwanzig Stunden Malunterricht, halb entblößt und vorgebeugt an ihrer Staffelei. Sie malt ihr Selbstporträt, und zwar den Rückenakt, halb entblößt und vorgebeugt an ihrer Staffelei. So wie der Mann sie sieht, der immer bei ihr sitzt und mit der Taschenlampe spielt. Der Lichtfleck wandert wie ein Falter über ihre Schläfe, ihre Brustspitze und ihre malende Hand. Sodann auf der Leinwand ebenso über die gemalte Schläfe, die gemalte Brust und die gemalte malende Hand.

Dazu erzählte er ihr einen Traum der vergangenen Nacht:

»Ich sah, wie der Morgen nicht steigen konnte. Die Sonne glich dem blauen Kopf eines Erstickten. Gottes Stimme strich über mich hinweg: Wer bist du, Wurm? Der du in mir dein Antlitz verlorst? Und wirklich: ich war ein entsetzliches Misch-Wesen, Kreuzung zwischen Aal und Kaninchen ohne Fell, eine glibbrige Mißgeburt, so schlängelte ich über die weißen Kacheln eines Pissoirs. Ich konnte mich in meiner krummen Bodenhaftung nur an die Abflußrinne des Aborts lagern und ließ dort den Harn langsam durch die Falten meiner Kloake sickern. Denen, die mich voller Ekel mit dem Fuß beiseite schubsten oder gar mich zertreten wollten, rief ich mit winziger Stimme zu: *Ich bin ein Mensch, ich bin ein Mensch!* Aber weder pathetisch noch klagend klang es, sondern wie ein Automat wiederholte und wiederholte ich den Satz, denn es war mir vom menschlichen Sprechen nichts als dieser eine nur schwach vernehmbare Ruf geblieben.«

Die junge Mutter sagte wieder nur: Ich weiß nicht ... so was erzählt man doch nicht.

*

Ich sah die Fensterputzerin in Shorts und mit einem grünen Stirnschirm, dessen breites Band in ihr dunkles gelocktes Haar drückte. Die Leiter geschultert, den Eimer mit Lappen und Wischer schwenkend, ging sie mit weitem Schritt über den Werkpfad eines Straßenbahndepots. Eine schöne Gestalt, die, sobald sie mit mir sprach, über das Geländer der Eisenbahnbrücke, eine etwas fläzige Männerhaltung annahm. Die kleinen Schaufenster von Boutiquen und Antiquitätenläden säuberte sie im Jahresabonnement, alle drei Monate einmal. Jetzt ging sie zum Bahnhof, um ihren Vorortzug nicht zu versäumen, immer den Gleisen nach. Robust und abgehärtet ist sie, eine Angeberin, auch darin ein männlicher Einschlag. Sie behauptet, mit dem Fensterputzen verdiene sie sich ihre Ausbildung zur Varietéjongleurin.

Zwei Streifenpolizisten treten ihr in den Weg. Der Ältere, selbst eher schüchtern, muß den Kollegen zuweilen zur Ordnung rufen, da dieser es nicht lassen kann, an Mauern lehnende Frauen anzusprechen und sich ihren Ausweis zeigen zu lassen. Sie stellen die hübsche Fensterputzerin zur Rede.

Ich bekomme davon nur so viel mit, als sie eine freche Frage umkehrt und dem jüngeren Beamten unbefangen erwidert: »Könnte es nicht sein, daß Sie meinen Schlüssel bereits in Ihrer Tasche haben?«

Darauf antwortet der jüngere Polizist: »Ich lasse mir viel gefallen, ich lasse mir eigentlich sehr viel gefallen –«

Doch der Ältere unterbricht ihn: »Sieh erst mal nach, Horst. Red nicht wild drauflos!«

Nun greift der Jüngere in die Tasche seiner Uniformjacke, und tatsächlich zieht er ein fremdes Schlüsselbund hervor. Um sich nicht in Unannehmlichkeiten zu verstricken, läßt er es mit spitzen Fingern wie ein ganz fieses Beweisstück in die hohle Hand der Fensterputzerin sinken. In jedem Falle ist er der Düpierte, und etwas Besseres als der Satz, mit dem ein Robert Walser bereits versuchte, sich aus der Klemme zu helfen, fällt ihm jetzt nicht ein: »Niemand ist berechtigt, sich mir gegenüber so zu benehmen, als kennte er mich.«

Die Begegnung ist vorüber, die Streife zieht weiter, die Fensterputzerin lehnt sich über das Brückengeländer und erzählt mir einen plump aufgebauschten Hergang der Geschichte, als müsse sie von ihrer Überlegenheit am Stammtisch prahlen; als traute sie der eigenen Anmut nicht, dem Trick, dem Witz und dem Geschick, die sie in der Sache jedoch bewies.

*

Wie er sie nun am Ellbogen berührt, Assistent am Theater, ist sie auf einmal wieder eine ganz gewöhnliche junge Frau, die eben noch auf der Probe ihn erzittern ließ, in ihrer Rolle zum Äußersten gelangt, die uralte Erschütterung auslösend, wie nur Schauspielkunst es vermag. Doch nun ist sie nach der Szene, nach der Verausgabung, ist wie ausgeleert und stumpf. Nur noch die ehrgeizige Kollegin, mit der man über die Szene redet, weil sie darüber reden will, weil sie handwerkliche Kritik erwartet, und der Assistent versucht's mit ein paar hergeholten Bedenken, die wahrhaftig nicht die seinen sind, aber wenigstens dazu dienen, seine Ergriffenheit ein wenig zu dämpfen. Er müht sich, einige virtuose Einzelheiten herauszupicken, die vom Schauder des Ganzen wenig erzählen, der ihm nachgeht, so daß ihm noch mehrmals ein flaches Schluchzen in die Stimme rutscht und die nüchternen Mitteilungen unterwandert. Schauder, der allmählich abklingt, als die eben noch Unbegreifliche damit beginnt, sich *selbstkritisch* in Frage zu stellen, schließlich gar Fragen von Tagesaktualität an den Sinn der ganzen Unternehmung richtet und, vom Kult, vom Ritus endgültig verlassen, darum bittet, die Abendprobe schwänzen zu dürfen. Das ist der Augenblick, da er sie fester am Ellbogen faßt, um vielleicht durch einfachen Körperkontakt etwas von der tiefen Berührung, der er erlag, ihr zurückzuführen. So geleitet man die Sibylle nach der Besessenheit von ihrem Dreistuhl fort und geht mit ihr zum nächsten Bäckerladen.

*

Du liebst den Menschen, der dich vor Liebe nicht sieht. Nur den, der dich verkennt, liebst du.

Kein besseres Inkognito findet der Mensch, als ein geliebter zu sein.

Ihre Schwester sagte später, die beiden hätten sich beim Kennenlernen vor lauter Ahnung nicht in die Augen sehen können, Paul und Alissa, Sänger und Model. In Mailand verbrachten sie ihre letzte Nacht.

Sie saßen im hinteren Raum der Trattoria, wo sie sich küßten, mit vollem Mund über ihren Tellern, die Augen geschlossen, als ob sie einander atzten, und dünner Saft floß aus den Mundwinkeln, tropfte vom Kinn. Doch plötzlich riß es die Frau vom Stuhl und sie ging, stürmte davon. Rings um den Mund war ihre Haut stark durchblutet, fleckig vom Pressen und Saugen. Sie sah aus wie ein kleines Mädchen, das sich den Mund mit Brombeermarmelade verschmiert hatte. Die Geküßte floh wie tief getroffen, obwohl doch kein einziges Wort aus den miteinander verschlossenen Mäulern entwichen war und nur der Kuß selbst etwas Furchtbares enthalten haben konnte.

Der Sänger erschlug seine Liebste. Sie konnten sich nicht ansehen, so unbezwinglich war die Gewalt zwischen ihnen. Monate vor der Tat sonderten sie sich ab von allen anderen, Freunden, Berufskollegen, sogar von ihren Kindern, die sie in noch bestehenden Ehen hatten. Das Höchste aber geschah dann ununterscheidbar von niedrigster Gemeinheit: wie viele Trunkenbolde der primitivsten Sorte haben nicht ihre Frau zu Tode geprügelt? Blind vor Begierde zerriß er die viel zu Begehrte. Als er sie zum ersten Mal sah, war sie tot. Nüchtern geworden, stand er vor ihrem kalten, übel zugerichteten Körper.

*

Um ihre Larven sicher zu lagern, schlüpfen zwei schlanke Garnelen in einen Tiefseeschwamm. In ihrem Liebesnest wird nun das Paar sehr schnell zu groß und dick, um durch den engen Eingang wieder zu entweichen. Der Schwamm, der mit undurchlässigen natürlichen Glasfasern am Boden haftet, gibt das Krustenpaar nicht wieder frei. Sie bleiben eingeschlossen im Loch der Vermehrung, bis sie verenden. Ihre Nachkommen, von geringem Umfang, gelangen dagegen durch die Öffnungen des Schwamms leicht ins Freie und in ihre natürliche Umgebung, das Meer.

*

Sommernacht. Offenes Fenster zur Hauptstraße im dritten Stock. Am Straßenpoller lehnt ein Junge mit verdrehter Baseball-Kappe und in Hip-Hop-Hose, der seiner Unerreichten ein Rap-Ständchen bringt, seine Traurigkeit und Entbehrung in sich überstürzenden Sprechgesängen beteuert. Wobei er sich refrainartig unterbricht, an den Bordstein tritt und in gedehnten Silben ihren Namen zum Fenster hinaufruft: Anastasia!

Das Mädchen liegt unbekleidet, das Laken zwischen die Beine geklemmt, in ihrem Bett, den Arm ausgestreckt und unter die Taille eines anderen Mädchens geschoben.

»Wie spät ist es?« fragt sie. Die zweite, die ihr zugewandt lag, wendet sich um, greift auf dem Nachttisch den Wecker, und rollt wieder in die alte Lage.

»Halb vier.« Sie sehen sich an: sie haben dieselben Gesichter, aber gänzlich verschiedene Leiber. Die eine ist schlank und lang, die andere hat einen athletischen Körper.

»Schließ das Fenster. Ich kann nicht schlafen, solange er unten quasselt.«

»Ich mache lieber das Fenster zur Seitenstraße auf. Ich kann nicht schlafen bei geschlossenen Fenstern.«

Die Schwere steigt aus dem Bett und öffnet das Fenster zur Seitenstraße. Die Schlanke geht zum Fenster über der Hauptstraße und schließt es.

Der Junge unten auf dem Bürgersteig bricht sein Ständchen ab. Er hält eine Kellnerin an, die mit verheulten Augen durch die Nacht irrt. Er bittet sie, sich für ein Kunststück zu entkleiden und sich rücklings flach über ihren Kleidern am Boden auszustrecken. Dann levitiert er die Nackte um gut anderthalb Meter. Dort liegt sie starr und fest in der Luft.

»Anastasia!« ruft der Junge in die Höhe. Die Schlanke, die oben noch am Fenster steht, das sie schloß, will ihren Augen nicht trauen.

»Anastasia!« ruft aber fast im selben Moment der Junge von der Seitenstraße empor. Über ihm mit gleichem Gesicht steht die Schwere am geöffneten Fenster und sagt empört zur Schlanken hinüber: »Er pißt an die Laterne, und wie viel!« Die Schlanke reißt sich vom Anblick der ohnmächtig Schwebenden nicht los und zögert, ans andere Fenster zu gehen.

Der Junge neben der Laterne entleert jedoch nicht seine Blase, sondern ihm entströmt quellendes Wasser nicht nur aus Ohren, Nase, Mund und Röhre, sondern auch aus den Brustwarzen, den Knien und Fingerspitzen, am ganzen Leib sprudelt es hervor, läuft in den Rinnstein und schwillt dort zum Bach. Er steht da und ist ein menschlicher Brunnen. Nur eine sieht es und will ihren Augen nicht trauen. »Komm her«, ruft die Schwere nach der Schlanken, »sieh doch, wie er fließt! Bevor er ganz davongeflossen ist.« Doch die Schlanke ruft zurück: »Sieh erst, wie sie schwebt! Bevor sie zu Boden stürzt!« Dann, ganz unwillkürlich, reißt sie das Fenster zur Hauptstraße wieder auf, und beide rufen, jede in ihre Straße hinunter, den Rapper zu sich: »Komm rauf! Komm rauf zu mir!« Mit zwei verschiedenen Stimmen rufen sie aus zwei verschiedenen Körpern, aber aus zwei ebenbildlichen Mündern.

Vor Schreck, mit zweierlei Stimme gleichzeitig aus zwei Fenstern gerufen zu werden, versiegt auf der Stelle der Brunnenmensch und ist im Handumdrehen auf der Hauptstraße zur Stelle, um die in der Luft schon schwankende, strauchelnde Schläferin aufzufangen und wieder auf beide Füße zu stellen. Darauf aber muß er erkennen, ja er scheint in seiner Windeseile gleichzeitig unter beiden Fenstern nach oben zu blikken, daß seine Anastasia, deren feines Gesicht ihn bis dahin wechselnd hinter dem einen wie dem anderen Fenster verführte, hinterrücks zwei sind. Eine Monstrosität, eine nie dagewesene Naturabweichung, zwei gegensätzliche Leiber, zwei selbe Gesichter! Unmöglich, unter ihnen die eine herauszufinden, in die er sich verliebte. Ein Teufelszeichen macht er den Frauen an ihren Fenstern, hilft der steif gewordenen Levitierten in ihre Kleider und zieht, sich ihren unsicheren Schritten anpassend, langsam mit ihr davon.

Centgraf, der Verderber, der mit uns vor kurzem noch Silvester feierte, hat sich umgebracht. Zuletzt war er zusammen mit unserer Freundin Eva, einer Bildhauerin, die er zerstören wollte. Es gelang ihm nicht, doch drängte er sie bis an den Rand des Abgrunds, so daß sie lange Zeit meinte, nie wieder arbeiten zu können. Langsam und vorsichtig legte er ihr die Würgschraube an. Nachdem er sich anfangs bewundernd in ihre Arbeit vertiefte und mit anregendem Zuspruch nicht sparte, wechselte er, sobald sie fest genug an seinen Lippen hing, gleitend über zu skeptischeren Tönen. Nörgelte bald an dieser oder jener Formgebung herum, verschärfte das Nörgeln zu beißender Kritik, um schließlich bei tödlichem Verdikt zu enden. Das Halseisen trug von Beginn an die Inschrift: Du bist nie eine Bildhauerin gewesen. Ein Wittgensteinexperte war der Mann, durchdrungen von der ausgefallenen Perversion, Künstlerinnen zu zerstören, mittleren weiblichen Begabungen den Garaus zu machen, ihnen ihr Künstlertum auszutreiben wie einen Dämon. Meist waren es Frauen in kritischen Jahren, die an seine Männerbrust flohen. Sie sollten ihrer Kunst abschwören wie einer falschen Religion. Sie sollten rein, gleichsam wiedergeboren in bürgerlicher Unschuld, also bereit zu einer soliden Berufstätigkeit, vor ihm stehen, befreit vom Eifer und Ehrgeiz des Irrglaubens Kunst. Inzwischen selbst etwas in die Jahre gekommen, fand er nicht mehr so leicht die geeignete mittlere Begabung, die er durch Einfühlung verführen konnte, um sie dann in Liebesnächten einer Talentaustreibung zu unterziehen. Nach längerer erfolgloser Suche schien er zu begreifen, daß er seinen Trieb nicht mehr würde befriedigen können. Doch der Vernichtungswille in ihm war stärker und verlangte unerbittlich nach einem Opfer. So legte er schließlich Hand an sich selbst, nein, er gebrauchte seine Hände gar nicht, sondern schmiß sich aus dem achten Stock eines Hochhauses in die Tiefe. Nach vielen Nächten der Schlaflosigkeit, die er bei Freunden oder nur oberflächlich Bekannten verbrachte. Kann ich heute bei dir übernachten?

Offenbar fand niemand seinen Wunsch merkwürdig genug, um etwas von der dunklen Absicht zu ahnen, mit dem der Verderber Stockwerk um Stockwerk höher nach einer Gelegenheit zur Übernachtung suchte. Man stellt sich doch vor, ein paar Kleinigkeiten könnten es sein, die ihn unverhofft zerstreut und zuletzt von seinem Weg abgebracht hätten. Aber nach so vielen Nächten der Schlaflosigkeit hatte er nur noch das eine Bild von sich, den, der endlich in den Schlaf fallen, ja stürzen muß, und der Ruf des Schlafs kam tief unten von der Straße. Er selbst hätte es am besten erklären können, der kleine Klugscheißer. Beim letzten Jahreswechsel hatten wir einander noch viel Glück gewünscht.

Zur Nacht in einer fremden Wohnung klingelte ein altes Telefon. Er sprang vom Bett und griff den klobigen Hörer. Unter Tränen rief er hinein: Mama! Mama!

Deshalb ist das Telefon ein solcher Alarm, weil es immer jemand sein könnte, der sich aus der einzig noch existierenden, einzig unwandelbaren Ferne – dem Totenreich – meldet.

*

Fast schon verblichen, dachte er, als er das kleine Foto von sich auf ihrer Kommode entdeckte. Gestaffelt in zeitlicher Folge, gerahmte Bilder von Männern, er im anfänglichen Drittel, fast farblos, aus der Zeit ihrer größten Geldverlegenheit.

Wie Tante Lisbeth bei Balzac, die alle modischen Kleider, die man ihr schenkte, umarbeiten ließ in die Tracht, die sie zu Napoleons Lebzeiten trug, so ließ auch Helene das Kostüm, das sie so gut gekleidet hatte zur Zeit ihrer größten Geldverlegenheit, stetig nachschneidern.

Der einfache Geiz, sagte sie, ist nicht mehr als eine verirrte Lust, eine der vielen trügerischen Exaltationen einer erfahrungshungrigen Frau. Bei mir geht es höher hinaus, denn ich leide unter Habsucht. Ich muß sie bekämpfen wie andere Trunksucht, Heroinsucht, ebenso heimlich und schicksalsschwer bin ich der Habsucht verfallen. Ich bin an ihr krank.

Ein wenig verschlafen noch greift sie nach dem Erwachen zum Smartphone und gibt ihre ersten Orders ein. Nervös flackert die Anzeigetafel der Börse, tausend zwinkernde Augen. Gleich schluckt sie auch die erste Pille gegen die aufsteigende Habsucht. Derivate, Optionen, Fonds und Futures, verzweigtes Gestrüpp. Hin und wieder stürmt ein Harpagnon, tobender Alter,

Schirmherr des Hauses, Geiz-Geist, durchs Vestibül und schreit nach der geraubten Kassette.

Das also wird aus einer schönen Bergmannstochter, der man einst, die Waffen streckend, riet: Fahr in den Schacht und such die reiche Ader. Vergiß die Liebe!

Die Fortgehende war sie, die wieder einmal alles erledigt hatte, Helene mit rotblondem, halblangem Haar, im cremefarbenen Kostüm, das um die fülligen Oberschenkel schloß, Frau der raschen Erledigungen, der man häufiger in den Rücken blickte als in die Augen, ihre Hand in der linken Jackentasche spielt noch heute mit Münzen aus der DM-Zeit. Die Konzentrierte, die Planvolle, die ein Lächeln nur flüchtig andeutete, nur so viel davon, als man hinwirft, um Fremdheit zu zerstreuen.

Schwer hatten es mit ihr jene, die ausgeflossene Spieler waren, kleine Lachen, durch die sie achtlos schritt, sobald sie sich dürftig vor ihr ausbreiteten.

Es gefielen der Entschlossenen auch keine wertlosen Ansichten. Schon damals prallte an ihr ab die Glaubens- und die Frauenfrage.

Wohin gestellt? Büro in Oslo, Füße in Nagoja. Das Menschenbild ist eine Statue, jahrhundertehoch, zu der die Winde pilgern und sich neigen. Wir über Länder und Zeiten Übergroße, Aufgeschossene, Kolosse an der Hafeneinfahrt des blauen Handels-Planeten.

Die Pläneschmiedin. Alles surft in ihrem hübschen Kopf. Dauerglissando von Berechnen und Entwerfen. Inmitten der unbegrenzten Abgeschiedenheit ihres Schädels werden Projekte zu Projektilen, die alles, was sich ihr in den Weg stellt, durchlöchern.

Gern blickt sie auf ihre immer sehr gepflegten Hände und lädt Visionen auf zehn lackierte Fingernägel. Zur gleichen Zeit trifft der Todespfeil und sieht sie zusammenbrechen: den Dirigenten am Pult, den Gewerkschaftsseketär beim Wutausbruch, den Autoscooter-Kassierer am Mikrophon, die Rechtsanwältin bei ihrem Plädoyer, den Polizisten hinter dem Steuer des Streifenwagens, den Wirt beim Streiten über dem Tresen, den eine Leinenhose hochhaltende Verkäufer, die noch einmal schallend singenden Großmutter, den von seinem Gemälde erschütterten Künstler, den stillen Raucher am Quai. Zehn Tode auf zehn Fingernägeln.

Kirschblütenweiß wie das Laken, das sie um sich schlingt, ist alles, wenn sie ihre Lider schließt. Die weißen Tauben gießen Ziffern über sie. Grenzerfahrungen sind diejenigen, bei denen Algo-Rechner bis zum reinen Stillstand beschleunigt werden. Am Rande des Bewußtseins folgen Tag und Nacht so rasch wie Lidschläge aufeinander. Jedoch der Kreislauf fließt ab, Hell und Dunkel wechseln nicht nur, ihr Wechsel selbst gehört zum Niederströmen, ihre Leichtigkeit ist Sinken.

Spätestens zu Mittag fährt ein neuer Schub in ihre Glieder. Jetzt wälzt sie weltweit die Devisen um, die Rupie wird verkauft, der Rand erworben, Kanadischer Dollar kommt hinzu. Wie die Kommode zeigt, standen nicht wenige Männer ab Mittag ziemlich verloren da und sahen ihr bei tausend atemberaubenden Affären zu. Einmal, immerhin einmal in der Nacht lächelt sie entspannt und fast beglückt, dann geht am Horizont die Sonne auf über der Börse in Shanghai.

*

Es gibt tausend Variationen über den Satz: Ich verstehe nichts mehr von der Welt. Meist hört man ihn nur indirekt, oder jemand gesteht es auf uneingestandene Weise. Ein Mann bildet sich ein Urteil, bricht aber auf halber Strecke ab: Im Grunde ist es nicht das, was ich meine. Zwischen mir und den Verhältnissen, den überaus undurchdringlichen, fehlt der vereinfachende Koeffizient – eine feste Tätigkeit, ein Bestreben, zumindest die Schrumpfgröße eines Standpunkts.

Lang ausgestreckt lag ich auf der Bank nahe den städtischen Sportanlagen. Beunruhigt, ausgehungert nach Arbeit, verzweifelt, aber bei klarem Verstand. Niemand gab sich so wenigen Illusionen hin wie ich.

Manchmal kam eine junge Tennisspielerin nach ihrem Match vorbei, grüßte mich und strahlte, jettschwarze Augen. Sie hatte auf dem Barocktheater meiner Verzichte, das nur noch aus unbespielten prächtigen Kulissen bestand, einen letzten kleinen Auftritt.

Ich stand auf, wenn sie von den roten Plätzen kam, ging ihr über die Wiese entgegen und zeigte eine ungezwungene Freude. Wie war's? fragte ich jedesmal und faßte sie am nackten Oberarm, als wollte ich sie führen.

Die dunkelgrüne Wiese war noch mit spätwinterlich verharschtem Schnee befleckt. An manchen Stellen hatte sich der Erdboden aufgewölbt wie durchtränktes billiges Pappmaché. Hinter den Beulen und Buckeln entdeckten wir einen Haufen namenloser plumper

Holzkreuze, Wegweiser, die alle ineinander zeigten, weil sie noch nicht an die richtungsweisenden Stellen in der Landschaft verteilt worden waren.

Die Tennisspielerin in kurzem weißen Faltenrock behauptete trotzig, sie seien im Gegenteil bereits aus der Landschaft fortgesammelt und würden aus Holzschongründen demnächst zu Bestattungskreuzen für ein Massengrab umgearbeitet.

Die Tennisspielerin staunte selbst mit düsterer Stirn über ihre Vision und lockerte unter dem Röckchen mit dem Finger das einschneidende Band ihres Slips. Im Glanz ihrer Schönheit verlor ich sie aus den Augen. Ihre Hüfte, Schultern, Beine schwanden aus der gefüllten Form und verdürrten zu Strichen eines Schemas, zum Piktogramm einer weiblichen Figur. Ich starrte sie an wie ein amöbenrunder interstellarer Besucher, der über keine Extremitäten verfügt und voller Neid entdeckt, daß zwei Beine, die erste und einzige Verzweigung des Erdenbürgers, auch ihm gut stünden. Um als nächstes nicht weniger scheelsüchtig festzustellen, daß im Beginn ihrer Gabelung sich das dunkle Nest aller Verzweigungen des Menschengeschlechts befindet. Mit anderen Worten: Wenn Menschen im einzelnen auch schwer lesbar sind, so stellt doch der Rumpf mit seinen beiden Beinen ein einfaches Bildchen vor, das im ganzen Universum leicht gelesen werden kann.

Halt, haltloser Gedanke! Nicht weiter schweifen. Jetzt heißt es: Geschick zeigen, sich bücken auf der Rolltreppe nach der Münze, die herabfiel und auf der Schuhspitze artig liegenblieb.

Also fragte ich sie, ob ich ihr für irgend etwas anderes mit Ausnahme von Tennis als Partner dienen könne?

Ihr Verneinen war so lockig, wie wenn eine Frau sich die Haare freischüttelt, nachdem sie den Motorradhelm absetzte oder die Reiterkappe oder eine Perücke.

Du Schussel, sagte ich mir, du schusserst dein Lebtag, seit Kindertagen schiebst du immerzu buntgesprenkelte Murmeln in die Kuhle, schiebst und schubst, bis das letzte Fleisch vom Finger gewetzt und erdblutkrustig ist das Zeigeglied.

Verklickert und zermurmelt. Da kommt einer, der mir die Welt verklickert. Dann kommt ein zweiter, der mir alles wieder zermurmelt.

*

Schmerzfuß – die Straßen, die Berge, das Ödland, die Moore, mit Wäsche verhangene Gassen, Häfen, dicht belaufen, Nachtmärsche mit Taschenlampe – alles Passage bis an sein Ziel, das ihn über den halben Erdball zu sich gezogen hatte. Es war ein kleines Haus mit roter Clownsnase, Alarmleuchte, die strahlenwerfend kreiste, und die Haustür öffnete sich mit zwei Flügeln. Ein letzter, kraftvoller Sog holte den Wanderer ins Haus, wo im Empfang eine weitere Tür mit zwei Flügeln aufging und ihn noch einmal tiefer hineinzog. Mit seinem Eindringen ins Parterre wurde wie von hilfreichen Geistern alle Unordnung im oberen Stockwerk gerichtet. Hunderte durcheinandergeworfene Bücher fanden zurück in ihre alte Reihenfolge, so wie sie geordnet standen im Regal, bevor ein Wüterich oder ein nach Geld wühlender Einbrecher sie zu Boden geschmissen hatte.

Nun also! beschied eine klare Stimme hinter dem

aufgeschlagenen Flügel der Tür, wo, versteckt, den Rükken gegen die Wand gepreßt, der Hausherr stand.

Alarm! Chaos im oberen Stock. Aber dann: Ein Mensch tritt ein, und die alte Ordnung stellt sich von selbst wieder her! Mein kleines Haus und ich hätten es nie aus eigener Kraft vermocht.

Darauf trat der kahlköpfige Mann aus seinem Winkel hervor, verbeugte sich vor seinem Gast und führte ihn in ein angrenzendes Zimmer mit niedrigem Gewölb. Dort lag in einem rotlackierten sargähnlichen Kasten aufgebahrt ein helles Fenster. In weißes Linnen gehüllt, so schien es, doch es war der noch leicht wehende Vorhang vor den verblichenen Scheiben.

Der Tod, sagte der Kahle in Betrachtung des dahingegangenen Fensters, ist kurz vor Mittag eingetreten, daher der Sog, der Sie ins Haus schleuste. Tod ist Übergang in gleißendes Sonnenlicht. Das Absolute, von dem man oft hört, ist nur ein anderes Wort für die große Blendung.

So sprach er in getragenem Ton und mit aufrichtiger Andacht für das lichte Fenster, das hohe tageshelle Rechteck, das nun für immer erloschen war.

Vereinsamt und ein letztes war es seit langem. Ein letztes Einfachverglastes unter den modernen dreifachen Isothermscheiben. War's aber früh verbraucht? Irgendwann in den letzten Monaten hatte es einen Knacks gegeben. Ich wehrte jeden Gedanken an Reparaturen, Energiesparen und Neuanschaffung ab. Als gäbe es um mich herum für nichts eine Zukunft. Ich wollte auf keinen Fall der einzig Aktive in meinen mit mir stillen Zimmern sein.

Ja, ich bin etwas mürrisch geworden und möchte am liebsten in einer unzugänglichen Sprache verschwinden. Meine Frauen sind alle draußen in Freiheit. In Freiheit von Freiheit Zerstörte, das sind sie nun. Wenn mir das geschichtliche Unglück der Stunde zu vollem Bewußtsein käme, dann wäre das Maß meiner Hemmungen und fatalen Gefühle endgültig voll. Sie hören es, ich spreche umzingelt von Unerträglichem. Doch zurück zum Hier! Mein Fenster starb. Wir verstanden uns mit wenigen Gesten. Sorgen von draußen trafen drinnen auf eine unerschütterlich reine Fensterliebe. Was immer der Ausblick bot an Schönem oder Abscheulichem, mein Fenster hielt auf Distanz. Jedesmal ließ es mich wissen: Dazu will ich nichts sagen. Oder: Das geht mich nichts an. Oder: Das mag sein, wie es will. Wir gehörten beide ins Lager der heiteren Untröstlichen.

Da sagte nun Schmerzfuß: Ich bin in Ihr Haus förmlich hineingezogen worden, und mit meinem Einzug stellte sich die Ordnung im wüsten oberen Stockwerk gleichsam von selbst wieder her. Leider sind meine Kräfte zu gering, um Ihr geliebtes Fenster ins Leben zurückzurufen. Doch bin ich weit herumgekommen und jetzt mit schmerzendem Fuß an eine Grenze meiner Wanderfreude gelangt. Ich wäre von Herzen bereit, eine Weile auszuruhen und, falls erwünscht, Ihnen mit bunten Erzählungen von Ländern und Leuten den ein oder anderen neuen Ausblick zu bieten.

Ein Ordnungsbringer sind Sie! Bei Gott. Aber von einem Fenster, das keine Ordnung oder Vorsortierung des zur Schau Gebotenen kennt, trennt Sie Ihr ganzes geregeltes Wesen.

Aber jeder Mensch ist ein Fenster! platzte der Schmerzfuß heraus.

Ich bitte Sie, in diesem Haus keine den Verstorbenen herabsetzenden Vergleiche anzustellen! Angenommen Ihre Mutter stirbt, und ich tröstete Sie mit dem beschwingten Satz: Jede Frau ist deine Mutter ... Kein Mensch ist ein Fenster! Sie wissen nicht, was von mir gegangen ist.

Sie mögen aber einstweilen im Haus bleiben und sich ausruhen, bis die Trauerfeierlichkeiten vorüber sind. Sie werden bestimmt sehr anstrengend für mich. Die vielen Frauen, mit denen ich einst unschlüssig am Fenster stand, wenn wir nicht wußten, wie es mit uns weitergehen sollte. Zumindest einige von ihnen werden es sich nicht nehmen lassen und zum Leichenbegängnis eintreffen. Da wäre ich dankbar, wenn mir jemand ein wenig zur Hand ginge, um sie auf Abstand zu halten.

*

Es ist der Vater, der sich vom Stuhl erhebt, wenn der Sohn anruft, sich verbeugt und bedankt für den Anruf, der seinem Sohn hörige Vater. »Eric!«, so meldet sich dieser am Telefon energisch und unbequem, gleichsam mit einem Ausrufezeichen, und läßt seinen Namen herrschen über den Vater.

Aber so habe *ich* dich genannt, mein Junge, denkt geduckt der Vater in seiner Verbeugung. Und dich taufen lassen auf einen von mir gegebenen Namen. Dann versetzt ihn jählings der Anruf zurück in die Geschichte des Verrats, den er einst, als sein Sohn noch zur Schule ging, an ihm beging.

Es mochte nun mehr als zehn Jahre hersein, da sagte sein Sohn zu ihm: Von nun an lebe ich anders als du. Ich bin auf Vertrauen angewiesen in meiner Umgebung. Das aber zu dir ist getäuscht worden. Ich kann nichts mehr annehmen von dir.

Du hast einen eifersüchtigen und also einen schlechten Charakter. Ich vergesse dir nicht, wie du mir, deinem heranwachsenden Sohn, mit durchsichtiger Absicht stets von den abschätzigen Urteilen berichtetest, die angeblich meine Kameraden über mich fällten. Du hast dich gebrüstet mit einer falschen Vertraulichkeit, während ich die Gier in deinem Auge bemerkte, wenn du mir die herabwürdigenden Meinungen, die andere hinter meinem Rücken über mich geäußert hätten, hintertrugst oder auch frei erfandst, um mich meinen Freunden zu entfremden. Und es waren stets Kameraden, die ich für meine besten und treusten hielt, genau die hast du angeschwärzt, als meine Verleumder angeführt, nur die und nur vor mir natürlich, streng vertraulich.

Und dieses furchtbare Urteil erzitterte stets von neuem in seinem »Eric!«, wenn er sich nannte mit Ausrufezeichen am Telefon.

Ach, wie reute es den Vater und ließ über all die Jahre nicht nach, ihn zu reuen! Dabei war es doch nur ein ganz kurzer Anfall von Niedertracht aus unverschämter Liebe und Sorge. Trotzdem wechselten die beiden seitdem nie wieder ein offenes Wort. Andererseits hatte der Blitz der Bosheit, der zwischen sie gefahren war, die beiden erst recht aneinandergebrannt, und der Sohn, wenn auch bitter geworden und fast verstummt, trennte sich nur räumlich von der Seite des Vaters. Anstatt sich endgültig von ihm zu lösen, verblieb er unter seinem Schatten und verpaßte so manchen Anschluß an die Arbeitswelt und mied unbekannte Menschen.

Schließlich teilten sie dieselbe stille Verzweiflung, von der Kierkegaard spricht: »Und der Vater glaubte, er habe die Schwermut des Sohns verschuldet, und der Sohn glaubte, er habe die Schwermut des Vaters verschuldet, deshalb sprachen sie niemals miteinander.«

*

Bist du ein Mistelzweig, dann bleibst du grün. Ein Cotoneaster, ein Bodendecker, ein Efeublatt, das sind halsstarrige Grüns. Sie lassen den Winter abprallen wie eine Androidenbrust die Lasersalven.

Was aber ist das für einer? Steht in der Arena und findet keinen Schluß. Häuft Schluß auf Schluß, bis ihn sein Zauberkunststück selbst verzaubert und er nicht mehr aufhören kann.

Zuletzt, nicht ganz zuletzt, steckt er einen Golfball in den Mund und drückt ihn scheinbar durch die Speiseröhre. Dem Mund entweichen bunte Blasen, Luftglucksser wie aus einem Teich, die später an aufgespannten Papierschirmchen niedergehen, wie man sie auf Torten steckt. Ein Zuletzt, das gibt es nicht, es ist ein Nie-mehr-enden-können, ist ein Fluch, der diesen Zauberer traf, als er den rechten Moment abzutreten verpaßte.

Nicht viel anders wird ein Pianist von seiner eigenen Fingerfertigkeit hinweggetragen. Obgleich er kein einziges Bravo nach dem letzten Stück seines Programms erhielt, kann er kein Ende finden und überschüttet sein Publikum mit Zugaben. Man könnte meinen, er wolle es für den geizigen Beifall mit Geschenken verhöhnen oder wolle der unbeugsamen Hoffnung hinterher, mit den kurzen spendierten Stücken irgendwann die Bravorufe hervorzulocken, die ihm der Vortrag der großen Sonaten nicht einbrachte. Bald leeren sich indes die Reihen, und der Applaus nach der vierten Zugabe schwächelt schon, zwischen Respekt und wachsender Befremdung unentschieden, um nach der zehnten dann erzürnt zu verstummen. Erst einer da, der andere dort, dann mehrere auf einmal, schließlich reihenweis verlassen die Zuhörer den Saal. Einige wenige hält es auf ihrem Platz, nur weil sie was umsonst bekommen, solche vermutlich, die auch am Soviel-Sie-wollen-Buffet immer mehr nehmen, als sie brauchen oder gar vertragen können.

Es sind die Mysterien des Unerheblichen, die uns, auf ungeahnten Abwegen, plötzlich umfangen. Das Erhebliche drängt sich von selber auf, es fordert nicht die Übung, etwas, das schier nebenbei geschieht, als eigentliche Hauptsache zu entdecken. In die Mysterien des Unerheblichen dringt zum Beispiel ein, wer etwas verlegt und bis zur Fassungslosigkeit nicht wiederfindet. Oder jemand, der nur en passant und seitlich etwas bemerkt, das ihn nicht wieder losläßt, das bei ihm hängenbleibt und ihn bis zur völligen Geistesabwesenheit zerstreut. Nicht selten, daß dabei das Unerhebliche sich Zug um Zug zum Fürchterlichen auswächst. Während für andere im Gegenteil eine schöne Begegnung oder famose Idee ebenso beiläufig aus dem Unerheblichen heraufzieht.

Sechs Damen des Orchesters in schwarzen, tief ausgeschnittenen Abendkleidern vermißten kurz vor dem Ende der Konzertpause ihre Instrumente, die ihnen entweder von schikanösen Kollegen versteckt worden oder die ihnen unter irgendwelchen Ablenkungen abhanden gekommen waren. Die Bratschistin, die Flötistin, die Hornistin, die Rasselschüttlerin, die Triangelschlägerin, die Saxophonistin durchschlängelten die leeren Reihen des Orchesterpodiums auf der Suche nach ihren Klangkörpern, schauten sogar unter ihren Stühlen nach, wo sie sie doch von weitem hätten entdecken müssen, wären sie dort abgelegt worden. So fassungslos suchten sie.

Wie bei einem Würfelspiel, wenn man auf eine Straf-Stelle vorrückt und um eine oder mehrere Runden ... oder Jahrzehnte zurückversetzt wird: so erging es einem Klavierspieler zu Haus bei einem der schwierigen Stücke von Busoni, als er an immer derselben Stelle ins Stolpern kam. Wie herabgestiegen aus den Soffitten aller Mißgriffe des Lebens, die er sich geleistet hatte, stand auf einmal eine seiner anhänglich-hinderlichen, mehrmals verstoßenen, ungeliebten Geliebten wieder in der Stube. Ihr eingefallener Brustkorb, die lange Nase und der kleine Mund, alles wie einst, nicht einmal ihre bunte Weste, ärmelloses Woodstockwams, hatte sie gewechselt. Ein trauriger Harlekin der siebziger Jahre. Wenn es glimpflich abging, hatte sie nichts weiter vor, als sich in Erinnerung zu rufen. Sie stand still und aufrecht, während er sich über die Tasten beugte und immer aufs neue versuchte, die schnellen Griffe der teuflischen Passage zu meistern. Wie ein Prärieindianer, der unter freiem Himmel mit seinen Ahnen spricht, ebenso kerzengerade, pfahlgerade stand sie im Zimmer und nahm über den Äther der (anfangs so schönen) Gemeinsamkeit Verbindung zu ihm auf. Mit leicht angehobenem Kinn, ohne sich vom Fleck zu rühren. Er übte und übte, immer beflissener, und jeder Lauf wurde ein Lauf davon, Flucht vor dieser nachzehrenden Stehengelassenen der frühen Tage. Er wußte ja, wenn es ihm nicht gelänge, diese Passage makellos dahinzuspielen, würde diese verkörperte Ermahnung, daß er im Leben nicht allein über seine Finger gestolpert war, so schnell nicht wieder verschwinden.

Der adrette kleine Musikprofessor, bei dem er in vorgerückten Jahren noch einmal Klavierunterricht nahm, brachte Grüße aus der gemeinsamen Heimatstadt von ältlichen Freundinnen, die sich unermüdlich erinnerten. Er sprach mit so unbewegtem Gesicht, als sei ihm ein ganzes Bündel von Mienen herausgerissen sowie der Schleier des Lächelns geraubt worden. Sein Schüler sah: der Mann besaß keinen Humor. Keinen Humor haben, was heißt das? Ist das, wie wenn man eine der Spektralfarben nicht sehen kann? Oder die Welt als eine geschlossene Kette von bitteren Notwendigkeiten erlebt und erkennt? Niemals der tiefere Einblick, sondern lediglich der teilblinde Blick eines den nackten Tatsachen verfallenen Menschen kann einen Totalausfall von Humor verursachen. Weil allerdings in dem Wort Humor etwas unerträglich Harmloses anklingt, scheut man seinen Gebrauch. Sein besserer Sinn ist jedoch vom runden Behagen so weit entfernt wie das Gemüt von der Gemütlichkeit. Es zeigt sich, daß mit ihm, dem Humorlosen, nicht flüssig oder geschmeidig zu reden ist. Der Humor hält doch die Verbindung zum Humoralsaft, ist selbst eine Gleitflüssigkeit, dank derer die Worte sich nicht sperren, nicht sprödbrüchig feststehen und splittern, sondern ständig ein wenig schaukeln, sich wenden und drehen.

Das ist es ja auch, weshalb Don Juan zu Recht zur Hölle fährt. Mit sechzig stellt er fest, daß er sein Leben lang die falschen Frauen verführte. Er besitzt nicht den geringsten Humor. In der Erinnerung sind sie ihm alle, samt und sonders, verlorene Liebesmüh. Statt sie sich versöhnlich zu verklären, schockiert ihn nun, sein Lebtag den serienhaften Genuß der erlesenen Wahl vorgezogen zu haben. Keine hat er geliebt, sonst wäre seine Erinnerung im Alter nicht so gnadenlos. Wenn er sich also seiner Wahllosigkeit schämt, dann weil er sie allesamt auf dem Altar der Einzigkeit opferte, deren Kult er anhing, ohne je an ihn zu glauben. So beging er einen Frevel nach dem anderen. Jeder seiner Liebesakte war ein Akt der böswilligen Nächstenliebe – um Frauen, die sich selbst für zu artig und bedeutungslos hielten, einmal das Gefühl heftiger männlicher Beachtung zu schenken, bis sie, wenig später, an deren Entzug zerbrachen. Was also war sein Laster? Sich zwanghaft der günstigen Gelegenheiten zu bedienen, um zu täuschen – und um selber niemals frei zu sein für die eine überwältigende Begegnung. Um sich daran zu berauschen, wie leicht er Frauen dazu bringen konnte, sich in vollkommene Unkenntnis über sich selbst zu begeben. Ein wenig Humor nur, und er wäre ein Liebender geworden.

*

Die Buchhändlerin, schwarz gekleidet und mit schwarzrandiger Brille, herb und hübsch, saß an kleinem Tisch hinter der Trennscheibe der Besucherkoje und sprach durch ein Mikrophon, das wie eine zierliche Schlange kurz vor dem Biß sich an ihren Mund bog. Der Häftling auf der anderen Seite saß wegen Urkundenfälschung in einem besonders schweren Fall für zweieinhalb Jahre ein. Beide hatten sich über ein Netzwerk einander genähert und schmiedeten Pläne für ein gemeinsames Leben nach seiner Entlassung.

Die Buchhändlerin erzählte dem Häftling von ihren Erfolgen, die sie neuerdings mit dem Wechsel der Verkaufsmethode erzielte, indem sie von »produktspezifisch« auf »komplett« umgeschaltet hatte und jedes Buch »plus« verkaufte: Buch plus Schlips, Druckgrafik, ADAC-Gutschein. Der Häftling beglückwünschte sie und hakte noch ein bißchen nach, denn sie war stolz und heiter bei der Sache. Dann aber bat er sie, Bleistift und Block zur Hand zu nehmen und aufzuschreiben, was er ihr nun erzähle.

Bist du soweit? Ich hatte heute nacht einen philosophischen Traum, obwohl ich doch ein einfacher Kaufmann bin, nicht ohne Freude an anspruchsvoller Lektüre, doch meine Kenntnis der Philosophen ist nicht die solideste. Es muß sich also um einen Traum handeln, der nicht eigentlich mir gehört, und ich möchte dich bitten, nachzuforschen, ob in der großen weiten Weltliteratur dieser Traum schon irgendwo vorkommt.

Die bestgearteten Menschen waren keine Utopie! Sie hatte es bereits gegeben! Es waren in meinem Traum die Chinesen des ersten vorchristlichen Jahrhunderts, welche, ausgereift zur Vollkommenheit, der menschlichen Art zum ewigen Vorbild hätten dienen können. Jedenfalls was ihre Sitten, ihre Gelehrsamkeit, ihren Erfindungsgeist und ihren Kampfesmut betraf. Sie befanden sich in der höchstmöglichen Harmonie und Ausgewogenheit aller Kräfte und Begabungen, die das Leben, um ein erfülltes zu sein, benötigt. The outmost human beings of history, so nannte man sie in meinem Traum. Die äußerst menschlichen Menschen. Es war also unter den scheinbar immer Ergänzungsbedürftigen *in der Zeit* Vollkommenheit erreicht worden – und in der Zeit wieder verlorengegangen. Das war die Lektion der Nacht, die die bekannten Jenseits-Versprechungen der Religionen Lügen strafte. Es gab ein Modell der Vollkommenheit, und wenn es nun einmal existiert hat, dann durfte man auch darauf vertrauen, es *in der Zeit* wiederherzustellen.

Bei ihrem nächsten Besuch hatte die Buchhändlerin nicht viel mehr herausgefunden als eine Stelle bei Voltaire, die mit einem ähnlichen, wenn auch nur entfernt ähnlichen Gedanken spielte wie der Traum des Häftlings. Voltaire? rief dieser empört. Niemals träume ich Voltaire! Und er hieß sie weitersuchen. Sollte es sich wider Erwarten herausstellen, daß er der erste und einzige überhaupt war, der dem Idealmenschentum dieser Chinesen des ersten vorchristlichen Jahrhunderts auf die Spur gekommen war, dann würde er sich umgehend in der Sache kundig machen und gegebenenfalls eigene Forschungen anstellen.

Daraufhin blieben die Besuche der Buchhändlerin für mehrere Wochen aus.

Unterdessen hatte sich der Häftling seinerseits umgetan und mit Hilfe elektronischer Suchmaschinen eine Reihe von historischen Vorgängen in China unter dem Kaiser Wu studiert, ohne einen Hinweis zu finden, daß dort irgendeine Form menschlicher Vollkommenheit erreicht worden sei, daß aber eine gewisse philosophische Vorstellung von einer solchen im Millionen-Volk bedeutend weiter verbreitet war als in Millionen-Völkern späterer Zeiten.

Schließlich meldete sich die Buchhändlerin wieder zur Besuchsstunde an.

Sie sagte es gleich frei heraus: Ich habe jemanden getroffen. Dies wird mein letzter Besuch bei dir sein.

Oh, sagte der Häftling, das tut weh. Wer ist es?

Den ich jetzt liebe, ist Waffenhändler, man macht ihm in diesen Tagen den Prozeß. Er hat in der Untersuchungshaft dasselbe geträumt wie du. Nur etwas genauer, etwas ausführlicher. Die Chinesen des ersten vorchristlichen Jahrhunderts und ihre sittliche Vollkommenheit. Ich glaube, ich habe endlich das Original deines Traums gefunden.

Du ziehst natürlich das Original der Kopie vor. Das muß ich einsehen. Ich sage dir aber: Verlaß dich nicht darauf. Gib deine Suche nicht auf. Hinter dem »Original«, das du beim Waffenhändler vermutest, wird es bald ein weiteres geben, in dem ein anderer Mann noch klarer und urkundlicher von den Chinesen unter Kaiser Wu träumte. Und hinter ihm dann einen nächsten, der ungleich ausgeschmückter und verheißungsvoller denselben Traum träumte.

Und auf der Suche nach dem ersten und echten wirst du einen Folge-Träumer nach dem anderen lieben. Eines Tages aber wirst du tatsächlich auf das wahre Original stoßen und es staunend auftun in einem längst vergriffenen Buch, das keiner von uns je gelesen haben kann. Denn die Literatur trägt sie ja alle mit sich, alle nur träumbaren Träume, und streut sie – gelesen oder ungelesen – in die Nächte der Menschen.

*

Man wird sich nicht leicht in die Gedanken einer häßlichen jungen Frau versetzen können, leichter unterstellt man sie ihr. Natürlich kennt sie ihre Unansehnlichkeit und macht sich keine Illusionen. Sie sieht ja, wie ihre Kommilitoninnen, die hübscher sind, von einigen Professoren besser behandelt werden, weil eben die Hübschen zudem noch mit ganz anderem Selbstbewußtsein auftreten, obschon ihre Begabung dazu keinen Anlaß bietet.

Aber die Unansehnliche plagt in Wahrheit nur eine Sorge: ich darf nicht auch noch häßlich im Inneren werden. Die anderen können sich das wohl leisten und sind es ja auch. Aber ich darf es nicht. Ich darf nicht rachsüchtig, nicht gemein, bösartig oder verschlagen werden. Mein Aussehen ist, für sich genommen, gewiß ein Nachteil – aber nun, gute Eigenschaften, kommt mir zu Hilfe! Nirgendwo findet ihr eine bessere Hüterin und Pflegerin als mich!

Die junge Unansehnliche kämpfte darum, einen guten Charakter zu besitzen. Aber sie besaß ihn nun einmal nicht. Unruhig sondierte sie jede innere Regung, prüfte, ob sie gut oder böse war. Meistens war sie böse, und sie verfolgte und vertrieb sie mit unbarmherziger Selbstkritik. Sie probierte alles: Kritik, Gebet und Abwehrzauber. Das Schlechte gab nicht auf. Es unterwanderte alle ihre Schranken und Vorsätze. Ihre Angst, etwas Negatives über einen anderen Menschen zu denken oder zu fühlen, raubte ihr die letzte Unbefangenheit und damit die Chance, mit lebhaftem Ausdruck von ihren natürlichen Mängeln abzulenken.

Oftmals schluchzte sie: »Warum ist nur an mir alles schief?« Ihre Experimente mit dem Gutsein schlugen alle fehl. Schlimmer noch: sie zog das Schlechte, das in anderen Menschen sonst verborgen blieb, erst recht hervor. Ihre beste Freundin benahm sich herablassend und mobbte sie, eine Unansehnliche wird ja nicht geschont. Ihre Mutter wurde allein durch den engen Umgang mit der Tochter zur Untreue verleitet und trennte sich endgültig von ihrem Vater. Ihr jüngerer Bruder mußte schon wieder die Schule wechseln. Ihr Professor förderte sie nicht, sondern nörgelte an ihren Arbeiten herum, als wollte er sich an ihrem Anblick rächen.

Und ausgerechnet er feixte bei Weinlaune an einem geselligen Abend vor allen Seminarteilnehmern, er möchte noch ein Kind haben, seine Frau sei aber schon zu alt, und wenn man vor eine solche Frage gestellt würde, ein Kind haben mit einer jüngeren Frau, die nicht die eigene, und das Kind dann irgendwie mit in die Familie nehmen, aber die Frau, die Mutter des Kinds, eher nicht oder doch? Auf welchem Platz würde sie rangieren? Fragen, für die man Talk-Shows einrichtet, er schäme sich ein bißchen, das Thema angeschnitten zu haben, sich so ungeschützt geoutet zu haben ... Da sagte die Häßliche, die neben ihm saß und die ganze Zeit seinen saloppen Vortrag mit leisen Glucksern der Entrüstung, aber sehr gedämpft, begleitete, während sich ihr Gesicht vor heimlichem Sichanschmiegen schrecklich verzog und auch die Brille mit durchsichtigem Hornrand ganz schief stand, weil ihre Faust bei aufgestütztem Ellbogen den Bügel verschob, während sie sich krümmte und buckelte, unablässig die Zigarette zum Mund führend, rauchschlingend, etwa um anzuzeigen, wie schlingend ihr ganzer Typ, gegebenenfalls, aber nie einen offenen Ton oder deutlich artikulierten Gesprächsbeitrag riskierend – bis auf einmal, im Glauben, sie spräche wieder einmal bloß drunterweg unter dem amüsierten Durcheinandergerede, aber das war in einem einsamen Augenblick zufällig abgerissen, verebbt, mucksmäuschenstill war's am Tisch, sie aber konnte nicht mehr einhalten, der Satz war schon auf dem Weg, rutschte ihr raus, hing in seinem Unter-den-anderen-weg-Ton ganz nackt und deutlich in der Luft: »Na wissen Sie, ich zum Beispiel, also von mir aus, ich würde mir nichts dabei denken ...«

Und indem sie gewahr wurde, daß für alle vernehmlich ihre Stimme überhing, fälschte sie noch im Zuge des Aussprechens den Satz, änderte die Betonung, so daß sein ursprünglicher Impuls (»Warum nicht gleich mit mir?«) sich ins Gegenteil flüchtete und der ganze

Einwurf am Ende wie Spott auf einen unsittlichen Antrag klang, wie eine provokante Mißbilligung der gesamten geschmacklosen Problemstellung, junge Frau, neues Kind. Er blickte sie nur widerwillig von der Seite an, sie grinste häßlich und entsetzt ... und es war der Schiefen wieder einmal alles schiefgegangen.

Aus dem schlechten Schlaf die Beine heben, sich auf die Bettkante setzen, die drei Zeitungsausschnitte vom Boden nehmen und auf beide Knie verteilen, um wiederum festzustellen, daß das Verbrechen *so* nicht geschehen sein kann.

Verschlafen, faulenzend, den halben Tag im Morgenmantel, in der seit einer Woche nicht aufgeräumten Küche an der Kaffeeschale nippend, zwei Zigaretten vor dem ersten Zwieback, geborgen in Unordnung, Schläfrigkeit und Verwahrlosung, nur um den Spürsinn zu schärfen und in die verschlungene Ordnung (die der Unordnung gleicht) eines Verbrechens einzudringen, das, selbst wenn es sich um ein sogenanntes perfektes handeln sollte, doch niemals ein vollkommenes wäre, sowenig wie es ein kaltblütig geschaffenes Kunstwerk geben kann.

So legte sie zunächst die lasche Schlaufe zeitgemäßer Betrachtungen um den ungeklärten Fall, die sie im Lauf des Vormittags immer straffer zog, bis sie schließlich den »dunklen Punkt« umfaßte: Heute läuft eine Unzahl gedungener Mörder unter uns herum, armselige Menschen, die für ein geringes Entgelt jeden umbringen, auf den man sie ansetzt. Die abschüssigen Zeiten, in denen wir leben, haben ganze Erdregionen ins Elend gestürzt. Außerdem ist man gegen Grausamkeit, gegen Töten und Verstümmeln weitgehend abgestumpft, weil man dergleichen täglich von den Bildschirmen kennt. Was ist schon ein Lebender mehr oder weniger in solchen Umbrüchen, mag sich ein Mann sagen, der sich entscheiden muß, ob er im Auftrag irgendeines Kartells einen Menschen umlegen soll oder nicht. Was ist überhaupt *einer* in solchen Zeiten, wo Tod und Töten nicht zum Alltag eines Kriegs gehören, sondern sich dezentral ausbreiten, vielerorts Brennpunkte des Grauens bilden, so daß den Namen des Massenmörders heute bereits der Attentäter oder der Amokläufer führt. Aber auch der mordet nicht aus Blutgier, sowenig wie es ihn bekümmert, das eigene Blut zu verlieren. Das Töten geschieht meist unter Einwirkung von Gelassenheit, Gemeinheit, Gleichgültigkeit; nicht viel tollkühner jedenfalls, als wenn dich jemand auf der Autobahn rechts überholt.

Damit ich existieren kann, muß ein anderer damit aufhören. Gut dreiviertel aller Schwerverbrechen werden in unserem Land von Dilettanten und Ersttätern begangen. Kein Wunder, daß sich unter ihnen kaum eines befand, das Nadine Bach einer näheren Betrachtung für würdig hielt oder das zu jenen Ekstasen des Spürsinns geführt hätte, die allein eine mit Eleganz und teuflischer Finesse durchgeführte oder gar in magisches Dunkel getauchte Mordtat bei ihr erregten. Die gewöhnlichen Greueltaten, die unentwegt geschahen, ließen sich ohne große Mühe aufklären und ahnden. Und wenn dies nicht im gehörigen Umfang geschah, so lag es allein daran, daß bei den inzwischen volkstümlichen Vergehen wie Raub, Körperverletzung, Erpressung dem Strafvollzug nicht die erforderliche Zahl an Unterbringungen zur Verfügung stand. Diese bereitzustellen und zu erhalten würde den Staat Unsummen kosten, so daß seine Wirtschaftslage noch angespannter, noch krisenanfälliger würde, das Elend mithin noch tiefer in die Mitte der Gesellschaft vordränge und infolgedessen die Verbrechensrate wiederum höher anstiege. Daher breitete sich die Flechte des Verbrechens in einem geschwächten Volk wie ein natürlicher Parasit aus und wurde kaum daran gehindert, weshalb auch die meisten Straftaten ungesühnt blieben.

Nadine Bach, fünfunddreißig Jahre, Restaurateurin, freischaffend. Sie richtete ihr Augenmerk auf die Art und Weise des Gestehens. Auf die oft linkischen Versuche des Täters, sein Tatmotiv namhaft zu machen. Die meisten versuchten das, was alle Welt heute mehr oder minder erfolgreich tut – die Instanzen (mit Hilfe anwaltlicher Beratung) auf den Weg der psychologischen Relativitäten zu führen, irgendeinen menschlichen Aspekt an ihrer Untat hervorzuheben, natürlich immer mit der Absicht – verstehen ist fast schon verzeihen –, sich als willenlose Kreatur entschuldbar zu machen.

Jemand, der seine ältere Schwester in den Keller eingeschlossen, monatelang gefoltert und gequält, zum Teil verbrannt, dann wieder gelöscht hatte, sagte später vor Gericht, er habe unter so entsetzlichen Anfällen von Selbstekel gelitten, daß er irgend etwas außerhalb seiner Person Ekelhaftes habe tun müssen, um nicht aus dem Fenster zu springen. Der Anblick seiner geschundenen, verunstalteten Schwester habe ihn von diesen Anfällen zunächst befreit, und die nicht geringe Anstrengung, sie auf dem schmalen Folter-Grat zwischen Leben und Tod, Verbrennen und wieder Gelöschtwerden zu erhalten, hätte schließlich so beruhigend auf ihn gewirkt, daß er mit der Untat aufhören und sich der Polizei überlassen konnte.

Solchen und ähnlichen Geständnissen, die sie aus zahllosen Gerichtsprotokollen kannte, mißtraute Nadine Bach und hielt sie in den meisten Fällen für nachträglich ersonnene, künstlich zivilisierte Stellungnahmen, geboren aus der blanken Selbsterklärungsnot des zur Rede gestellten Täters, der vor den Schranken des Gerichts nicht in seiner Sprache, der Sprache der Bestialität, zu sprechen vermochte, sondern durchaus mit derselben Zunge wie ein unschuldiger Bürger, ein im Anzug dastehendes und gefangenes Ungeheuer. Und ein solches blieb er auch und hätte im nächsten Moment zur Sprache der Grausamkeit zurückgefunden, wenn man ihn nicht gefangenhielte. Letztlich erachtete sie alle psychologischen oder sozialen Erklärungen von Greueltaten für »verschwendeten Verstand«. Schon das Zusammenhausen von psyche und logos in einem Wort erschien ihr eine Zufluchtstätte der Unwahrheit. Sie sah nirgends mildernde Umstände, sondern allenfalls mildere Erscheinungsformen des Bösen, deren Handlanger die Verbrecher waren. Sie waren aber nicht nur Agenten, sondern anteilige Besitzer des Bösen, und ihre Taten waren Filialen des Bösen, deren Einfluß tief in die Gesellschaft wirkte. Diese Zweigstellen galt es zu vernichten, auszurotten und nicht mit mildernden Umständen zu belohnen. Dem Schwerverbrecher durfte keine Gnade widerfahren, Nadine sah in ihm nicht einen menschlichen Straftäter, sondern etwas Absolutes, nämlich absolut Negatives. Wer es verkannte und mit rationalen Begriffen zu erschlüsseln suchte, entschuldigte es bereits und machte sich gleichzeitig mitschuldig. Mitschuldig zumindest an der wachsenden Orientierungslosigkeit, der Verwischung des harten und lebenswichtigen Gegensatzes von Gut und Böse, die für das Gemeinschaftsleben auf die Dauer nur Unheil bringen kann.

Indessen blieb sie lange unschlüssig, als sie die drei Zeitungsberichte über den sonderbarsten Mordprozeß, von dem sie je gehört hatte, miteinander verglich.

Siebzehn Überlebende eines Flugzeugabsturzes (deutsche Touristen in Kenia) bildeten nach dem Unglück eine auf vielfältige und auch dubiose Weise unzertrennliche Lebensgemeinschaft. Innerhalb des Clubs der Geretteten befanden sich auch drei Frauen, zwischen dreißig und vierzig Jahre alt, unverheiratet, doch alle drei Mütter, wenngleich auf dem Unglücksflug alleinreisend und kurz nach dem überstandenen Absturz sich aus ihren bisherigen Bindungen lösend. Obgleich sie die Anziehungskraft der Schicksalsgemeinschaft nie losließ, wurden sie nacheinander, zuweilen auch gleichzeitig, die Geliebten des Passagiers G., eines jungen, alleinstehenden Physikers, der stärker und nachhaltiger unter dem Schock des Erlebten stand als die übrigen sechzehn Überlebenden. Zwar war er bemüht, mit seinen Schicksalsgefährten in telefonischer und persönlicher Berührung zu bleiben, konnte sich aber nicht entschließen, ja wehrte sich mit heftigem Widerstand dagegen, in ihrer Gemeinschaft aufzugehen. Dennoch mochte der Club nicht von ihm lassen und schickte ihm bisweilen zur haushälterischen, auch sexuellen Betreuung die drei Frauen Rose, Tanja und Babett. Am Ende der Affäre, die er im Wechsel mit den dreien unterhielt, findet ihn der Hausmeister im Flur seiner Wohnung, von einem Kopfschuß niedergestreckt, eine unbekleidete Leiche.

Zwar zeigte die Tatwaffe auch Fingerabdrücke des Toten, doch nicht nur. Die Verteidigung wie auch die drei der Beihilfe zum Mord verdächtigten Frauen überhäuften das Gericht mit Aussagen und Zeugnissen, die allesamt den Selbstmord des jungen, labilen, vom Flugzeugabsturz erschütterten Mannes belegen sollten, dem sie angeblich noch im letzten Augenblick die Waffe zu entwinden suchten.

Erst im Zuge einer weiteren Verhandlung nahm die Sache eine überraschende Wendung.

Offensichtlich hielten die Frauen nur für eine begrenzte Zeit die Trennung von ihrer Schicksalsgemeinschaft aus, die sie mit Gemütsstrom versorgte, und als dieser nachließ, verbog sich alsbald ihre gerade Haltung, verklärten sich ihre klaren Aussagen, und ihre Selbstdisziplin ging aus den Fugen.

Ihre Vernunft verfiel wie Geranien im trockenen Blumenkasten.

Plötzlich, aus heiterem Himmel, ohne daß sie im Verhör des Richters in die Enge getrieben worden wären, bezichtigte Tanja ihre Gefährtin Babett, die Mordtat heimlich geplant und ganz allein begangen zu haben. Rose, völlig unvorbereitet, hielt sich spontan an die nämliche Version und gab unter Tränen an, daß Babett die einzige gewesen sei, die sich wirklich in den jungen Physiker verliebt habe, die ihn mit Haut und Haar liebte und die schließlich in einem Eifersuchtsdelirium zur Waffe gegriffen habe, um das Objekt ihrer dreigeteilten Lüste aus dem Weg zu schaffen. Babett war nach Einschätzung sämtlicher Berichterstatter die schwächste und beschränkteste der drei Frauen – und sie gestand tatsächlich ihre aufrichtige Liebe zu dem hilflosen Mann, der Viktor Erich Gehlen hieß, leugnete aber mit aller Entschiedenheit, etwas mit seinem gewaltsamen Ende zu tun zu haben. Sie unternahm vielmehr einen schwachen Versuch, in die Gegenoffensive zu gehen und die beiden anderen des geheimen Mordkomplotts zu beschuldigen, in das sie keineswegs eingeweiht worden sei. Doch das Gericht wies diese Beschuldigung als bloße »Retourkutsche« zurück.

Zu ihrem Erstaunen entnahm Nadine Bach den Zeitungen, daß der Richter offenbar der Theorie, in der schwachen und liebeskranken Babett die Hauptverdächtige zu sehen, zuneigte und jedenfalls kaum etwas unternahm, um die Indizienkette, die die Anklage nun knüpfte, an irgendeiner Stelle zu unterbrechen oder anzuzweifeln. Für Nadine bestand nicht der geringste Zweifel, daß alle drei Frauen gelogen hatten und mit ihren auf den Affekt setzenden Aussagen den wahren Tathergang möglichst unzugänglich machen wollten. Ganz bestimmt war er jenseits ihrer intimen Verwicklungen zu suchen.

Sie heftete die drei Zeitungsausschnitte an ihr verstaubtes Hinterhoffenster, las sie noch einmal gründlich Zeile für Zeile und löffelte dazu ihren säuerlichen Frühstücksjoghurt.

Anschließend setzte sie sich mit einigen der Überlebenden des Flugzeugabsturzes in Verbindung …

Zwei Tage später rief sie einen befreundeten Gerichtsreporter an und erklärte ihm: »Nicht einer hat Viktor

Erich Gehlen auf dem Gewissen, sondern alle sechzehn, die ganze Schicksalsgemeinschaft, die sich die ›Luziferaner‹ nennen, also die Gefallenen, und seit ihrem Flugzeugabsturz eine kleine harte Geheimsekte bilden. Weitgehend abgeschirmt von der normalen Außenwelt. Diese Frauen und Männer leben aufs engste verbunden in ihren Ansichten und Affekten. Obgleich jeder von ihnen nebenher noch ein bürgerliches Berufsleben führt, steht er doch vollkommen unter dem Einfluß der Gemeinschaft, unter einer Art Harmonie-Regime und einem Gedächtniskult des Fallens. Viktor Erich war es als einzigem nicht möglich, den Schock, in die die Katastrophe alle übrigen versetzt hatte, in Harmonie zu wandeln und sich der Schicksalsgemeinschaft zu ergeben. Die drei Frauen Rose, Tanja, Babett waren zunächst Abgesandte, die einen letzten Versuch unternahmen, den Sonderling mit allen Gefälligkeiten der körperlichen Liebe doch noch für die größere Gemeinschaft zu gewinnen. Als dieser Versuch mißlang, nicht zuletzt infolge der Gefühlsverwirrung der Babett, gab es nur noch ein Ziel, nämlich den Widerspenstigen restlos auszumerzen, da er, als Überlebender ihnen zugehörig, sich aber nicht fügen wollend, die Magie ihres Zusammenhalts in Gefahr brachte. Am Tage seines Todes fanden sich noch einmal alle siebzehn Überlebenden zusammen – in der Wohnung des jungen Physikers. Sie erstickten ihn in ihrer Mitte. Er war schon tot, als ihm schließlich eine seiner drei Geliebten durch den Kopf schoß. Hierfür wird die Gerichtsmedizin den Beweis erbringen.«

Vierzehn Tage später kam Nadine Bach wieder sehr schwer aus dem Bett, vertrödelte aber den Vormittag nicht, sondern machte sich daran, ihre Wohnung aufzuräumen und zu säubern. Der Zeitung entnahm sie, daß die von ihr lancierte Aufklärung des Verbrechens mit höchster Wahrscheinlichkeit dem wirklichen Tathergang entsprach. Der Berichterstatter merkte allerdings an, daß man zwar von einer »Lösung« des Falls sprechen könne, nicht jedoch von seiner »Aufklärung« – angesichts einer in »die Abgründe menschlichen Kollektivverhaltens« hinabführenden Beweiskette.

*

Ich dachte, da sitzt du nun mit dieser blassen Blonden, die aussieht wie eine Mahnwache gegen Tierversuche, auf grünem Zweisitzer, fast auf Tuchfühlung. Beide blickt ihr geradeaus, blickt auf die Welt und knabbert Nüsse, trinkt vom hellen Wein, erregt euch über Allerweltsprobleme. Zwei Meinungsbegeisterte, gut aufeinander eingespielt, zwei zungenschnelle Sorgenträger haben sich da gefunden! Die Lust am Feststellen, die Lust, sich gegenseitig anzutreiben beim Urteilen, Schmähen, Niederreden, überflügelt offensichtlich die gesunde Lust, die sonst zwischen den Geschlechtern für Übereinstimmung sorgt.

Die Erörterungsgemeinschaft steigt ins Blut, ein Stichwort gibt das andere, es muß alles gesagt sein, und an ein Schweigen, etwa von Mund zu Mund, ist vorerst nicht zu denken. Stattdessen vibrieren die Lippen, sie beben sogar, kurz bevor ein hartes Urteil kommt, hochangesetzt, gewagt, doch schon ist es heraus, Absprung vom Zehn-Meter-Turm, der Steg wippt nach ... Ihre Beine klappen auf und zu wie das Maul eines Fischs, das stumm bleibt. Sie öffnen sich und schließen sich und bleiben in Bewegung, während die Erörterung auf hohe Touren kommt. Sie merkt es vor moralischer Erregung nicht, vor Erschütterung ihrer ganzen Menschenrechtsseele. Plötzlich übereinandergeschlagen, verriegeln sie den Schoß. Dann wieder, bei einem Ausbruch von Protest, fahren sie auseinander, spreizen sich, die Absätze stechen in den Sisalteppich, der enge Rock verrutscht auf den feingemuldeten Schenkeln – jemand jetzt, ihr gegenüber, hätte tief in ihren Zwischenraum geblickt.

Indessen neben ihr, in strenger Schläfenparallele, bekomme ich allenfalls um fünfzehn Grad eine Zuwendung ihres Oberkörpers, das ist alles, was sie für mich erübrigt. Denn nur im gleichgerichteten Ausblick steigen Empörung und Erregung, nimmt die Klimakatastrophe erschreckende Gestalt an. Auf Erderwärmung reagiert sie nicht nur gereizt, sondern geradezu aus persönlicher physischer Pein. Mehrmals stößt sie, als wäre der Verursacher allen Übels die Rückenlehne, heftig ihre spitzen Ellenbogen gegen das Lederpolster. Um kurz darauf ihren Oberkörper ganz über die Beine zu knicken und im Ton der Wehklage von steigenden Meeren, überfluteten Küsten zu rhapsodieren. Auch dies Stadium der innersten Anteilnahme überwindet sie schnell und richtet sich wieder auf, sitzt kerzengerade auf dem Sofarand, die Fassungslosigkeit in Person, da ihr in diesem Augenblick der Mordfall der kleinen Nicole in den Sinn schießt.

Ich bleibe unterdessen keineswegs still, sondern zeige

freimütig wie sie, daß mich beliebige öffentliche Angelegenheiten zum Erbleichen bringen oder in Zornesröte versetzen können.

Vielleicht ahme ich sie zuweilen mit einigen abrupten Körperbewegungen nach, die nicht ganz zu mir gehören, aber in Wahrheit sind wir Geschwister im Temperament, in der Sprunghaftigkeit und beglückenden Unverantwortlichkeit, mit der wir unlösbare Probleme zum Stoff unserer schönsten Übereinstimmung machen. Wahre Höhenflüge der Übereinstimmung gelingen uns!

»Es ist wunderbar, mit dir zu sprechen!« entringt sich mir ein Jubelruf, und als sei ich ihr nur um ein Nu zuvorgekommen, stimmt sie ein und ruft beinah gleichzeitig: »Wie soll das nur enden? Ich könnte jetzt nicht aufhören. Und du?«

Da haben wir uns schon ein nächstes Thema geschnappt, das verhängnisvolle Wirtschaftswunder Chinas ... Was das für uns alle bedeutet! Für jeden von uns. Auch für dich und mich.

Furchtbar war ihre Verwandlung, himmelschreiend das Unrecht, das mich traf, nachdem es nun doch nicht anders ging, weil so viel glühende Harmonie irgendwann nach Abkühlung verlangt, und also zwischen uns der Akt des Schweigens vollzogen wurde. Es war nicht einmal ein ganz lautloses Schweigen, und das Klammern der Frösche dauerte seine Zeit. Danach war alles vorbei. Hatten wir uns zuvor mit aufwühlenden Fragen gegenseitig zum Erörtern angespornt, trafen mich jetzt, kaum hatte ich mich aus unserer Zuwendung erhoben, die verächtlichsten, gröbsten Fragen, die sie mir wie nasse Lappen in den Nakken schleuderte.

Was willst du, was bildest du dir ein, wo steckst du, was soll das, wie kannst du nur, woher weißt du das. Banale, abgehackte, mich anrempelnde Fragen. Gezischt, gekläfft, gefaucht.

Jetzt wurde kaltschnäuzig rundweg alles, was ich von mir gab, in Frage gestellt, wurden nachträglich meine schwachen Argumente verhöhnt, wurde unser ganzes schläfenparalleles Gespräch verworfen, da es begierig von den Mißständen dieser Erde gekostet habe, während nun auf einmal der Mann, mit dem sie es führte, als aller Mißstände übelster entdeckt wurde.

So endete unser Höhenflug, der so glücklich auf dem grünen Zweisitzer begonnen hatte, aus dem geschmeidigsten Nebeneinander sich emporschwang, unbeschwerte Freiheit gewann, um dann in einen jähen Sturz zu schwenken. Für mich besteht kein Zweifel, daß es dazu kam, weil wir aus naturgegebenen Gründen die Parallele aufgaben. Der abrupte Verfall unserer Übereinstimmung blieb jenem Moment vorbehalten, in dem wir uns in die fürchterliche Zuwendung kehrten und uns plötzlich frontal gegenüber befanden.

*

Oh, das Hängenbleiben an Menschen unterwegs … der Wagen konnte unweit des Bahnhofs geparkt werden. Beim Aussteigen fiel mir der Autoschlüssel zu Boden. Es lag schon ein ähnlicher Toyota-Schlüssel dort, den ein anderer Toyota-Fahrer verloren hatte. Er griff irrtümlicherweise nach meinem, wir kamen ins Gespräch, freundlich tauschten wir uns aus über Tücken und Vorteile unseres Wagens. Meine Frau, meine Tochter lächelten und packten den Kofferraum aus. Wir zogen in die Bahnhofshalle, dort wurde noch Proviant gekauft, wir kamen vom Stand nicht los, weil zwei Verkäuferinnen nicht aufhören konnten, mit uns über unser Urlaubsziel zu plaudern und noch hinter uns herriefen, welche Sehenswürdigkeiten wir auf keinen Fall versäumen dürften … Wir konnten uns kaum vorwärtsbewegen, ohne mit jemandem in Kontakt zu kommen, der an unserem Reiseziel bereits gewesen war und uns seine Ratschläge aufdrängte. Wohin reisen Sie denn? – Nach P. – Oh, da passen Sie aber auf Ihr Töchterchen gut auf! In P … usw. Oder: Sie sehen aus, als ob Sie heute geradewegs nach P. reisten! – Ja, das wollen wir. – Ach, wenn ich nur mitkommen könnte. P. gehört meine ganze Liebe! … Wie freundlich und leutselig war die Welt! Man brauchte nur etwas hinfallen zu lassen und schon führte es zu einer herzlichen Begegnung. Und diese führte eine nächste herbei. Denn man strahlte ja nach, und die Wärme im Gesicht zog von selbst weitere Menschen an. Mitmenschen waren sie alle, kein Schwadroneur darunter, und sie schwärmten so schön und erkundigten sich aufmerksam.

Der finsterste Gedanke taucht unkontrollierbar aus bester Laune auf. Fahrten, Fahrten, nichts als Fahrten? Plötzlich ein geistiges Erbrechen, ich schüttete meine Traumreise als trübes Spülicht auf den Perron. Ich sah um mich herum die zersiedelten Küsten, die abgegriffenen Zahnarzthelferinnen, die bergsteigenden Fahrräder – und in ihrer Mitte das Monument der Schäbigkeit: die Ortschaft, unser Reiseziel.

Wie kommt es, daß man auf einmal zurückbleiben möchte und nichts sehnlicher erwartet, als den Zug sich aus dem langen Halt lösen zu sehen und die Wagen gleichmäßig langsam anziehen? Ich ließ die beiden einsteigen, die reservierten Plätze suchen und einnehmen. Ich brachte unser Gepäck, das meine inbegriffen, und verstaute es in der Ablage. Ich setzte mich für eine Minute zu ihnen. Dann verschwand ich mit der Bemerkung, mich nach dem Bistro-Abteil umzusehen. Nach der Abfahrt des Zugs ging ich zuerst schwermütig und verwirrt auf dem Perron hin und her. Dann, auf einmal, war mir mein Entschluß teuer und zukunftweisend. Etwas in mir, das ich am Morgen noch vor lauter Morgenröte nicht bemerkt hatte, wollte diese nächste, diese neue Reise nicht mehr. Nun dachte ich an die beiden ohne mich Abgereisten und wagte vorauszusehen, daß sie vielleicht zwei bis drei Stunden brauchten, um herauszufinden, daß es so, wie es nun gekommen sei, für sie beide auch nicht schlechter wäre als so, wie's eigentlich hätte sein sollen. Auf dem Perron aber entstanden vorsichtig erste Bewegungen unter den Zurückgebliebenen aufeinander zu.

*

Gebhard, ein Installateur, fuhr am Morgen seines sechzigsten Geburtstags einige Häuser der näheren Umgebung ab, in denen er im Laufe der Jahre Arbeiten verrichtet hatte. Hier habe ich ein Spüle montiert, dort neue Wasserleitungen gelegt; und hier war etwas ganz Besonderes: eine ausgefallene Pumpenkonstruktion. Das habe ich alles gebaut. Die Leute freuen sich noch heute daran. Am liebsten hätte er jede Arbeitsstelle der vergangenen Jahrzehnte in der Stadt an seinem Ehrentag besucht. Er war stolz auf seine handwerklichen Leistungen und hätte gern vor Ort das eine oder andere Meisterstück noch einmal gesehen

Ich hätte für mein Leben gern einmal einen Phantasie-Brunnen gebaut. Aber ich habe auch gern die vielen, vielen Wasserhähne ausgetauscht.

So kam es, daß Gebhard, ein aufgeschlossener Mensch, ein Irrer womöglich, aber das war nicht gleich zu erkennen, auf meiner Etage erschien. Merkwürdigerweise stand er vor der Tür des Nachbarn und sah aus, als warte er, den Kopf erhoben, nach vielen Klingelzeichen, daß ihm die Tür geöffnet würde. Doch kaum daß ich aus meiner Wohnung trat und noch bevor ich sie, da ich für länger verreisen wollte, gründlich abschließen konnte, wechselte er augenblicklich zu mir, als hätte er nur zum Schein vor des Nachbars Tür gewartet. Er berief sich auf ein Telefonat, daß sein Geselle Hermann gestern mit mir geführt habe und in dem ich gegen den Besuch Gebhards bei mir keine Einwände erhoben hätte. Er erzählte von seinem Handwerk, der Klempnerkunst, und welche Freude sie ihm immer bereitet habe. Von Zeit zu Zeit flocht er seinen Namen ein, nannte sich Gebhard statt ich und betonte den Namen wie dick mit Rotstift unterstrichen in der Hoffnung, mir das bewußte Telefonat ins Gedächtnis zu rufen.

Gebhard wünsche sich am heutigen Tag nichts sehnlicher, als einen kurzen Blick auf die verkofferte Wand in meinem Badezimmer zu werfen, an das er sich in allen Einzelheiten erinnere, da er bei mir, den er sogleich wiedererkannt habe, vor etwa sieben, acht Jahren neue Abflußrohre an Waschbecken und Toilette verlegt habe. Um nur für eine Minute nach dem Rechten zu sehen, bitte er um Zutritt zur Wohnung, wie schon beim gestrigen Telefonat ihm zugesagt. Mir kamen schließlich Zweifel, ob ich ein solches Telefonat nicht doch geführt hätte, ohne es im Wirrwarr der Reisevorbereitungen ordentlich »abzuspeichern«.

Aber wie er nun vor mir stand und mich mit seinem akribischen Gedächtnis für meine sanitäre Einrichtung befremdete, wollte ich ihn keinesfalls in die Wohnung lassen. Er nahm es hin, nickte bestraft, aber einsichtig und war sofort bereit sich abzukehren.

Er sagte noch: er versuche es nächste Woche wieder. Ich entgegnete, daß ich dann womöglich noch nicht zurückgekehrt sei. Er drehte sich auf der Treppe um und sagte bescheiden: Dann werde ich wieder beim Nachbarn klingeln und mich über Ihren Nachbarn langsam an Sie heranpirschen. Ich hatte seinerzeit bei Ihnen extra eine Röhre für Ratten verlegt, damit sie nicht durch den Lüftungsschacht klettern und Ihnen beim Zähneputzen über die Füße springen. Haben Sie nicht gehört, wie in der Wand die Tiere immerzu durch die Röhre rennen?

*

Eine Pension in einer tschechischen Stadt, vielleicht wieder einmal Karlsbad, der Blick ging auf den Hinterhof, in eine Flucht von Hinterhöfen, denn wie sich zeigte, lief einer in den nächsten über, hier und da durchbrochene Mauerstücke, durch die man Fragmente aus dem Leben der Anwohner sah. Zum Großen Tor wurde ein maßlos betrunkener, sehr beleibter Mann auf den Schultern seiner Freunde, wie man Sieger erhebt, aus der Schenke getragen. Vor die Küche der Gaststätte wurden heiße dampfende Töpfe gesetzt, andere wurden ausgegossen in die Abflußrinne. Das entspricht nicht den modernen hygienischen Vorschriften, mehr dachte ich nicht dazu. Mira und ich hatten uns diese schäbige Herberge ausgesucht, denn nur hier, von unserem Balkon blickten wir im seltsamen Wechsel von Nähe und Ferne in einen von Projektionen verschleierten persischen Garten mit Rosenhecken und Marmorbänken. Mira hatte schon am ersten Tag den Architekten des Hinterhöfe-Areals kennengelernt und sich von ihm in sein Werk einführen lassen. Ich durfte vermuten, daß sie ihm auf einer dieser verträumten Mamorbänke gewisse Zugeständnisse gemacht hatte. Wenig beunruhigt, eher gelassen forschte ich einige Tage durch Gänge und Flure, Blättertunnel und Pergolabögen nach ihr, konnte sie aber nirgends entdecken. Offenbar war sie mit dem Architekten in einen verborgenen Winkel seines Werks verschwunden. Was mochte er an ihr finden?

Ich konnte nicht verhindern, daß der hochangesehene Mann in meinen Augen an Wert verlor, ebenso wie seine Kunst, weil er sich mit einer Frau eingelassen hatte, nach der ihr Begleiter nur mit sehr gedämpfter Sorge suchte. Offenkundig, weil er ihrer eigentlich überdrüssig war. Indem er sich also für eine Frau erwärmte, die ich mir als eine Geliebte gar nicht mehr vorstellen konnte, erschien mir der ganze Mann auf einmal von schlechtem Geschmack.

Jedoch: *Amor autem suo defectu plus proficit.* Das schöne Wort fiel mir wieder ein, ein Spruch, mittelalterlicher Mystik zweckentfremdet, oft schon vorgeschmeckt, nie recht gekostet: Die Liebe aber schreitet durch ihr Hinschwinden besser voran. Also ging ich vorwärts im Irrgehege ineinander verschachtelter Hinterhöfe, blieb auf der Rückseite der Stadt, wahrscheinlich doch Karlsbad.

Mit einem Schritt, den ich kaum noch kontrollierte, also ehe ich es mich versah, trat ich aus der gemauerten Umgebung in ein künstliches gläsernes Labyrinth, in dem die Verschachtelung der Höfe mündete und sich noch steigerte. Es zog einen schon von ferne an, man konnte ihm gar nicht ausweichen, und es zog dann auch unwiderstehlich in sich hinein. Kubische Kästen verschiedener Größe und Länge, höhere und sehr niedrige, alle ineinanderlaufend, Durchgänge mit Alurahmen oder Fassungen aus schmalem Eichenholz, die miteinander eine einzige große Vexierfläche bildeten. Man sah durch unzählige Wände, vielfach gegeneinander versetzt, und sah nichts als Durchgänge über Durchgänge. Doch nirgends den Ausgang.

Ich erschrak, als mein Blick in dieser vollkommen undurchdringlichen Durchsichtigkeit plötzlich auf einen Gegenstand stieß, der nicht immer ein Gegenstand gewesen war. Da saß mit dem Rücken an der Glaswand, herabgerutscht, der halb entblößte Leichnam einer Frau. Eine Frau, der eine dünne rote Schnur aus dem offenen Mund rann. Offenbar hatte Mira in einem Anfall von Sich-Irren, und zwar Sich-Irren in allem, versucht, den roten Faden aufzuessen, sich einzuverleiben, den ihr der Architekt mit auf den Weg gegeben hatte.

Sie saß unweit der Bank aus Plexiglas, auf die ich zufällig gestoßen war, ohne zu ahnen, daß sie die Befreiung aus dem Labyrinth bringen würde. Wäre die Verirrte nicht zuvor entkräftet an der Glaswand abgerutscht, zu Boden gesunken, hätte sie sich noch auf der durchsichtigen Bank – es gab nur diese einzige, kaum wahrnehmbar, kaum zu unterscheiden von den übrigen transparenten Bauteilen der gesamten Architektur – niederlassen können, so wäre sie gerettet gewesen. Denn setzte man sich darauf, so wurde man nach einiger Zeit – Geduld war erforderlich! – auf Luftkissen angehoben und gleitend davongetragen, wurde, ohne selbst zu suchen, zum Ausgang transportiert. Denn sie war in diesem ungeheuerlichen, infolge seiner Durchsichtigkeit doppelt täuschenden Wahngelände so programmiert, daß sie den kürzesten Weg zum Ausgang fand. Keinen Wanderer im gläsernen Labyrinth hätte je der Zufall (und erst recht nicht der rote Faden, was niemand besser wußte als der teuflische Architekt!) so begünstigt, daß er von selbst hinausgefunden hätte.

*

Eine in keinerlei Handlung verstrickte Figur querte von Zeit zu Zeit die Bühne und gab nur den einen Ausruf von sich: »Bald!«

»Bald!« rief der fremde Passant und ging schon kurz

nach Beginn des ersten Akts von rechts nach links über die Bühne, während die Schauspieler noch die Handlung exponierten. Und ebenso in einer zum Höhepunkt drängenden Szene schritt er von links nach rechts auf Rampenhöhe und rief: »Bald!« Dazu hob er den Zeigefinger in die Luft, als sei die höchste Achtung geboten. Eine halbe Sekunde vorm Ende von allem rannte er vorbei und schrie: »Jetzt!«

Das Publikum löste aber schon nach weniger als einer halben Stunde sein Interesse von der Bühne, entzog es den belanglosen immergleichen Erniedrigungen erhabener Handlungen, die schlechte Schauspieler ihm vorführten. Die Leute gingen hin und her, sie liefen ins Foyer hinaus und kamen wieder zurück. Der ein oder andere bot etwas aus eignem Repertoire. Ein Mann mit vorstehenden Basedow-Augen hielt im Noppenmantel des alten Clochards einen Vortrag über Wolfram. Am Ende seine zaghafte, provozierende Frage: War Wolfram von Eschenbach ein Findlingskind? Draußen auf dem Gang traf er Bettine, auch sie eine Heruntergekommene, Ängstliche, Fröstelnde mit altem Schäferhund. Er steckte ihr seine Hand zwischen Mantelkragen und Nacken, sie fuhr zurück, denn seine Hand war kälter als ihre Haut. Aber sie nahm sie und küßte sie, drückte sie an ihre heiße Wange. Und er nahm ihre Hand und küßte sie. Dabei sah er, daß ihr der Schnuddel bläulich aus der Nase rann, und er riß aus den alten Manteltaschen Futter zum Abwischen. Eine Benefizvorstellung für uns alle Heruntergekommenen sollte der Abend ja bringen, aber das Publikum war nun längst mit sich selbst beschäftigt. Um etliche Zuschauer, die etwas zu bieten hatten, bildeten sich kleinere Publikumskreise. Niemand sah mehr auf die Bühne. Mancher kippelte auf dem schmalen Rand seines zurückgeklappten Sitzes, die Arme über der Brust verschränkt, und hielt ein letztes Selbstgespräch. Ein Mann rief vom Balkon einer Bekannten zu, die er im Parkett entdeckte, daß er sie liebe.

Leicht zu übersehen, nicht aber zu vergessen ist der verborgene Vermummte in der Menge. Der mit weißem Zeigefinger, genau wie der fremde Passant auf der Bühne, und mit ähnlichem Schwung im Arm, erst in die Höhe und dann, wie in einem Lehrfilm zum Unheilstiften, hinabweist auf seinen linken Fuß, der mit einer Sprengladung verbunden ist – er braucht nur den Stiefel zu heben, und schon wird er sich und den gesamten Zuschauersaal in die Luft jagen.

So wird es unabwendbar geschehen im Verlauf dieser an kleinen Schauplätzen und gesonderten Handlungen zunehmenden Publikumsauflösung. Das Massaker wird stattfinden, doch bleibt es bis dahin unvorstellbar, niemand kann es sich auch nur ausmalen, denn nach keiner Vorlage schon bekannter Infernos wird es geschehen. Es schlägt das Herz bis an den Hals und der Verstand schreit: Nicht, nicht, nicht! Unvorstellbar wie Gott selbst: Der Krater, der Einschlag, die Wüste, die Wunde, die der Sturz des Engels in die Erde reißt.

Menschen und Entmenschte. Alltag und Sprengung, Besitzende von ein wenig Gemeinschaft und solche, die nichts als sich selbst zu verlieren haben. Gehäuse und in der Luft zerstiebendes Gehäuse. Bequemes Plaudern und jähe Detonation. Ort der Verstümmelung von allem, was Kampf, Schlacht, Eroberung jemals waren oder einst auf der Bühne bedeuteten. Ein Attentat.

*

Die Handwerker verabschiedeten sich nach getaner Arbeit und erklärten dem Hausherrn, was sie ausgerichtet hatten. Zum ersten Mal fühlte er sich als jemand angeredet, der etwas schwer von Begriff sei. Der nicht so recht verstehe, worum es bei den handwerklichen Maßnahmen ging, und mehrmals nachfrage ohne Sachkenntnis. Die Handwerker gingen auf ihn ein, wie man einen geistig hilfsbedürftigen Menschen beredet, damit er begreift. Sein Verstand war indes nur ein wenig abgelenkt. Er beschäftigte sich mit den verschiedenen Facetten ihres Benehmens, ihres verfehlten Tons ihm gegenüber, ermittelte die Einschätzung seiner Person in Rücksicht auf ihre beschränkte Menschenkenntnis und unterschied alles auf das sorgfältigste. Der Hausherr fand schnell heraus, daß sie einfach keinen spezifischen Ton, keine passende Redeweise für den Nicht-Fachmann besaßen, sondern zu ihm genau wie zu einem unverständigen Kind oder Greis sprachen. Gleichzeitig ärgerte es ihn, daß er nicht über die nötige Schlagfertigkeit – vor allem aber nicht über die ihnen eingängigen Worte verfügte, um sie über ihre Schwäche zu belehren und sie aufzufordern, sich um einen Zungenschlag zu bemühen, der ihn nicht erniedrige.

Das Staunen kommt wieder mit den Jahren, so hätte er sich ihnen am liebsten eröffnet. Und ein Staunen ohne Begriffsstutzigkeit gibt es ja nicht. So etwas hätten sie zu ihrem Befremden sich anhören müssen. Und darauf: Die große Verwunderung setzt ein. Die zunehmende Verwunderung darüber, daß Dinge, die scheinbar gut zusammenpassen, auf einmal zeigen, daß sie nur vorgeben, gut zusammenzupassen. So wie Nut und Feder hier bei den von Ihnen verlegten Dielen. Die Patina des Gewöhnlichen blättert überall ab – ähnlich wie bereits jetzt Teile vom Putz an den Wänden des Erkers, den Sie soeben renoviert haben! Das Sehen wird diffuser, zerstreuter, aber es bleibt leicht an einer nebensächlichen Einzelheit hängen, wie an diesem von Ihnen nicht abgesenkten Schraubkopf. Man starrt in die Tiefe einer Unzugehörigkeit, etwa einer viel zu breiten Silikonfuge zwischen kleintäfligen Kacheln. Man beobachtet die langsame Verwandlung des Unzugehörigen in einen groben Verstoß gegen die Regeln des Handwerks.

Doch er schwieg. Gegen ihre Überzeugung, daß er unter dem Niveau ihrer Sachkenntnis die Dinge betrachte, ließ sich mit seinen Worten nicht ankommen.

*

Sie war ein zwölfjähriges Mädchen, etwas kleinwüchsig, das seine Umgebung nur aus der Phantasie und eigentlich nichts so wahrnahm, wie es sich zeigte.

Für sie standen keine Strandwächter, sondern die Weiß-Brüller auf den Hügeln der Dünen. Alles, was durch die Niederung strömte an ordinären und schäbigen Worten der Badegäste am Strand, sogen sie durch ihren Schalltrichter, schleusten es durch ihre weißen

Rachen, weißen Lungen, weißen Seelen und brüllten es rein wieder heraus.

Die Mutter hatte an ihrem freien Nachmittag einen guten Freund gebeten, ein Picknick mit ihrem Kind abzuhalten und es für ein paar Stunden zu beschäftigen. Für die Kleine war er ein alter begriffsstutziger Mann, der sich mit praktischen Verrichtungen schwertat, etwa wenn er im flatternden Bademantel versuchte, einen Servierwagen, den er zuvor liebevoll mit kleinen Mahlzeiten beladen hatte, durch den dicken Sand zu schieben, zu drücken, zu bugsieren – wobei die Leckerbissen nur so durcheinanderrutschten oder sogar vom Untersatz fielen.

Außer seinem Ungeschick, das sie amüsierte, hatte er ihr nicht viel mitzuteilen. Sie trödelte hinter ihm und sah darauf, daß ihrer beider Schritte unangepaßt blieben, damit niemand auf die Idee käme, sie könnten näher zusammengehören. Denn das Mädchen war eigensinnig und unbequem, schüchtern auch und spröde und blaß. Ihrer beider Unternehmung war von Anfang an nicht gut aufeinander abgestimmt. Sie ging daneben.

Am Strand campierten sie neben einem schwarzen Turm, der von seiner Verwendung als Wachposten im Krieg noch stehengeblieben war. »Aus diesem Turm«, sagte das Mädchen, »dringt kalte Finsternis in den hellen Tag. Obgleich oben eine zerbrochene Aussichtsplattform für Lichteinfall sorgen müßte. Auch ist der Eingang mit dünnem breitmaschigen Draht verhängt. In die Finsternis hinein gelangte ich nicht. Aber innen im Finsteren hörte ich – wie aus einer anderen Welt – meine Mutter, die mit einem fremden Mann schöntat und eine Lust-Begegnung mit ihm vorbereitete. Ich hörte ihre liebenswürdige, zarte Stimme in der vollkommenen Finsternis und konnte nicht zu ihr gelangen. Der Draht, der den Eingang zum Turm versperrte, war nicht so dünn, daß ich ihn hätte einreißen können, aber auch kein starkes Gitter, daß ich von vorneherein alle Hoffnung hätte aufgeben müssen. Also legte ich mich, erschöpft von Verlassenheit, neben die Schwelle des Eingangs, den Mund fest in eine Maschenöffnung gepreßt, und hoffte, sie käme wenigstens, um mir einen Gutenachtkuß auf den Mund zu drücken, bevor sie den fremden Mann zu küssen begann. Aber es geschah nicht. Am Morgen brachte sie mich zu dir, einem Mann, bei dessen Anblick ich jedesmal froh bin, daß er nicht mein Vater wurde.«

»Ich wäre dir bestimmt ein guter Vater gewesen. Im übrigen kenne ich auch eine Geschichte vom Turm, kenne sie seit frühen Kindertagen, als das hier noch ein wilder Küstenstrich war. Da kam das ›schwedische Fräulein‹, eine junge Frau aus Malmö, auf einem Aussichtsboot hier vorbei und sah den dunklen Turm am Strand. Sogleich beschloß sie, ihn zu besteigen und die weite Aussicht übers Meer zu genießen. Während das Boot in der benachbarten Bucht anlegte und alle ein Picknick abhielten, verschwand das schwedische Fräulein im Dickicht und bahnte sich einen Weg zum Turm, der innen damals schon eine Ruine war. Sie stieg vorsichtig die Wendeltreppe hinauf, obwohl zwei oder drei Stufen hinter ihr bereits zusammenfielen. Kaum hatte sie aber das obere Plateau erreicht, da stürzte die ganze morsche Treppe in sich zusammen. Und es gab keine Chance mehr, heil wieder hinunterzukommen.

Sie starrte in den finsteren Schlund der Innenwände. Zwar lächelte sie noch immer, weil alles so überraschend gekommen war und sie nicht glauben mochte, daß sie sich in einer tödlichen Falle befand. Außerdem hofft jeder Mensch in einer solchen Situation auf den Zufall einer fremden Hilfe. Das Ausflugsboot kehrte draußen am Rande der Bucht zum Hafen zurück. Sie winkte verzweifelt, und einige Passagiere – es vermißte sie ja niemand – winkten heiter zurück. Wie kann man auch mit bloßem Winken ausdrücken, daß man sich in Todesgefahr befindet? Zu hören waren ihre Verzweiflungsschreie ja nicht. Erschöpft, von der Sonne verbrannt, fast schon verdurstet, versuchte sie ein Letztes, riß ihre Kleider in Fetzen und verwand sie zu einem Seil. Doch war sie schon zu schwach, um sich hinunterzulassen. Das Seil aber fand man in der schwarzen Leere des Turms baumeln – später, sehr viel später. Und auf der oberen Plattform das nackte Gebein, das Fleisch von Raubvögeln gefleddert, die Reste des schwedischen Fräuleins.«

Das zwölfjährige Mädchen tat, als hätte es nur halb hingehört, aber seine Unruhe ließ keinen Zweifel, daß es die alte Turmlegende mit ihrem nächtlichen Turmerleben verwob und sich mit den verfaulten Hautfetzen am Skelett ihrer Mutter beschäftigte. Um dem alten Erzähler keine Gelegenheit zu geben, nach ihren Gedanken zu forschen, sagte sie zur Ablenkung rasch:

»Warum hast du dir eigentlich die unendliche Mühe gemacht und den wackligen Servierwagen durch den dicken Sand geschoben?«

»Ich wollte dir eine Freude machen.«

»Das ist dir auch gelungen. Ich amüsierte mich wie

ein Schneekönig, als ich sah, wie ungeschickt du dich anstellst.«

»Soll ich dir jetzt etwas servieren oder nicht?«

»Ja. Servier. Weil du's bist. Mein Gott, was für leckere Scheußlichkeiten!«

*

In der Nacht stand er auf dem Jahrmarktfest vor einer Bude, in der zwei schöne Frauen Süßigkeiten, gebrannte Mandeln, Zuckerwatte und Maronen verkauften. Es war nicht auf Anhieb auszumachen, daß die eine die Mutter, die andere die Tochter war – erst im Laufe ihrer sonderbaren Unterhaltung wurde es ihm eindeutig. Mit beiden gelangte er nach wenigen Worten zu einer fast zum Flüstern verpflichtenden Vertraulichkeit, einer hin und her strömenden Zugewandtheit und Sympathie. Währenddem, unter aufregenden Anspielungen und Komplimenten, bezahlte er für ein Päckchen mit Puffreis mit einem 100 €-Schein. Darauf bekam er aber von der Mutter nur € 45 zurück. Immer seliger lächelnd, immer zärtlicher den beiden zugetan, machte er sie auf den Fehlbetrag aufmerksam. Die Tochter antwortete für die Mutter, und mit einem den ganzen Mann erfassenden Blick sowie einer noch freimütigeren Zuwendung sagte sie, es seien doch aber bloß 50 € gewesen, die er ihnen ausgehändigt habe. Er wich keinen Hauch vom Ton seiner übergroßen Zärtlichkeit für die beiden ab, und es klang, als wollte er sagen: Nun, dann werde ich bald glücklich mit euch beiden sein! Aber es war doch nur der Ton, die Worte indes hießen: Dann muß ich leider die Polizei rufen. Aber nein, lachte die Mutter, glaub mir, du mein Leben, meine ganze Freude – du irrst dich. Es waren wirklich nur €50! Und er sah ein, daß er sich getäuscht hatte.

*

Das weiße Bauernhaus in der Mittagssonne, doch unter dem Giebel ein verdunkeltes Fenster. Dort ruht ihr Mann auf seiner Liege und flüstert nur immerzu ein Wort: Reconquista ... Reconquista! Was er sagen will, ist: Wiedereroberung aller feindlich besetzten Provinzen ihres Herzens, ihres Körpers, ihrer Bewußtseinshügelketten, aller abtrünnigen Gebiete ihres Gewissens, die diese Frau so leicht an einen anderen verlor!

»Ich sah dich und erkannte mich. Nur der Tod hält uns noch auseinander.«

So schön sprach der Fremde. Warum aber hatte sie ihm niemals ihre rechte Hand gegeben? Sie hielt sie zurück. War sie steif? Verkrüppelt? Er suchte nach ihrer Rechten und wollte sie küssen. Sie entzog sie ihm. Er hoffte bei jedem Liebesspiel, daß sie etwas mit ihrer Rechten tat. Doch nur die linke Hand lag am Ende auf seiner Schulter.

Sie weigerte ihm die Hand, die mit einem anderen den Pakt geschlossen hatte und die einfürallemal vergeben war. Mit Ausnahme der schweren Hand war ja ihr Körper federleicht und voller Wenden.

Reconquista ... Reconquista! schwor sich der Bauer, ihr Mann, auf seiner Liege. Zur Hölle alle, die das Goldene Kalb des Leichtsinns anbeten. Der Glaube ist schwer, die Liebe ist schwer, von der Hoffnung ganz zu schweigen!

Sie, die sich überwunden hatte, wollte nicht vor aller Augen zurückkehren, sondern in ihrem kleinen Dorf die Straße nur hinuntergehen, wenn keine Gaffer in ihren Fenstern lagen. Dies die einzige Bedingung der jungen Frau für ihre Rückkehr von einem schönen Sommergast zu ihrem stolzen Mann. Von einem trockenen Haus in ein salpeterbeflecktes. Nun fiel kein Auge eines Nachbarn auf die Untreue – und sie kam im Morgengrauen ganz allein, ihre Strickjacke über den Boden schleifend, beinahe schlendernd, mit bummligen Schritten, doch in Wahrheit von der Last des Abschieds verlangsamt, ging die Straße hinunter, verschwand im Haus ihres Mannes und ward nie wieder draußen gesehen.

Anderthalb Jahre später brach in derselben frühen Morgenstunde der Zyklon über das Dorf herein. Die Straße wurde binnen weniger Minuten zum reißenden Flußbett. Die Felder mit ihrem Tonkalk hielten rötliche Seen wie eine Schale, die Baumstämme ragten zur Hälfte aus den Wellen. Es peitschten finstere Regenstürme die Hänge und verwüsteten Haus und Garten. Der Asphalt brach, die Feldmauern wurden von wilden Bächen gesprengt. In drei Stunden fielen 200 Liter pro Quadratmeter, sonst 400 im ganzen Jahr. Achtzig Schafe waren dem Mann, der seine Frau zurückbekommen hatte, an diesem Morgen ertrunken. Das Meer wurde erdbraun, weil die Überschwemmung so viel Land ins Wasser wusch.

*

Wie eine Lampe, die an der Stirn zerschellt, ist sein Erwachen am Morgen. Höhnisch fragt ihn das Licht: Und was machst du, wenn nichts mehr zu machen ist? Dazu der Anblick eines frisch gebügelten Hemds, das auf dem stummen Diener hängt. Man liegt mit sich zerworfen im Bett und wüßte nicht, was einen mit dieser glatten Wäsche in Übereinstimmung bringen sollte. Wer bist du? Nur immer der Säuberliche, nur der Hemdwechsler Tag für Tag? Aufflattern statt erwachen, bevor der Tag sein Vogelnetz über die »Gedanken sind frei« niedersenkt, im letzten Moment entfliehen, aufsteigen wie die Lerche hinauf in die azurne Feldwache.

»Was hast du eben gesagt?! Kannst du es bitteschön noch einmal wiederholen?« fragte neben ihm auf dem Laken die Frau, der er lediglich, wie er meinte, mit freundlicher Anrede einen guten Morgen gewünscht hatte.

»Kannst du's mir bitte umschreiben, verdeutlichen, erklären, verklickern – ich faß es nicht. Wie war das?«

Er wiederholte es nicht.

»Du ekelst dich doch nicht etwa vor mir?« schrie sie, als er sie ein wenig zudecken wollte.

Sofort sprang sie vom Lager auf und drückte sich in eine Zimmerecke. Griff einen Haufen schmutziger Wäsche und verhüllte damit ihr Haupt.

»Ich sagte wahrscheinlich: Man erzählt sich so lange Liebesgeschichten, bis man sich liebt.«

»Willst du mich beleidigen? Soll ich gehen? Was hast du vor mit mir?!«

Nichts drosselte die Empörung, die sich in ihr gegen die Bosheit des Erzählers gestaut hatte – eine Bosheit, die sie ihm unterstellte, weil sie jedes seiner Worte entschlüsselte als Mangel an Gefühl für sie.

Tatsächlich sah er jetzt ihre schmutzigen Fußsohlen und dachte an die ewig von Mist beriebenen Füße einer Stallmagd. Und als sie sich kurz aufrichtete, sah er ihren Hohlrücken und dachte an eine durchhängende Zimmerdecke kurz vorm Einsturz. Doch sagte er windelweich: »Bitte, erzähl du mir jetzt eine Geschichte! Nur eine kleine noch, ganz kurz.«

»Wie weit willst du's noch treiben, sag mir?! Kennst du keine Grenzen? Genügt es dir nicht, mich heulend am Boden zu sehen?!«

Wer träumt nicht davon, vom Erdboden zu verschwinden, indem er sich in Luft auflöst? Aerifiziert bei lebendigem Leib und wacher Seele, so daß er haarklein spürt, wie ihm geschieht. Wie sich die Zehenspitzen vom Boden heben und er aufsteigt zu den Lerchen. Entrückt wie Hennoch oder Ödipus, fortgenommen.

*

Wer des Mittags auf dem Feld arbeitete und nicht ausruhte, zu dem kam die Mittagsmuhme und fragte ihn zu Tode. Verstand es der Geängstigte nicht, das Gespräch bis zum Ablauf der Ruhezeit in Gang zu halten, oder konnte er auf die Fragen der Mittägin nicht antworten, so schnitt sie ihm den Kopf ab. Oder würgte ihn und steckte ihm die haarige Zunge in den Schlund, bis er erstickte. Davon war dem stolzen Soziologen, einem namhaften Schwarmforscher, der niemals Mittagsruhe hielt, nichts bewußt, und es wäre ihm nicht einmal von fern ein solcher Verdacht gekommen, als er die freundliche Reporterin zum Interview empfing, Schlag Mittag stand sie vor seiner Haustür.

Die schwarze Reisetasche über die rechte Schulter gehängt, schwarz auch ihr sommerlicher Hosenanzug aus Leinen, ging sie mit geradem dunklen Blick auf ihn zu, halblanges braunes Haar in weichen Locken. Die auf den Menschen Zugehende war sie in jedem Schritt. Die selbständig und selbstsicher Arbeitende. Dazu eine auffallend liebenswürdige Person.

Anders ihr Gegenüber, Soziologe von Ruf, der auf Arom und Nimbus spielt, der männliche Mann, der sich befragen läßt. Hier also der allzu beholfene Charme, die geübte Flirt-Sequenz, die über seine gesamte Front abläuft, von den lächelnden, halb geöffneten Lippen bis zu den an die Hüfte gesetzten großen Händen, Händen, die, wovon er überzeugt ist, eine besondere sexuelle Zuverlässigkeit ausstrahlen, wenn nicht gar so etwas wie sexuelle Wunderheilkraft, schon beim Auflegen … Hände, die, wie er glaubt, eine Frau mit einem Blick an ihre Taille hexen möchte, von denen sie umfaßt, gestreichelt und geführt zu werden wünscht, die also einer hübschen fragilen Person, wie sie da vor ihm sitzt, einiges bedeuten könnten und die er nun über die eigenen Schenkel streift und nach innen gewendet in den Schoß drückt, bei breit ausgestellten Ellbogen, die der animalen Umrißvergrößerung dienen und dem Anschein von kaum gebändigter Selbstbehauptung.

Die zarte Besucherin strahlt, zeigt ihre Freude, aber er spürt doch, daß seine Positur nicht die gewünschte

Wirkung hervorruft, denn ihr Gesicht vergibt nach wie vor ein warmes, freundliches, unzweideutiges Strahlen.

Sie scheint nicht besonders kitzlig zu sein, sagt sich der Soziologe. Sie weigert mir die mimische Replik, es fehlen der übliche, sich was verkneifende Knick im Mundwinkel, jeder zurückspielende Blick, die hübschen Schein-Verlegenheiten wie Frisurbefingern oder unmißverständliche Unterschwelligkeiten wie der häufige Wechsel überkreuzter Beine und der kreisende, wippende Fuß. Da ist einfach nur dies freie, unverschlagene Lachen und die geschickte Umgänglichkeit. Dann beim Präzisieren ihrer Fragen und Nachfragen der nach dem passenden Wort suchende Blick, der über die weite Landschaft und über die Giebel der Nachbarhäuser schweift. Nicht gefallsüchtig, nirgends verfänglich und doch dem Mann, dem sie kein Ausweichen erlaubt, offen und klar gegenüber. So als bestünde sie zu hundert Prozent aus Gradheit, Wärme und Interesse und zu Nullprozent aus Trieb mit den bekannten Abarten wie Umtriebigkeit, Hintertriebenheit etc. Aufmerksam, taktvoll, herzlich, unkompliziert, zugetan, sehr aufmerksam.

Da nun der Duft von Schutz und Stärke bei der zierlichen, doch festen Person so wenig ausrichtet, versucht er sie mit seinen Antworten zu umgarnen, wikkelt auch mit etwas gröberem Faden. Doch indem er so mit Einwickeln beschäftigt ist, bemerkt er sie nicht mehr so genau und verfehlt den rechten Zugang zu der in ihrer Liebenswürdigkeit von ihm völlig unbeeindruckten Frau. Natürlich ist sie weder spröde noch lustbehindert. Wäre sie ihm unter anderen Umständen begegnet, je nach Laune und Leichtsinn, hätte sie sich an seiner männlichen Erscheinung erfreut und womöglich auf ein Vergnügen mit ihm eingelassen. Aber das hätte gewiß nicht auf dem Hauptschauplatz ihres Wesens stattgefunden, sondern etwas abseits davon, nicht etwa in einem dunklen Winkel, denn es gibt bei ihr nichts Heimliches, Verstecktes, Hintergründiges, Unterdrücktes, Verschlagenes, Abgespaltenes – es wäre nur eben eine Zone gewesen, in der sie ihrer Natur nach nicht ihre gültigste Leistung erbrachte, in der sie einfach nicht so bei der Sache war, nicht ganz sie selbst, nicht so einflußreich und unverwechselbar wie auf dem Hauptschauplatz, dem Fragen – und seinen Folgen.

Und wie es bei einem Soziologen in Momenten von unerfüllter Gegenwart nicht anders sein kann, münzt er nun, was er an seiner Partnerin erkennt und was sich ihm entzieht, um in reine Theorie. Schnell umrissen wird aus der unnahbaren Fragestellerin ein Modell, eine erste Botin aus der Zukunft »wiederhergestellter weiblicher Anmut«.

»Stellen Sie sich vor: Ein neues Frauenbild taucht auf, stiege wie von selbst aus der Tiefe unseres Repertoires herauf, entspräche fast, nicht ganz, den überkommenen Vorstellungen von Anmut, Liebreiz, Charme – und alle Zypressenwipfel neigen sich. Heute ist es sehr wohl möglich, sein Leben unter Leitbilder, Embleme zu stellen, die reine Phantasmen, Blüten historischer Erinnerung sind und keinerlei reale Identität in der verhandelten Gegenwart besitzen. Sie werden ja bloß »generiert«. Solche Vorbilder müssen allerdings vom Schwarm, von kollektiver Wunschverdichtung vorbereitet werden, bis es zu einer Art »Ausstülpung«

kommt. Es gibt übrigens längst selbstbestellte Wärter im Netz, die überall nach ersten Anzeichen solcher Verdichtungen Ausschau halten.

Sie wissen ja, auf der atomaren Ebene haben menschliche Begegnungen keine Story. Nichts strebt hier einem Ende zu oder verliefe linear. Es wimmelt von zu vielen Möglichkeiten und Virtualitäten, als daß die Entscheidung für nur eine Geschichte wahrscheinlich wäre.

Über Anziehung und Abstoßung entscheidet zwischen zwei Individuen der Partikel-Verkehr, auf den sie keinerlei Einfluß haben. Prinzipiell könnte jeder von uns sehr viel ergiebiger, sehr viel reichhaltiger gelesen werden, wenn unsere Sinne vergleichbar hochauflösend funktionierten wie digitale Informationsinstrumente. Der grobe und oft über alles weitere herrschende ›erste Eindruck‹ (er hakt mit beiden Händen Gänsefüßchen in die Luft) ließe sich unter den Bedingungen einer perzeptionstechnisch verbesserten Aufmerksamkeit füreinander im Handstreich entmachten.«

Jede ihrer Kolleginnnen hätte vermutlich den Vorwand bemerkt, dem die Abschweifungen des Experten dienten, und seine Vision kühl zugrunde befragt. Aber Mißtrauen dieser Art lag nun einmal nicht in der Natur der Liebenswürdigen. Folglich gehörte für sie das absichtsvolle Gedankenspiel des Soziologen ernsthaft zur Sache. Zur Sache, die sie am Ende ohnedies für sich entscheiden würde. Warum ihm nicht Glauben schenken bis zuletzt? Die Mittagsmuhme macht gewöhnlich ihre Beute mit einem einzigen Schlag, unvermittelt aus der größten Offenherzigkeit zustoßend.

*

Dunkles Haar, im Nacken bloß mit einem Clip gefaßt, Mauseschwänzchen, hat er gesagt, wenig originell, schönes braunes Haar, aber nicht viel draus gemacht, die neue Frau bin ich, die heute zum ersten Mal mitkommt auf seinen Landsitz, keine raumgreifende Person, eher geniert – im Sinne von: hier werde ich mich niemals zu Haus fühlen, Hausherrin sein, Landlady, hier passe ich nicht hin, das wird nie meins, aber ich werde die Zeit über, die uns bleibt, versuchen mich dran zu gewöhnen, sein Leben hier mit seiner früheren Frau hängt wie ein alter Parfümschwaden in der Luft, alles besetzt, vieles hätte ich anders gemacht, aber ich hüte mich, hier irgend etwas anzufassen, irgend etwas nach meinem Geschmack zu verändern. Welchem Geschmack? Ich bin mit ihm, und es ist sein Gehäuse, in das er mich einlädt. Vielleicht versteht er meine Zurückhaltung falsch. Doch die beiden Häuser, alle Zimmer sind dicht mit Geistern gefüllt. Die Bäume und Sträucher nicht, obwohl auch der Garten den Geschmack seiner Frau verrät. Ich hätte ihn anders angelegt. Ich werde hier nicht allein sein wollen. Zum ersten Mal bin ich gelähmt in seiner Nähe, bin ich gehemmt und benehme mich unbeholfen. Erschrecke, von einem fallenden Ahornblatt an der Stirn gestreift. Die Verlegenheit, die sich aufbaut, rührt daher, daß man seine Blöße, vollkommen fehl am Platz zu sein und wie man darüber denkt, nicht geschickt genug verbergen kann. Man gehört nicht hierhin – und drängt sich doch irgendwie auf.

Die dichte, verschachtelte Selbst-Beschreibung der Befremdeten, die ich bin, verschachtelt sich um ein weiteres, wenn ich die Wirkung berücksichtige, die ich auf den Hausherrn haben muß, der seinem Heim eine steife Befremdete zuführt, der gegenüber ihn nun selber Gefühle der Befremdung beschleichen.

Jedoch später, spät in der Nacht, leichte Entspannung, kein Argwohn mehr, nur noch der liebe und zugleich vorsichtig nach seinem Liebesbedürfnis fragende Blick, alles sehr zurückhaltend, ungewöhnlich für eine im Austausch von Zärtlichkeiten sonst eher lebhafte, gegenwärtig leider ein wenig steife, weil neue Frau, die ich bin, die jedoch im Laufe der Nacht in ihre Rolle fand, indem sie sich als seine Hüterin bewährt. Das war, als er im Traum drohte erschlagen zu werden von diesen brutalen Jungen und Mädchen, dem Dorfmob, der ihn tatsächlich mehrmals heimgesucht und belästigt hatte. Seine Hüterin nämlich, als er in Todesangst auffuhr, erwachte, und ich, diese Unbekannte, saß, den nackten Rücken ihm zugewandt, an einem kleinen Tisch mit schwacher Lampe und schrieb diese Zeilen hier. Saß da im Sinne von: Mein Schutzgeist! Und so hätte er mich nennen können. Ich drehte mich auf dem Stuhl zu ihm, zeigte mich ihm, und später beruhigte ich ihn. Eine ihm fremde Hand wischte den Schweiß von seiner Stirn, dämpfte sein Herz, legte sich auf die Augen und wie ein Feigenblatt über sein Geschlecht. Ich begegnete mit Fürsorge seinem Begehren, das ich nicht teilte. Mit mir war alles anders als mit seiner früheren Frau, die stolz und selbstsüchtig war, deren Stolz und Selbstsucht er pflegen und beschützen mußte, damit zwischen ihnen überhaupt noch etwas Spannung aufkam und sie hin und wieder ihre Liebesflügel spreizten wie zwei Kraniche, die miteinander tanzen, ohne sich zu paaren. Sie markierten Liebe, weil sie dran gewöhnt waren. Seine Hüterin aber, ich, war ihm auf milde Weise vorangestellt, und in seinen Empfindungen für mich überwog der Dank. Es ist kaum möglich, mehr unerwähnt zu lassen.

*

Die sechsundfünfzigjährige Verwaltungsbeamtin und der siebenunddreißigjährige Magier auf dem Streifzug durch die Stadt, zur Vorbereitung von »Hannover leuchtet«, dem Sommerspektakel. Sie von burschikosem Charme, der Leib ein Schwergewicht. Er schlank und voller eitler Skrupel.

»Hier, dachte ich, wäre der geeignete Platz für Ihre Schwebende. Hier läge sie im langen Frack waagrecht in der Luft, zwei Meter über dem Podest. Hier könnte sie sich umdrehen, das Publikum ansprechen und von ihrer Lage in der Luft berichten. Von dort hinten käme der sehr finstere Mann und schlüge ihr mit scharfem Schwert die herabhängenden Frackschöße ab.

Hier fiele ihr in Folge ein Kleidungsstück nach dem anderen vom Leib, bis, wie vorgesehen, sie nur noch das paillettenbesetzte Trikot bedeckt. Mit ausgebreiteten Armen immer noch waagrecht in der Luft, bis zum letzten Atemzug.«

»Sie wissen, ich arbeite mit Tricks.«

»Weshalb sind Ihre Tricks an diesem Ort nicht anwendbar?«

»Ich müßte Ihnen meine Tricks verraten, um Ihre Frage zu beantworten.«

»Dann suchen wir einen anderen Ort. Und Sie rufen einfach: Hier!«

*

Ballonrundes Zelt, einem Gasometer ähnlicher als einem Zirkus, dünne Plane. Darin fand eine Veranstaltung unter dem Titel »Die Veranstaltung« statt. Sie bestand aus dem Publikum selbst, einer spiralförmigen Sitzanordnung mit 2400 Zuschauern. Von der halben Höhe in die Mitte der Arena hinab wand sich die Spirale und war bis in ihre innerste Locke und Lockenspitze mit Zuschauern besetzt, so daß keinerlei Schauplatz übrigblieb. Ich aber, von den Veranstaltern in letzter Minute aufgegriffen und gedungen, von der Straße weg engagiert, kletterte außen auf metallenen Sprossen an dem Zeltballon hinauf und schlitzte, wie vertraglich vereinbart, die Plane in ihrem Zenit. Da blickten 2400 Zuschauer zugleich hinauf in die verletzte Kuppel, ein massenhafter Aufblick, wie ich ihn mir niemals hätte vorstellen können. Die emporschauende Menge wurde für mich allein zum Schauplatz und ich allein für die Menge zur handelnden Figur.

»Bitte verzeihen Sie ...« Mit diesen Worten wandte ich mich verlegen an das Publikum in schwindelnder Tiefe, vor dem zu agieren ich vertraglich gezwungen war.

»Ich habe noch niemals öffentlich eine solche Handlung ausgeführt. Ich besitze keine Routine ...«

Ich wußte nicht, an wen ich weitere Worte richten sollte, es lag eine geringelte Schlange, deren Muster Tausende eiskalter Augen waren, unter mir. Ich befand mich im Mittelpunkt aller Blicke. Und dieser Punkt ist für mich, den ahnungslosen Handlanger eines Show-Effekts, der fürchterlichste, den er einnehmen kann. Weil er *mich* einnimmt und zum innersten Grund der Augenspirale hinabzieht.

*

Zwei Männer weiß wie die Wand und eigentlich eins mit ihr wachten und wohnten vorm Eingang zum Dachboden meiner Kinderjahre. Dorthin zurück hatte mein langer Weg mich geführt. Der eine Wandmann sagte: Da oben ist nichts mehr zu sehen. Er öffnete die Luke zum Dachboden, und es quoll dichter weißer Dampf hervor, Wrasen wie aus der Waschküche meiner Großmutter. Er schloß sogleich den Schlag. Da erhob sich der andere, wie nach Jahrzehnten zum ersten Mal, aus seiner Hockstellung. Stehend schwankte er so bedrohlich, daß ich fürchtete, er stürze im nächsten Moment die Treppe hinunter. Schnell ergriff ich ihn bei den Schultern und drückte ihn an die Wand. Nachdem er Stand gefaßt hatte, fragte ich, ob er meiner Stütze noch bedürfe. Er antwortete: Du sprichst, wenn du mit mir sprichst, mit deinem Gedächtnis.

Ich schluckte und war nicht weniger verlegen, als stünde ich nackt vor ihm. Nach kurzer Bedenkzeit sagte ich: Merke dir, daß einmal folgendes geschah …

Darauf wurde es stockdunkel in meinem Kopf.

Ich sagte: Was kann es bedeuten, daß mir eben folgendes einfiel?

Dunkel.

Ich sagte: Soll ich oder soll ich nicht?

Dunkel.

Da sagte der Wandmann, der sich für mein Gedächtnis ausgab:

Mit mir gelangst du zur allergrößten Einfachheit des Rekapitulierens und des eisernen Behaltens!

Aha! rief ich nun aufbegehrend. Da spricht die alte Liederlichkeit des Subjekts! Und jetzt gehört es auch noch zu einem kalkweißen Mann! Ein gutes Gedächtnis gleitet indes wie ein verwunschenes Schiff, hell erleuchtet von Geist und Sinnlichkeit, durch die Nacht. So durchsichtig ist es, daß viele hineinmöchten, aber niemals hineindürfen. Meine Beine werden schwarz vor Ekel und Scham. Ich verfaule bei lebendigem Innenleben. Ich selbst kann mich nicht auf das geistige Schiff retten, die bergende Barke, vollgeladen mit den guten Gütern meines Lebens wie all der Zeiten und Imperien, die ich einmal studierte. Es zieht ohne mich davon! Zurückgeblieben muß ich nun Erzieher sein und meine Enkel, die nie einen Dachboden kannten, schützen vor dem Unflat und der Verrohung ihrer traumlosen Spiele. Ich werde gezwungen, Erzieher zu sein und für das Meine *eine Lehre von dem Meinen* zu begründen, um die unzüchtigen Spiele der Kindheit auf dem Dachboden vor dem ewigen Stockdunkel zu bewahren.

*

Das *Florigen* wurde von ihm entdeckt, jener Botenstoff, der eine Pflanze dazu bringt, in ihrer Sprossenspitze eine Blüte auszutreiben. Ein bestimmtes Taglicht muß das Hormon berühren.

Ein Botaniker also, der an vorderster Stelle der Forschung arbeitete, wurde oft genug in den naturwissenschaftlich halbgebildeten Gesellschaften, die er besuchte, gefragt: was er von der Atomkraft, dem Menschenklonen, der Meteoritengefahr halte, und jedesmal gab er zur Antwort: Ich denke nie über die Pflanze hinaus.

Gibt es das? Ein Mensch, der sich nicht ein Mal im Leben die Lippen verbrennt?

Der Genetiker wußte aber: es gab für ihn keinen Ausstieg mehr, der berühmte Abbruch der Karriere, etwa ein Auswandern nach Kanada oder ein Transportunternehmen gründen in Vietnam. Dergleichen kam nicht in Frage. Es gab für ihn nur einen Ausweg, um der Wissenschaftsöde zu entkommen, und das war: tiefer in die Vorstellungswelt seiner Frau einzudringen.

Eine Video-Künstlerin, lebte sie umfangen von ihren visuellen Ideen und erläuterte nichts von dem, was sie schuf.

Er wollte unverhofft in einem Video seiner Frau auftauchen und auf sich aufmerksam machen. Eines Tages schritt er also, verhalten winkend, in der Menge von Passanten, die sie filmte, als sie eine autofreie Brücke überquerten und sie in Schwingung versetzten. Doch sie bemerkte ihn nicht, als sie die Aufzeichnung bearbeitete. Das nächste Mal erschien er, als sie ihr Material am Computer schnitt, unterbrach die Sequenz eines Pferderennens mit seiner Großaufnahme und verlas eine Botschaft wie ein Entführter. »Hol mich hier raus.« Er hatte sich in ihr Material eingehackt, war in ihre Kunst eingebrochen und saß nun darin fest.

»So ist es nun. Du hast es nicht anders gewollt.« Niemand Freien gibt es, und das Glück ist in winzigen Funken unter den Schotter gestreut.

*

Die Schuhspitze, die eigentlich rund war, stieß gegen die Schnabelspitze des Buntspechts, die wirklich sehr spitz war. Der Vogel pickte den Wurm aus der Wiese, und sein Folterknecht trat ihm gegen den Schnabel, so daß er die Nahrung wieder verlor, die er gerade geschnappt hatte. Das Tier wich nicht, es ließ sich demütigen. Es wehrte sich nicht gegen seine Marter, weder durch Flucht noch durch Widerstand. Es verharrte in seiner Entwürdigung, hielt für kurz inne und versuchte es aufs neue. Schlug seine Schnabelspitze in den Boden, fing den Wurm und wurde von der stumpfen Schuhkappe seines Schinders getreten und um die Nahrung gebracht.

Indignatio saeva – die wilde Beleidigung, die der rohe Mensch ist für das empfindliche Tier.

*

Viele Gäste einst und Freunde. Sie besuchten gern den Mann, der als Zeremonienmeister der Aussichtslosigkeit galt. Ein wenig verhalten, ein wenig belustigt erwog er jedes Vorkommnis, von dem man ihm berichtete, betrachtete es von mehreren Seiten ebenso neugierig wie sorgfältig und beförderte es dann mit einem einzigen Gedankenschlag in die finsterste Aussichtslosigkeit. Seine Lebensfreude war, daß rings um ihn nichts stimmte und nichts ging. Von seinem Zentrum führten alle Bahnen des Erkennens sonnenstrahlenförmig in Sackgassen, wo es kein Wenden mehr und kein Entkommen gab. Allein er selbst in leerer Mitte blieb beweglich und vergnügt.

»Ich weigere mich zu urteilen? Nein. Ich besitze so gut wie kein verläßliches Urteil mehr. Außer über Schmerz und Freude, Krieg und Frieden, Armut und Reichtum. Bei Mann und Weib versagt es schon. Ob mir etwas paßt oder nicht, die Speise schmeckt oder nicht, die Kunst gefällt oder nicht, das ist kein Urteil wert. Ich muß feststellen, ich habe zeitlebens zu viele Urteile abgegeben, die alle keinen Bestand hatten. Ich habe mich zum Richter über Eindrücke und Vorkommnisse aufgeschwungen, die mich später allesamt in meinem Richtergewand der Lächerlichkeit preisgaben. Was mir auf den ersten Blick zusagte, war mir beim zweiten ein Greuel. Da heißt man einen fremden Menschen mit größtem Behagen willkommen, doch kaum hat man ihn umständlich und mühsam kennengelernt, da zeigt sich auch schon, daß man sein ganzes Kennen-*Lernen,* dies Büffeln und Bosseln, an eine leere Schote verschwendet hat.

Wie wahrscheinlich die meisten von euch befand ich mich häufiger in Gesellschaft von Angebern und Aufschäumern als von zaudernden, balancierenden, schleierhaften Menschen. Keinem Witternden bin ich begegnet, sondern nur Wichtigtuern. Keinen Klingenden, sondern immer nur den Tönenden.

Wie aber auch sprechen ohne zu tönen? So mancher hütet seine Zunge erst, wenn eine einmal begonnene

Handlung unausgesetztes Handeln von ihm verlangt. Oder er wird erst still, wenn er, kurz bevor er sich in Schwadronage aufzulösen droht, von einem anderen, in sich gefestigten Mann mit wenigen Worten gerichtet und gewendet wird. Worte übrigens, die dieser andere, in der Regel nie zuvor gesehene Mensch kühl und beiläufig ausspricht, kaum betont, nur gut wählt, so daß sie augenblicklich den Zusammenfall des Soufflé-Menschen herbeiführen.

Gut und schlecht? Meine Güte. Schlecht ist zweifellos, was dir vor Qualen den Verstand raubt. Krieg, Folter, Krankheit, Mord. Solange du aber das Übelste vermeiden kannst, unter Kontrolle behältst, verflüchtigt sich das gewöhnliche Schlechte in alle Himmelsrichtungen, einschließlich des Himmels selbst. Es ist nicht schlecht, sein Vermögen zu verlieren. Es ist nicht wirklich schlecht, die falsche Frau an seiner Seite zu haben. Etwas Unerträgliches erdulden kann nicht an sich schlecht sein. Unwissenheit ist genausowenig grundschlecht wie teuflische Gerissenheit – das Attribut teuflisch fügen auch nur die weniger Gerissenen hinzu. Und bedenke außerdem die Wechselfälle! Der Blinde genießt Sinnesabenteuer, von denen der Mensch mit unbeschädigten Sinnen nichts ahnt. Der Betrüger rührt uns, sobald die armselige Naivität, mit der er zwanghaft zu betrügen sucht, zutage tritt. Eigenschaften gehen nicht aus einem festen Wesenskern hervor, sondern aus einer Teilchenwelle, in der positive und negative Ladung ständig wechseln. Immer wieder aufs neue, mit jedem Atemzug, mit jedem Denkschuß durchs Neuronendikkicht entscheidet sich, sortiert sich der Charakter neu.«

Allerdings. Denn neu sortiert zeigte sich auch der Experte für das Aussichtslose, nachdem er einmal in die Weite der Netze ausgeschwärmt war. Nun schüttelte er alle Hände, die virtuell er greifen konnte, reihte sich in jeden Kreis, schmiegte sich in jede Schwätzer-Ecke, lobte den allmächtigen Schein, die vorgetäuschte Welt, die fahlen Feuer. Und seine eigenen Doppelgänger, wo immer er ihnen begegnete, lud er zum Sherry ein. Er fand sich gut behaust in dieser mitgeteilten Welt, weil er sie nicht mehr nach Begriffen von wahr und falsch unterschied. Pyrrhon wurde schwach, gab auf – der scharfe Skeptiker von einst hatte sich gründlich umgestellt. Und auch die Seele lenkte ein. Mensch und Mauer würden für ihn nie wieder Gegenteile sein. Es gab gar keine Mauern mehr. Alles war durchlässig, alles Fluktuation.

Doch auch dieser Ausflug seines Geistes war irgendwann vorüber. Nur kehrte er diesmal nicht ganz schadlos heim ins Gehäuse seines Wärters. Es kam zu Unstimmigkeiten zwischen beiden. Bei jedem Traum, vor jeder aus höherer Eingebung ihm vorgeschlagenen Daseinsvariante zuckte nun der Mann mit den Schultern, und wie ein meineidiger Zeuge seines Innenlebens leugnete er, persönlich mit diesem Traum, mit dieser Eingebung etwas zu tun zu haben. »Davon weiß ich nichts«, sagte er, wenn sich ihm eine intime Erinnerung aufdrängte.

»Davon weiß ich nichts«, wenn ihm eine Idee von großer Tragweite kam und ihren Empfang bestätigt haben wollte.

Was sich ihm auch einbildete und anbot, er wendete

sich rasch ab und zog weiter, immer weiter in Richtung des gnadenreichen Prinzen, dessen Reich außerhalb seines Geistes lag und dem er mit jedem »Davon weiß ich nichts« in Siebenmeilenstiefeln näherzukommen hoffte, um eines Tages, vielleicht nach dem tausendsten Leugnen einer inneren Regung, endlich in seinen dunklen, verführerischen Fluren Zuflucht zu finden.

Betrübt sah er aber auf seine Füße, denn sie steckten nicht in Siebenmeilenstiefeln, sondern in Schuhen, die er nicht kannte und nie getragen hatte. Sie gehörten zu einem Mann, der einen schlechten Geschmack, einen gespreizten Schritt, ein viel unsichereres Auftreten hatte als er.

*

Artisten, die mehr sein wollen als Artisten, bringen sich um ihre Existenz.

In glitzernder Couchlandschaft saß er in glitzerndem Jackett und ganz allein, das Chamäleon. Doch woher des Akrobaten Lächeln und worüber? Draußen vom Hof waren die Tiere geflüchtet vor bitterer Kälte ins Haus nicht nur, sondern auch in die gute Stube. Das Huhn ging aus und ein im Schrank, die Hunde zogen sich die Decke über beide Ohren. Der Ausgediente, verliebt in die Seifenblasen, die er unablässig formte und beim Zerplatzen beklatschte, achtete nicht auf das Frösteln des Getiers noch auf sein eigenes. Er verhielt sich auch nicht seiner Zunft gemäß, sondern stellte schillernde Blasen her, kleine Blendwerke, die einst seine waghalsigen Kunststücke nie waren. Das Schillern spielte ihm in die Augen, und er sah das Elend nicht, das an ihm nagte. Zeigt mir, so fragte er herausfordernd nach oben und unten, zeigt mir die Zone, die Ebene, das Reich – die Unterwelt etwa? –, wo Seifenblasen nicht siegreich bestünden vor jeder anderen Illusion?

Nun in der Dunkelheit der späten Nachmittage, umheult vom Wintersturm das ockergelbe Zimmer, darin unter Sparlampenschein er seifenbläst und sitzt mit Hund und Huhn, oft auf wäßriger Kugelhaut sich sitzen sehend, bald schon wandfarben selbst der Mann, der an jeder Erinnerung eine Ecke knickt zum Wiedererinnern, und sieht sodann von hier und jetzt sein vormals Gehen, Sitzen und Sichsitzensehen an anderen Orten. Hund, such das Flüstern in der Wand, such! Alte Freunde wispern in den Mauern!

*

Kaum daß er seine Frau endlich in die Arme schließt, erkennt sie über seine Schulter hinweg einen Mann, der im Rücken des ihren auftaucht. Es ist jemand, den sie gern kommen sieht, der Umarmte spürt es, da ihr Kinn sich ein wenig von seinem Schlüsselbein löst, liegenbleibt, aber sich nicht mehr fest anschmiegt, ihr Körperdruck etwas nachläßt, ihre Augen sich weit öffnen, was ihm der leichte Atemstau zwischen ihren Schulterblättern verrät und wie ihre Hand auf seiner Schulter sich ein wenig dehnt, ganz unwillkürlich sich zu strecken bereit ist, zu begrüßen den Ankommenden, ihren Mann noch im Arm. Wie ich dich sah, wie ich verging! Das werden später ihre Worte sein für diesen Augenblick. Auch sie hört der Umarmte schon mit ihrer Stimme gesprochen.

*

»Ich komme gleich«, ruft kurz angebunden eine Frau über ihre rechte Schulter, als warte drängelnd jemand in ihrem Rücken, während sie doch vorn einer Freundin schnell noch was erzählen will.

Tod wartet. »War da jemand?« fragt die Freundin schnell dazwischen. Die Frau unterbricht kurz die Geschichte und senkt den Kopf: »Mit Abscheu spreche ich es aus: Krääbsss.«

Keine Witwen. Wir haben keinen Mann bis zu seinem Ende begleitet. Uns wird kein Mann bis zu unserem Ende begleiten. Und du wirst mich nicht bis zu meinem Ende begleiten, und ich werde dich nicht zu deinem Ende begleiten.

Es merken, kurz nach dem ersten Pfiff, erschütternder Pfiff, Tod pfiff, verlaß dein Spiel! Es daran merken, wie dieses und jenes an Körper gewinnt, nicht nur Wein und Blütenduft, auch die Lettern und Pastillen, der Rauch über dem Fluß. Das Diffuse verfestigt und gliedert sich, das Schöne hält an, so wie in den Kalklamellen der Auster die Meereswelle zur Ruhe kam.

*

›Der zum Tod Überredende‹ serviert leis die Bestecke. Vater der Kellner, Sohn der einzige Gast. Beide erkennen sich schemenhaft noch, obwohl vollkommen ungestalt. Der Kellner hager mit grauem dünnen Haar, im weißen, angeschmuddelten Jackett, immer mit einer Hand den Korkenzieher in der Jackentasche auf- und zuklappend. Der Vater-Kellner sagt zum Sohn-Gast: »Wenn Sie die Kutteln wählen, werde ich sie Ihnen eiskalt auf dem Teller servieren.«

»Ich nehme die sauren Nieren.«

»Die bringe ich Ihnen nicht.«

»Du bringst mir, was ich wähle, du Lakei! Und zwar in einwandfreiem Zustand.«

Die Wut des Sohns erhebt sich gegen den vollkommen ungestalten Vater, der sich in einen befleckten Kellnerrock verkroch. Doch bleibt er beharrlich und überredet seinen Gast zum aschfarbenen Lamm *von der Asphodelenwiese.*

Hegesias von Kyrene mit Beinamen *›der zum Tod Überredende‹* ließ bekanntlich sein »Apokarteron«, Schrift von der Selbstaushungerung, im Original auf einer Parkbank liegen, als man ihn aus Alexandria verbannte. Verschollen für immer, verleiht sie gleichwohl aus flüsterndem Hintergrund diesem und jenem die alten Überredungskünste.

*

Am falschen Tisch gesessen und verloren haben, so auch in dieser Nacht. Sein Blick, der sich vor den Gewinnern duckt, verliert sich an ein fallen- und liegengelassenes Teesieb am Boden, das die helle Auslegware mit einem breiten braunen Fleck befeuchtet. Über dieses benutzte und entkräftete Teil mit seinem obszönen Klumpen nasser Blätterreste, die auslaufend die Nacht des Verlierens für immer in den Boden färben, ärgert er sich mit Ekel, und von dieser untersten Stelle klettert der Ärger am gedrechselten Tischbein empor, das er zum ersten Mal abstoßend geschmacklos findet, greift nach den Mitspielern aus, deren Zufriedenheit an offene Unverschämtheit grenzt, steigert sich besonders an Lars, dem zipfelmützigsten Spieler, unverdientesten Gewinner vor dem Herrn, darauf noch mehr an Lessa, diesem jeden Mann beleidigenden Körper einer vom Manne Lars enttäuschten Frau, und gerät schließlich ins Maßlose beim Wutausbruch gegen den unreinen, undefinierbaren Eßtisch, Küchentisch, Verhandlungstisch, Schreibtisch – nur nicht: Spieltisch! –, bis er sich derart im Verlierer festsetzt und anwächst, daß er ihn zu einem grundsätzlich und grundlos verärgerten Menschen verformt, einem Mann aus Ärger, mit dem niemand mehr spielen will.

*

»Der Junge aus Aschaffenburg«, so nannte er sich. Ein Junge von dreiundsechzig Jahren, reichlich albern. Ich nahm den alten rostroten Cordanzug, Jackett auf Taille geschnitten, aus dem Schrank und zeigte ihn dem »Jungen«. Er schmunzelte und sagte: der Rote Anzug!

Ja, so einen trugen wir alle damals. Am Rosa-Luxemburg-Tag. Anstelle der Krawatte quoll am Hals ein bauschiges blutrotes Tuch aus dem Hemd. Und dann ab in den Kanal! Das Gedenkschwimmen. Der Junge aus Aschaffenburg stellte sich an das Ufer der Baugrube und fragte sich und uns, ob er wohl heute noch den Kopfsprung wagen könne? Zögerte, schwang die Arme empor und senkte sie wieder. Dann plötzlich überwand er sich und stieß hinab in die mit Wasser gefüllte Baugrube, noch einmal kopfüber im Gedenken an den Gedenktag! Kopfüber in die Grube der Vergangenheit. Aber in Wirklichkeit stieß er ins Unbekannte vor, denn es war nicht der Landwehrkanal, sondern er tauchte in eine offene Kanalröhre, die nur durch zügiges Kanalrohrschwimmen zu durchqueren war, die enge Röhre, das eingeschränkte Armauslegen, wie lang war sie nur? Wie lang hielt sein Atem, wie qualvoll der Gedanke, zu lang die Röhre, der Atem zu kurz ... und nicht auftauchen können aus der tödlichen Rundung! Vorwärts, vorwärts ... Gott, wann endet das einzwängende, umnachtende Rohr? Uns vor Augen noch immer seine Fußsohlen, die zuletzt in dem furchtbaren Hohlkörper verschwanden.

*

Der verdiente Mitarbeiter, der immer noch im Vorzimmer der Chefetage darauf wartet, endlich auf seine Eignung zum Geschäftsführer geprüft zu werden, erfährt vielleicht nie, daß er über die ganze Zeit auf seine Eignung zum Warten geprüft wurde.

*

Man wird erst lernen, was es heißt, Haltung zu bewahren, nachdem man aus sämtlichen Kleidern herausgeboxt wurde.

Vier entlassene Frauen einer Schuhfabrik sitzen und bleiben sitzen am Konferenztisch, an dem ihnen der Personalchef ihre Kündigung mitteilt. Sitzen da und sehen auf ihre Hände. Eine nach der anderen steht auf und geht zu einem verspeckten Spiegel neben der Tür. Sie suchen ihr Gesicht, ordnen ihr Haar und kehren dann an ihren Platz zurück, um weiterhin sitzen zu bleiben und die Lage auszuhalten. Kaum daß nun der Personalchef die Finger gegen die Tischkante spreizt, um ein Abrücken des Stuhls einzuleiten, trifft ihn wie aus einer Kehle das scharfe Kommando, der vierfache Schrei: »Sitzen bleiben!«

Der zum Ausharren genötigte Mann war darauf gestimmt, nach dem Aussprechen der Kündigung zum Zeichen seines Mitgefühls den Entlassenen eine kleine Geschichte mit auf den Weg zu geben. Doch nun unter dem Befehl des Sitzens und gegen das zwingende Schweigen der Frauen wagte er nicht, den Mund zu öffnen. Er wollte von einem Stummfilm berichten, angeblich mit Harry Langdon, der anfangs zwei glänzende Lackschuhe trage, die mit zunehmendem Elend, das ihm widerfährt, selbst schneller verfielen als ihr Träger, ja offensichtlich vor den Augen der Kamera zugrunde gingen. Sie sterben gleichzeitig, ein Paar. Sie werden bleich und weiß, das Leder verschimmelt, die Haut zerfällt, die Spitze bricht, zwei weiße schmelzende Schuhe sind sie zuletzt, wie Buttercreme laufen sie auseinander und entblößen den Fuß, so sehr nimmt es sie mit, das Hackenablaufen, zu dem Harry Langdon, unentwegt vergeblich auf Stellungssuche, gezwungen ist, die Schuhe weit sensibler als ihr Träger.

*

Ein betagter Mann legte seinen Kopf in ein Löwenmaul, eine kolossale Dekoration vor einem märchenländischen Tempel. In das zum Schein brüllende Maul brüllte nun der Maulhüter die Wörter: Kunst Krach Liebe: Reue! Zeit Tod Angst Geld: Reue! Schmerz Wahrheit Dreck Haß: Reue! Achtung Eifersucht Gedanken: Reue! Nachdem er nun diese Kanonade von Stichworten dem Ungeheuer in den Rachen gefeuert hatte, drehte er sich um, setzte sich vor das Monument und ließ sich von seiner so viel jüngeren Frau mehrmals fotografieren. Dazu sagte er: Die Reue, ja. Es reut mich. Es reut mich kaum eine Tat, denn ich tat so gut wie nichts. Ich bereue aber, im Leben das meiste nicht tief genug erlebt zu haben. Ich bereue, über Gewaltiges viel zu spatzenleicht hinweggekommen zu sein. Vor allem aber bereue ich meinen unseligen Hang zum Selbstbetrug, mit dem ich jede Flachheit in Tiefe, jede Geistesschwäche in eine intelligente Maxime ummünzte und, statt echte Leidensworte zusammenhanglos hervorzustoßen, stets komplette Sätze bildete, die zu nichts anderem dienten, als meinen Hals aus jeder Schlinge zu ziehen.

Ich werde von hier nicht fortgehen. Da magst du mich noch so oft fotografieren. Ich will von nun an der Maulhüter des Löwen bleiben und täglich in seinen tönenden Rachen noch tausend Stichworte der Reue abfeuern.

Doch seine so viel jüngere Frau fotografierte ihn unterdessen immer schneller und begieriger, als würde ihr Mann von Sekunde zu Sekunde berühmter.

Ich stehe inmitten uralter Dinge, ruft der Maler aus, ihr aber in den Flammen des Neuen. Ablösen werden wir einander nicht, denn Alt und Neu wechseln nicht mehr. Wie Stein und Feuer sind sie gleichzeitig und sind beständig sie selbst.

Man sieht auf seinen Bildern das aller Welt Bekannte umgeformt und dieser Welt entstellt. Seine Bilder zeigen ins Unbrauchbare gestülpt das Gebräuchlichste. In sich verschlossen eine komplett verwirkte Wirklichkeit. Es ist, als wären die Verkehrsschilder in den Straßen vom späten Matisse entworfen, ins Unlesbare erhoben. Sie stehen noch an Ort und Stelle, sie geben offensichtlich bestimmte Anweisungen, die aber kein irdischer Fahrzeughalter mehr versteht.

*

Wir gerieten in Streit. Ich hatte sie gebeten, sich die Bilder meines alten Freunds Helmut Schnittger einmal genauer anzusehen. Ich hegte die Hoffnung, sie könne Feuer fangen, ihren Einfluß in der Zeitung geltend machen und mir dabei helfen, die Arbeit meines Freundes einem breiteren Publikum vorzustellen. Helmut malte im Stil des Informel seit fünfundvierzig Jahren, er war jetzt siebenundsechzig, und der Erfolg war zeitlebens ausgeblieben. Er verkaufte nur mäßig, führte einen sehr bescheidenen Lebenswandel. »La sostanza povertà«, Zitat des italienischen Lyrikers Mario

Luzi, stand auf einer sonst unbemalten Leinwand, *die Substanz Armut.*

Er hatte seine Krisen, konnte sich aber immer neu fassen und gewann seinen Flächen in Weißgrau noch einmal feinere Nuancen ab. Aber niemand interessiert sich für die subtile Entwicklung eines Malers, wenn man nicht einmal weiß, daß es ihn gibt.

Silvia machte mir Vorhaltungen und fragte, wie ich es über mich brächte, womöglich nur aus Gründen der persönlichen Freundschaft, auf eine derart zweitklassige Malerei zu schwören. Das ist nicht zweitklassig! erwiderte ich heftig. Es ist nur bis heute nicht richtig gesehen worden. Es ist atemberaubend, wie es ihm gelingt, auf einem kunsthistorisch eigentlich erledigten Gebiet, dem lyrischen Malen, eine vollkommen eigenständige Geste durchzuhalten.

Eine Geste, spottete Silvia, aber auch nicht mehr. Das genügt nicht. Und die Anleihen bei den großen Monochromen sind so auffällig, daß man sich schwertut, von Eigenständigkeit zu reden.

Ich war sicher, daß sie sich täuschte – wie alle Welt. Es ist auch nicht leicht, in den fast monochromen Formauflösungen, wie man sie schon dutzende Male ähnlich meint gesehen zu haben, die unverwechselbare Individualität, die souveräne Technik eines »unbekannten« Meisters zu entdecken und zu würdigen. Aber Silvia hatte ein geübtes Auge, sie hätte es erkennen können, wäre sie nicht von den gerade gängigen Vorlieben des Kunstmarkts abgelenkt und eingenommen gewesen.

Es gibt wieder einen starken Trend zu gesellschaftskritischen Bildideen, belehrte sie mich. Mir scheint geradezu, als stünden wir an der Schwelle zu neuen Agitprop-Emblemen.

Gesellschaft? Ich wollte sie provozieren. Gesellschaft ist, was Debatten führt. Energiewende, Schwulenehe, Vergreisung, Schuldenkrise. Lauter Bereiche, die den Dilemmaforscher etwas angehen, aber nicht den Künstler. Auch die Philosophen machen sich zu viele Gedanken und denken nicht mehr. Und die Medien mäßigen alles.

Ich hatte nur deshalb so viel herausgelassen, weil ich mich ärgerte. Es ärgern mich inzwischen alle Urteile über Kunst, die nicht von Liebe oder Haß verblendete Urteile sind. Diejenigen aber, die von Markttendenzen und oberflächlichen Einordnungsbedürfnissen geprägt sind, verachte ich und werfe ihnen einen Mangel an Spürsinn, Findigkeit, genuiner Orientierungslosigkeit vor.

Silvia bückte sich, beugte den Oberkörper bei gestreckten Knien hinab und hob die Fußspitzen an, wie wir das beide gelegentlich taten, uns verbeugten, um danach voreinander wieder sicheren Stand zu gewinnen, unsere Rede wiederaufzunehmen, einer gegen den anderen Überzeugungsarbeit leistend.

Silvia nahm einen neuen Anlauf, mich eines falschen Bilderglaubens zu überführen:

Auch sind's unstet schraffierte Flächen, die schon der erste Augenschein verwirft, wie sie da sind, die er sogleich gemodelt, umgeschaffen sieht. Der Blick wechselt unwillkürlich von Ansicht zu Überbietung.

Und dieser Raum? Unsicherheit erfüllt ihn wie Gas den Lufballon und hebt das Bild aus seiner Hängung.

Unstet? Was heißt denn: unstet?

Es schien mir nun unvermeidlich, gegen ihr Urteilsvermögen an sich Stellung zu beziehen: Wer auf dem Weg ist, seine Begriffe zugrunde zu richten, den soll man nicht mit ernsten Gedanken aufhalten. Sie können nützlicher für Nutzloses verwendet werden.

Darauf Silvia, erst recht grundsätzlich: Du willst mir deinen Blick aufnötigen? In meine Augen dein Schattenstrichezählen pressen? Sieh mich an!

Das vermied ich und erwiderte: Ich kämpfe um das Ansehen einiger strenger, schwer zugänglicher Gemälde, und du verlangst, daß ich dir tief in die Augen schaue!

Sie wieder: Dein Urteil war immer bäumefällend kahlschlaghaft. Aber der Mannskerl, den man da beim Urteilfällen sah, war letztlich doch ein Schwächling. So vernichtend du es auch gefaßt hast, es fällte weder Kunst noch Mensch. Vielmehr blieb da was gekleckert kleben an der schwachen Brust, wie der Suppenrest, der dir vom Bart tropft.

Das steckte ich weg und nahm einen Umweg:

Wir sind wenigstens noch Mann und Frau. Wir huldigen der Ungleichheit. Die Sache selbst ist zwischen uns sehr alt. Wie eh und je ist sie. Was weißt du, *wann* wir leben?! Wieviel von uns ist seit Ewigkeiten so – wieviel kam wirklich neu hinzu? Sind's nicht bloß ein paar flüchtige Reize, die uns der Wind von heute in die Sinne bläst?

Silvia: Du redest über uns hinweg. Ein ergreifendes

Wir taucht auf, eine Wolke Theorie steigt über meinem Haar empor und deine Augen steigen mit.

Ich: Die Wahrheit ist, du willst mir jetzt nicht folgen. Du willst nicht sehen, was ich zu sehen von dir fordere. Du willst, zumindest für diesen Augenblick, den harmlos lieben Mann, der sich Tendenzen anschließt und den Markt verehrt. Ich sehe seit einiger Zeit besorgt, wie deine Bedürfnisse verfallen.

Silvia: Du benutzt eine hinterhältige Technik. Kaum hat man aufrichtig etwas zu beklagen, weichst du in banale Unterstellungen aus. Hältst du es für eine Verfallserscheinung, wenn ich mich nach deinem Anblick sehne?

Wie sind wir auf einmal abgekommen von den kühnen Kompositionen in Weißgrau? Wir kamen ab von Helmut Schnittger, weil Silvia seine Bilder nicht erkennen konnte oder wollte. Und doch kamen wir in Umschweifen, beinahe Gleichnissen, immer wieder auf ihn und unseren Grundkonflikt: Weißgrau gegen Grellbunt (Agitprop) zurück.

Unterwegs zur Kunsthalle versagte die Lust, aufeinander zu hören, und die Ankerwinden des Urteilens lösten sich im Sturm, wir verloren jede Orientierung.

Sie, die Enttäuschte, hob sich aus dem Rücksitz und ergriff mit beiden Händen würgend meinen Hals. Ich parkte sofort den Wagen am Straßenrand, zog sie mitsamt der Umklammerung nach vorn, indem ich den Oberkörper seitwärts niederdrückte, bis mein Kopf auf dem Polster des Beifahrersitzes lag. Für mich war es: mit dem Engel ringen, denn ein Engel war sie für mich. Ich kehrte mich unter dem Würggriff ihr zu und sah von unten in ihr von Zorn gestrafftes Gesicht. »Du zerstörst meinen Bilderglauben! Du zerstörst mich!« keuchte sie, und ich griff in ihre Unterarme, und sie umfasste meine Unterarme, und im Ringen fanden wir unseren sichersten Halt. Wie man einen Sinkenden rettet und wie man eine Aufrechte zu sich hinabzieht, so rangen wir.

Was ist das Zeichen der Ausgesetztheit? Nicht Klumpfuß, nicht Megaintelligenz, nicht Schaum vorm Mund – allein die fremde Sprache, die Fremdheit von Sprache an sich macht dich zum Ausländer in einer mit Bildern gerümpelvollen Welt. Sprache, das ist klar artikulierte Unverständlichkeit.

Ich saß in unserer Wohnung vor einer weißen Tür und drückte von Zeit zu Zeit die Klinke. Um jedesmal von der anderen Seite, von einer vermutlich symmetrisch oder spiegelgleich dort sitzenden Silvia die Worte zu hören: Nicht jetzt! Darauf Verfall der ganzen Absicht. Noch mal ein langes Harren. Dann erneuter Versuch: Türklinke drücken und von drüben die Worte der parallelen, jedoch gebietenden Silvia: Nicht jetzt!

Jetzt, nachdem alles vorbei ist – und Silvia durch unser tagelanges Schweigen von ihrem Götzenbilderglauben so weit gereinigt ist, daß sie endlich das Weißgrau erkennt – überhaupt erst mal erkennt! –, jetzt fällt mir auch der Begriff wieder ein, den die Konversationsanalyse für mein plötzliches Verstummen verwendet. Ich bin stolz, daß der Begriff mir wieder eingefallen ist. Ich befand mich, präzis gesagt, in einer *Redezugva-*

kanz. Jemand, der eigentlich dran ist mit Reden, aber dem es irgendwie die Sprache verschlägt; der es vorzieht, die Klappe zu halten. Entweder um sich nicht zu verplappern, oder weil ihm der Redefluß überhaupt stockt.

Zwischen Silvia und mir ist so etwas nicht ganz ungefährlich. Das Verzögern meiner Erwiderung hatte die Wirkung eines Stromausfalls und damit eines jähen Druckverlusts in unserer Verständigung.

Du und ich, sagte Silvia dagegen, wir haben uns längst das Feuer aus dem Rachen geredet. Da ist nichts mehr von der Sprache der Drachen, die versengt und den anderen in Flammen setzt.

*

In der Welt der Entstellten lebte ein alter Mann, Ureinwohner einer Parterre-Wohnung, und vegetierte dahin bei geschlossenem Rollo. Er wälzte sich im Müll und schmierte Reste seiner Frau, die halb verwest auf seinem Sofa lag, an Tür und Wände. Knapp bedeckt mit seiner Schmutzwäsche lag sie da, Fingerabdrücke vom Leichenmus klebten auch am Rand der Badewanne, die ein Hügel von altem Werkzeug füllte, Hämmer, Sägen. Zangen. Unter seiner Gesichtshaut kroch ein blauer Wurm in seiner Wange, kroch langsam zur Schläfe, zum Auge hin. Einmal öffnete der Alte um einen Spalt das Rollo, eine glühende Sonne stürzte sich auf ihn und all den Dreck und vermehrte den Gestank. Dann leckte er an einer alten Dose, worin nur faule Katzennahrung war, die er verschlang und sich dabei am Dosendeckel die Zunge schlitzte. Es war zur

Weihnachtszeit, und ein Polyesterchristbaum stand auf einem Abfallhügel. Er war geschmückt mit ausgedrückten Tuben, vertrockneten Kosmetika der Frau und anderen krummen Utensilien. Die hingen an den Zweigen anstelle von bunten Kugeln.

Die Welt der Entstellten hatte gegen sich die Welt der Schönheitsfanatiker. Es herrschte dort eine Art Schönheitsdespotie, die mit dem harmlosen Schick unserer Designerwelt nicht zu vergleichen war. Kulte, Spiele, Rechte, Tänze, Zuchtprogramme – alles neu und exklusiv, der Menge unzugänglich. Neue Blicke, neue Gesten, neue Höflichkeit. Die Schönheitseiferer zerlegten alles, Geschäfte, Alltag, Liebe in lauter kleine originelle Riten und Figuren.

Ein junger Anhänger dieser formbesessenen Kulte verliebte sich aber in eine Entstellte und begab sich in ihre Welt. Dort ekelte es ihn auf Schritt und Tritt, er fror immerzu, er mußte sich dauernd erbrechen, es gab nichts, woran er nicht klebenblieb. Er hätte am liebsten in einem einzigen Amoklauf aufgeräumt unter den scheußlichen Rattenmenschen. Er fand aber eine Gebärde an seiner Erwählten, die schöner war als alles, was er von zu Hause an gezüchteten Zeichen und Winken kannte. Er versuchte sie zu erlösen. Er wollte sie entführen in seine feine Diktatur, in der kein Diktator, sondern an seiner Stelle die Macht der Schönheit selber herrschte. Doch erlag er schließlich ihrem Drängen: Kein Aufschub, mein Herz! Du liebst mich in der Pfütze, das Haar verklebt mit Currysauce, nicht erst drüben gewaschen und veredelt. Was folgt, ist schnell erzählt: … das Ende ist schon da! Er wurde eins mit ihr – zur Unzeit, verfrüht, am falschen Ort. Der Ekel schüttelt ihn, Schubumkehr der Leidenschaft, beide stürzen ab, das Eins zerschellt, in blutigen Fetzen regnet's auf die Wege der Geschiedenen.

*

Männerkabine der Turandot. Wie Hockeyspieler auf der Reservebank sitzen die Bewerber dicht bei dicht. Wie in der Kaue, wo ihre Mäntel von der Decke hängen, die Hauer. Das nächste Rätsel heißt: In einem honiggelben Abfalleimer liegt auf zerknülltem Küchenkrepp ein scheinbar unidentifizierbarer Gegenstand – halb Korkenzieher, halb Gelenkteil einer Fußprothese. Worum handelt es sich bei dem abnormen Teil?

Dazu betreten nun die Männer ein schmales Podest, sie stehen sehr gedrängt, über ihnen Haltegriffe wie früher im Bus. Der Unterbau wird in Schwingung versetzt und minutenlang sehr stark gerüttelt. Die Chance ist, daß die Vibration aus dem Unbewußten eines Kandidaten die Lösung freischüttelt.

Doch schreien sie verzweifelt durcheinander: Ich kenne mich nicht aus! Ich kenne mich nicht aus. Ich hab mein Pulver längst verschossen. Ich weiß es nicht, ich weiß es nicht! Doch plötzlich brüllt ein Prinz ein Wort, das die Welt zuvor noch nie gehört hatte. Aus dem untersten Unbewußten freigeschüttelt, brach es aus ihm hervor: Das Beskalor! Das Beskalor!

Kaum aber war das Wort zum ersten Mal aus einem Menschenmund gesprungen, da verfiel die schöne Turandot in Raserei. Ja, kaum hatte der Prinz das Rätsel gelöst, wand sie sich am Boden und wurde zur gemeinen und alle Männer abstoßenden Teppichbeißerin.

Das Beskalor also. Ein plastisches vielschichtiges Kohlefaser-Gewinde, das alle Szenen irdischer Liebe gespeichert hielt, die jemals zur Reproduktion gelangten. Zwar immer ohne Ton, aber noch als stummes Schattenspiel gut kenntlich: Liebesläufe, in unendlich mehr identischen Wiederholungen als schöpferischen Varianten. Dieser *Knochen* im Abfalleimer der Turandot, dieses Teil, das tatsächlich ein Ganzes enthielt, war das heimliche Sacrum ihrer Lieblosigkeit. Das Beskalor bewahrte getreulich beinah alles, was man eines Tages in Turandotscher Zukunft vielleicht wissen möchte, wenn ringsherum keine Liebeswelt mehr existiert.

*

Allein geblieben, alt geworden machte sie sich auf, ihre früheren Liebhaber zu besuchen, die alle kurz darauf starben. Zum Schluß kam der liebste von allen dran, und sie stattet auch ihm ihren Besuch ab.

»Wieso sterben die, wenn du sie besucht hast?« fragte er, und ängstlich fügte er hinzu: »Ich war dir ja, glaube ich, nie ganz so nah –«

»Zufall«, sagte sie und zuckte die Schultern.

»Wir sind uns, wenn ich mich recht erinnere, nie ganz so nahe gekommen, als daß mir jetzt Gefahr drohte?«

»Ich wollte dich nur für ein paar Minuten wiedersehen.«

»Aufs Ganze gesehen, statistisch –«, wollte er ausholen. Doch sie unterbrach: »Der reine Zufall.«

»Ob du nun der reine Zufall bist oder eine Totenwählerin, die ihre Männer aus dem alten Schlachtfeld hebt, es läuft aufs gleiche hinaus: Vernichtung. Das Ende einhauchen.«

»Aber ich tue doch gar nichts. Ich kann doch nichts dafür!«

»Du willst uns überleben. Das ist dein eiserner Lebenswille, und es ist der Geist der Rache, der ihn so stark macht.«

»Ich wollte dir nur einmal kurz guten Tag sagen, aber es ist wohl schiefgegangen.«

In diesem Augenblick gab sie ihm, ein wenig beleidigt, rasch einen Abschiedskuß auf die Wange, ehe er sie abwehren konnte.

»Um Gottes willen!« flüsterte er und wurde kreideweiß. Da war sie auch schon aus der Tür.

*

Hast du nicht gesehen, daß unter der schalen Reihenhaussiedlung dort auf dem Hügel sich eine große Wendebucht für den Linienbus befindet? Anfang und Endstation der Linie A zwölf. Und über der Bucht steht das große Zeichen der Städtischen Verkehrsbetriebe und darunter klein der gültige Fahrplan. Es ist gar nicht auszudenken, wie schlecht gelaunt der Fahrer die Tour beginnt, wenn er aufgrund einer Verspätung seine Zigarettenpause abkürzen muß! Außerdem gibt es den Unterstand mit einschlagsicheren, sprayabweisenden Wänden und eine Wartebank. Ich kenne eine Frau, die sich jedesmal dort niederläßt, kaum daß sie mit vollgestopften Einkaufstaschen aus dem Bus gestiegen ist, ein wenig ausruht und sich rüstet, bevor sie den Asphaltweg hinauf zur Siedlung nimmt, in die Wohnung zurückkehrt, wo sie zu jedem kleinsten Teil ihres Einkaufs ihrem Mann die Verwendung erklären muß.

Wann wird es vorbei sein? fragt sie sich manchmal. Ihr Pflegefall, den sie jeden Morgen fein ankleidet und frisiert, adrett macht, als käme gleich jemand zu Besuch. Doch darf er heute seinen Platz am Mittagstisch nicht einnehmen. Er muß aus der Wohnung, wird abgestellt einstweilen im Heizungskeller, denn es kommt tatsächlich Besuch, Interessenten für die Immobilie. Die kleine Dreizimmerwohnung soll verkauft werden, muß verkauft werden. Der geistschwache Mann darf nicht im Blickfeld stehen, muß fortgestellt werden, damit er niemanden beirrt und den günstigen Gesamteindruck nicht beeinträchtigt, welchen die Interessenten von den hübsch geschnittenen Zimmern doch hoffentlich gewinnen werden. Auch damit sie sich ungeniert umschauen können. Nun steht er, abgestellt, im Keller auf seinen Stock gestützt vor der schmutzigen Wand und richtet seinen Blick aus, als streife er von der freien Anhöhe weit über ein blühendes Tal. Er war bei Kriegsende Hausmeister im Murnauer Schlößchen der Familie von F. Und die letzte der von Fs heiratete ihn. Nie wurde er das beklemmende Gefühl eines fehlenden SA-Rocks auf seinem Brustkorb los.

Wäre ich doch in meinem Murnau. – *Dein* Murnau? Es gibt nur ein Murnau. – In meinem Murnau sieht alles ganz anders aus. – Als in Murnau selbst?

Hör zu: ich werde bald nicht mehr ganz gescheit sein.

Ich werde bald nicht mehr so genau wissen, wer ich bin und was mit mir los ist.

Wer weiß das schon.

Der Schlamm steigt in mir. Nein, er kommt nicht von unten herauf. Er sackt vom Plafond herab. Ich gehe von oben unter. Verschwemmt in Muren und Geröll.

Du wirst sehen, ich werde nach und nach vergessen.

Auch daß wir zusammen ein Leben hatten. Wenn du mich dann etwas fragst, stehe ich starr und blöd wie eine Notrufsäule. Aber glaub mir bitte: ich werde dich noch sehen, und ganz tief in mir werde ich nach dir rufen.

*

Auf einem großen Fest, das eine junge Stewardess zu Ehren ihres siebzigjährigen Vaters gab, kam ein älterer Herr auf sie zu, ein starker Asthmatiker mit vergilbten schütteren Haaren, und sagte:

»Ich beneide Sie. Sie dürfen Ihren Vater feiern – Sie dürfen sich mit Stolz an seiner Seite zeigen.

Bei mir zu Hause sah es etwas anders aus. Nie durfte ich meinen Vater ehren. Mein Vater war Arzt, ein charmanter Mann, klug, belesen, erfahren im Umgang mit allem Schönen, vor allem den Frauen. Als KZ-Arzt beteiligte er sich kurz vor Kriegsende an der Erschießung von fünfzehn debilen Männern und Frauen. Er schoß natürlich nicht selbst, aber er fertigte anschließend die, na, die Sterbeurkunden aus. Man stellte die Leute im Hof zum Gruppenfoto zusammen und feuerte aus den Fenstern einer gegenüberliegenden Turnhalle. Die deutsche KZ-Medizin, namentlich die genetische Psychiatrie, galt damals weltweit als innovativ. Bis spät in die dreißiger Jahre kamen Fellows der amerikanischen

Rockefeller-Foundation nach Deutschland, um sich mit den Ergebnissen der genetischen Psychiatrie zu beschäftigen. Ähnlich verhielt es sich übrigens mit den Fortschritten in der Luftfahrtmedizin, die man in Deutschland studieren konnte. Ja, man findet sogar noch nach '45 eine Reihe von amerikanischen Studien, die auf KZ-Daten aufbauen. Das nur nebenbei.

Als Junge liebte ich ihn, wie man seinen Vater nur lieben kann; er war immer für mich da. Ich habe mein Bestes von ihm gelernt, die Liebe zu den Büchern – die Liebe selbst. Nach dem Krieg – er kam erst mit siebenundsechzig Jahren aus der Gefangenschaft zurück – machte man ihm als einem der ersten KZ-Ärzte den Prozeß. Er wanderte ins Zuchthaus, lebenslänglich. Langsam kam ich in das Alter, in dem ich begriff, was geschehen war. Ich schrieb ihm verzweifelte Briefe. Er versuchte sich zu rechtfertigen. Er versuchte nicht, seine Tat zu entschuldigen, aber er wollte wenigstens zu mir, seinem Sohn, eine Schneise schlagen durch das Dickicht des unentschuldbaren Vergehens, in das mir mein geliebter Vater entschwunden war. Oder in das ihn sogar meine anmaßende Moral verstoßen hatte. Ich habe aber den Weg zu ihm, den er mir öffnete, nicht genutzt. Ich brach eines Tages die Verbindung zu ihm ab. Unterdessen war ich zum Studieren in eine andere Stadt gezogen. Er erkrankte einige Zeit später schwer und wurde durch Vermittlung der Kirche schließlich zur Pflege nach Hause gebracht. Dort traf er in meiner Mutter auf einen Menschen, der sich ihm vollkommen entfremdet hatte. Es dauerte dann kaum zwei Monate, bis er sich auf dem Dachboden erhängte. Wir rannten damals in den Straßen herum und prügelten uns mit Polizisten vor der amerikanischen Botschaft. USA-SS-SA. Unser Bewußtsein gab dem Herzen keinen Pardon. Wir mußten uns in Bewegung setzen.«

Die junge Frau hörte widerstrebend zu, kräuselte ab und an befremdet die Stirn, denn sie verstand eigentlich nicht, wovon die Rede war. Noch viel weniger, weshalb der unbekannte Gast sie so eindringlich gerade an sie richtete. Sie dachte: der Mann ist düster und faltig wie der nahe Tod. Ein Bote der Kälte schien er ihr, wie sie ihn aus Horror-Filmen kannte. Das sind dann Untote, die eine junge Frau verschleppen und zu den Ahnen entführen. Der ultimative Entführer! So einer. Das Bildarchiv in ihrem hübschen Schädel lieferte ausschließlich unpolitisches Grauen aus neueren Medien. Deshalb verkannte sie den alten Mann und fürchtete sich vor ihm. Doch statt zu fliehen, gab sie ihm schnell die Hand, offenbar um zu prüfen, ob er auch die richtige, ihrer Vorstellung entsprechende Kälte abgab. Doch anders als erwartet, empfing sie einen fieberheißen Stoß aus der Berührung. Sie schrak zurück und schüttelte ihre Hand aus, mehrere Male, wie man früher die Quecksilbersäule bei einem Thermometer herunterschlug.

Im Gutshaus lebte wiederbelebt die kleine Landgesellschaft, Stadtflüchtlinge von heute, eine trivialisierte Keyserling-Tschechow-Stechlin-Szenerie, komfortgewohnte Freiberufler mit vorpommerscher Liegenschaft, Männer und Frauen, denen außer sogenannten »emotionalen Beziehungen« nichts zur Existenz geworden war.

Es waren Menschen, denen die einfachsten Ansichten zu verschrobenen wurden und deren ganze Leidenschaft mitunter in einen einzigen kleinen Tic paßte. Dabei wurden sie, zunächst für den Außenstehenden kaum merklich, vom Geist der literarischen Ahnen bewacht, die diese Art Gemäuer in Szene und Schrift einst mit Leben füllten. Vor allem was die gedehnte Weile der Beschäftigungen und Tagesverrichtungen betraf, verloren die mageren Heutigen sich in die Zeiträume von reich erzählten Figuren, unwissend freilich, denn sie kannten sie aus eigener Lektüre gar nicht. Nichts geschah übereilt, die Frauen pflegten die Rosen- und Gemüsegärten, die Männer kümmerten sich um die Verbesserung der Zufahrtstraßen, überall entstand Geduld. Sogar spielten sie Karten am Abend, und jüngere Frauen begannen Bücher zu lesen im Schatten des Walnußbaums. So wurden sie an aufgeschürften Stellen ihrer zeitgenössisch dicken Haut empfindlich für eine frühere Lebensart, ohne daraus eine modische Allüre zu machen. Melancholie und ein verträumtes Leiden befiel manches Gesicht und verschönte es. Regungen durchliefen sie, die sich aus ihrer eigenen Erlebniswelt nicht ableiten ließen. Im wesentlichen passierte über lange gedehnte Wochen nichts, als daß ein Paar in die Stadt zurückzog und ein einzelner junger Mann neu hinzukam.

Solche Menschen philosophieren zunächst nicht, sie räsonnieren nicht einmal, sie stoßen auf keine Geheimnisse. Ihre Unterhaltungen, Gedanken, Überzeugungen waren auch nicht interessant, sie unterschieden sich kaum vom üblichen Meinungs- und Gesinnungswalten. Deshalb war man untereinander auch selten geteilter Ansicht. Der Gutshofbesitzer, von Statur und Haltung alles andere als ein Guts*herr*, hatte auf seinem Schreibtisch neben dem Bild seiner verstorbenen ersten Frau ein bizarres künstlerisches Objekt, Miniatur einer Turmuhr, deren Zeiger auf drei Minuten vor zwölf verharrten und dort immerzu ängstlich vibrierten. Denn er lebte in der Naherwartung der ökologischen Endzeit.

Aber es gab die langsame Einwanderung des Orts in die Lebensart seiner Bewohner. Das sanfte Fortschreiten der Rekonstruktion, einer von den Manen betriebenen Wiederherstellung, die aus der Art des Verweilens, der geduldigen Beschäftigungen, der gemessenen Bewegung im freien Gelände vormaliges Leben heraufbeförderte. Es war geradeso wie einst beim Regisseur Konstantin Stanislawski, der seine Schauspieler vermittels rein physischer Handlungen die nötige innere Stimmung erzeugen ließ.

Was auch immer für Ansichten unter den Landleuten gehegt wurden, unter gewissen Umständen *verhielten* sie sich weitaus vielschichtiger und delikater, als es ihr Bewußtsein war.

Wenn man sie genauer beobachtete, spürte man allerdings auch gewisse Behinderungen und Hemmungen in ihrem Benehmen. Es verwickelten sich zuweilen die Eingebungen der alten Orts-Geister mit den Bestrebungen der heutigen Bewohner, es kam oft zu halb irren Inspirationen.

Bei einem Festessen zum Erntedank kehrte ein blasser Mann ohne Anhang, der bis dahin als der verschwiegenste galt, auf einmal den Typ des esprit-eitlen Dandys hervor, wie er in dieser Gesellschaft von durchweg unausgeprägten Charakteren so scharf geschnitten bisher nicht vorkam. Er schob den Teller mit Rehrücken beiseite und entschuldigte sich bei der Dame des Hauses mit den blasierten Worten: »Ich esse nur vom Wild, das von weiblicher Hand erlegt wurde. Es gibt bei uns leider noch sehr wenige Damen, die auf die Jagd gehen. Waidfrauen. Ich leide an einer seltenen Störung – oder sagen wir besser: Bestimmung. Dem Diana-Syndrom. In meinen frühen Kindertagen, als ich meine Mutter auf dem Land besuchte, wurde ich Zeuge, wie sie einem Hasen, den sie an einer Leitersprosse aufgehängt hatte, das Fell abzog, während sein Blut in eine große Schüssel floß. Seitdem komme ich nicht los von der Begegnung zwischen Weib und Wild. Schon eine Schlächterin kann mir weiterhelfen. Ich kaufe Fleisch nur bei einer einzigen Metzgerei, die nämlich von drei Frauen geführt wird. Dafür fahre ich in einen weit von meiner Wohnung entfernten Stadtteil. Sie zerlegen es mit geröteten Händen vor meinen Augen. Es geht, was ich esse, roh durch ihre Hände. Und so muß es sein.«

Der Snob lebte in der Stadt ärmlich in einem Wohnsilo und verzehrte täglich die billigsten Fertiggerichte. Er war jemand, den erst die ländliche Umgebung antrieb, affig zu werden und Allüren anzunehmen, als bewege er sich auf glänzendem Salonparkett. Von außen nach innen nichts als Haltung und Gehabe, jedoch »au fond« (seine Lieblingsfloskel) ein unerlöster Lidl-Kunde.

Er verursachte in der Gesprächsrunde jedesmal ein allgemeines Zusammenzucken, wenn er einem einzelnen, der um Worte rang, mit lauter Stimme zurief: »Ah, Sie denken dasselbe wie ich!« Und zwar so, als hätte er ihn gerade beim Ladendiebstahl erwischt.

Sein städtisches Hausen ausgenommen, wußte man sonst alles über diesen Mann von ihm selbst. Am laufenden Band gab er bekannt, was andere bereits über ihn gesagt oder vermutlich schon einmal gedacht hatten. Nach dem Muster: Bei meinen Freunden gelte ich für ... Man sagt mir nach, daß ich ... Grundsätzlich hält man mich für ...

Aber plötzlich dann: Laß mich nicht im Regen stehen! Flehte er ganz kläglich und unberedt, sobald jemand, von der eitlen Parade ihm zugeschriebener Selbstbeschreibungen ermüdet, sich von ihm abwenden wollte.

Verrückt ist jemand, der über jeden Eindruck, den er auf einen anderen macht, genau Bescheid zu wissen meint und dem anderen diesen Eindruck obendrein noch umständlich analysiert und erläutert. Der sich in den penibelsten Spekulationen darüber ergeht, wie er, so wie er nun einmal ist, auf ihn wirkt. Ein solch Verrückter war dieser Mann vom Typ des »neuen Dandys«.

Nun, es ergaben sich bei Berührung zeitlich so weit entfernter Geister immer wieder groteske Verzerrungen der Selbsteinschätzung. Gelegenheiten, sich dickezutun, schienen für jeden zu kommen, und er sah sich berufen, die Fackel großer Entwürfe in die verödete Gegenwart zu tragen. Etwa bei sich einen kleineren Zarathustra hervorzukehren oder sich für den Miterfinder der Traumdeutung zu halten ... Aber die erwähnte Hemmung, die die Manen zuletzt doch auferlegten, bewahrte die meisten vor der peinlichsten Scharlatanerie.

Eine andere Störung, ebenfalls verursacht von unregelmäßigen Einflüssen, zeigte sich bei der Tochter der Gutsherrin aus den verschiedensten Anlässen.

Eigentlich gefiel sie sich darin, den Mangel an Zuwendung, gleich wer sie vermissen ließ, ein vertrauter oder ein eben zugelaufener Mensch, mit einem kühlen, vornehmen Verhalten ebenso zu billigen wie stumm zu beklagen.

Wurde ihr nun, gleich von wem, eine unerzwungene Zuwendung zuteil, so dachte sie als erstes daran, wieviel besser ihr doch die karge Strenge beim Entbehren von Zuwendung zu Gesicht gestanden, eine wieviel bessere Figur sie als kühle Fordernde gemacht habe denn als angewärmte Gerngemochte, für die sie keine passende Haltung, keine sprechende Miene besaß.

Das Hin und Her mit ihrem Selbstgefühl erledigte sich dann auf einen Schlag, als in der gehemmten Tochter ein Durchbruch, eine wahre Eruption von Unzeitgemäßem geschah und aus ihrer rauhen Kehle das Stöhnen der Kundry stieg mit ihrem »Dienen, dienen!«, aus tiefen Nöten ausgeströmt.

Fünfunddreißig Jahre alt und noch kein Ebenbürtiger in Sicht! Es war jetzt, als kehrte das verlorene Dienen, ein Menschheitstrieb, fordernd und dämonisch in sie zurück, und zwar nur in sie, wo es, eingeschlossen in korrekte Moral, an den Gitterstäben rüttelte. Der dunkle Einfluß war augenblicklich so stark, daß er sich im allgemeinen Geplauder nicht mehr »abbinden« ließ. Ruhlos stöhnend erschreckte sie um sich herum die Zahmen und Verwöhnten, die sich im allgemeinen schon für wild hielten, wenn sie bloß ihre Genüsse steigerten.

Nur der neue Dandy ließ sich nicht einschüchtern und versuchte sofort rhetorisch gegen die Dunkle Stellung zu beziehen und sie herabzustimmen:

»Ich kann nur insoweit folgen, als ich sage: Erotische Macht kennt keinen Souverän. Hingabe, sagte man früher, um seinen Verlust an Souveränität in einem Wort zu gestehen. Geliebt haben sich Mann und Frau nur in der vereinten Unterwürfigkeit gegenüber der Liebe selbst, deren kniefällige Diener sie sind. Schließlich wird der Akt der Vereinigung nicht bei aufrechtem Gang vollzogen.«

»Du willst mich schildern?« rief ihm die Tochter der Gutsherrin entgegen. »Versuch es gar nicht erst. Du reizt die Löwin hinter dem Rosenspalier. Wehe!«

Der neue Dandy musterte sie mit ein wenig zusammengekniffenen Augen und gab dann seinen kalten Befund:

»Ich wage die These, es habe nie eine dämonische Frau gegeben, sowenig wie je der Wolf einen Menschen riß. Ein Mann dämonisiert die Frau, die ihn nicht will oder die sich von ihm abkehrt. Die Frau hingegen haßt den Mann, der sie verläßt, meist ohne jede mythische Vergrößerung.«

Doch die rumorende Tochter, die außer ihrer Zeit geraten war, übertönte den naseweisen Mann:

»Hörst du die Laute des Brechens, des Reibens, des Splitterns und Zerreißens, des Aufschlags, des Quietschens und Quetschens? Als ob die Lasten und Leiden der Menschen sich gänzlich übertragen hätten in ein grausames, hartes Geräusch. Ja, hört es sich nicht an, als träte ein Elephant deinen schwachen Brustkorb ein? Und *die Brustkörbe der Unglücklichen krachten wie Koffer, die man zerbricht*. Hörst du das?«

Freie Exklamation, poetisches Reden – die Ausbreitung von Gefühlsaltertümern war natürlich im Gutshof nicht an der Tagesordnung, sowenig wie das Zungenreden im eleganten Stil. Die Erhebung einer städtischen Zimmerpflanze zum blühenden Konversationstalent geschah ebenso willkürlich, wie sie wieder entschwand. Allein die Laune der Manen wählte, wen sie inspirierte und wen sie unberührt ließ. In der Regel erschöpften sie aber die Bewohner, indem sie über alle eine bodenlose Langeweile verhängten. Sie quälten sie mit Lustlosigkeit in einer Dimension, die der Gesellschaft nicht mehr beherrschbar erschien.

Anhaltende Ereignisleere ist Stoff nur für sehr große Erzähler. Der geringere wird sich damit behelfen, den quälenden Zeitraum nicht eintretender Begebenheiten in ein Gleichnis zu fassen. Mit einem Satz: Es war, als ob man einer Frau durch einen langen Korridor zu ihren Privaträumen folgt, jedoch von ihren langwierigen Erläuterungen zu Ahnen-Bildern an den Flurwänden aufgehalten wird, so daß man sie leise zu verfluchen beginnt, um bald darauf zu zweifeln, weshalb man ihr eigentlich gefolgt ist, weil man die Gemälde für vollkommen belanglos hält, ihre Erläuterung für eine verfehlte intellektuelle Anstrengung und sich über die zunehmende Abkühlung der Sinne, die unvermeidliche Folge der Besichtigungstour, ebenso ärgert wie über den schlechten Geschmack dieser Person, mit der man sich bei bestem Begehren auf den Weg machte und die einen dann, kurz vor der letzten Tür, so weit gebracht hat, daß man am liebsten unverrichteterdinge umkehren möchte, es aber doch nicht tut in der Hoffnung, nach dem Betreten des Schlafzimmers werde beiden der eigentliche Sinn ihres langen Gangs wieder helle, obgleich man kurz darauf, endlich angekommen, statt eines breiten nur ein schmales Etagenbett vorbereitet findet, auf deren höhere Liege sie sich verführerisch ausstreckt, zu ihrem eigenen Gefallen den linken Fuß in die Luft hebt und kreisen läßt, während ihr rechter Arm herabhängt und sie dem Mann im Unterbett nichts überläßt als ihren ausgestreckten Zeigefinger, an den er sich klammert wie an einen Strohhalm, den trockenen Strohhalm dieser Frau, in der er zu ertrinken hoffte und die ihn nun kurz vorm Einschlafen noch mit Scherzrätseln unterhält: »Wer trägt den Rücken stets auf der Vorderseite? Der Fuß.«

*

Noch in der Nacht brachte ich die Strandtasche der Ertrunkenen zu ihren Freunden. Niemand wollte sich ihren Inhalt ansehen. Ich, der sie kaum kannte, mußte hineinfassen. Sie hatte eingekauft, einige Lebensmittel, durchnäßt, verklumpt, eine Strandsandale, an der Fischschuppen klebten – sie kam vom Markt, hatte sich einen Fisch ausnehmen lassen, bevor sie ins Wasser ging. Ihre Freunde waren zu benommen, um in ihrer Tasche zu kramen, ihre Überbleibsel, die Requisiten ihrer letzten Stunden auch nur eines Blicks zu würdigen. Und dann – plötzlich –, es war, als vertiefe sich die Tasche unaufhörlich! Ich kramte immer neue Utensilien ihres Lebens hervor, kostbare Souvenirs und alle möglichen Sammelstücke, so viele Teile, die sie gar nicht hätte mit sich schleppen können auf ihrem letzten Gang, ohne darunter zusammenzubrechen. Sie wurden offenbar in einer »vierten Dimension«, einem Gedächtnis der Tasche für alles, was sie je zum Inhalt hatte, aufbewahrt. Es lief durch meine Hände eine Unmenge Glitzer und Klunker, den sie irgendwann getragen und in die Tasche gesteckt hatte. Ihre Freunde wandten sich schaudernd ab, da ihnen jedes Teil etwas in Erinnerung rief und erst recht das Verschwinden der geliebten Person verdeutlichte. Anders war es für mich, der sie kaum kannte und dem sich aus der Fülle ihres Zubehörs ihr Charakter, ihre Eigenart, ihr Lebensstil Zug um Zug derart zusammensetzte, daß mich, wäre sie in diesem Augenblick schlaksig und lebendig durch die Tür getreten, ihre Gegenwart hätte enttäuschen müssen, denn sie hätte den vor mir angehäuften, von ihr erzählenden Dingen die große Kraft der Hinterlassenschaft geraubt.

*

Immer gut und streng gekleidet, Anzug und Weste, dunkelblauer Anzug dezent gestreift und hechtgraue Weste, gerade aufgerichtet vorm Fenster zur Ausfallstraße mit Straßenbahnschienen in der Mitte, donnernder Verkehr den ganzen Tag, die halbe Nacht, er aber unverwandt vorm Fenster, ohne sich zu rühren, wie der Stylit auf dem Säulenplateau, wie der ganz und gar Entgeisterte, starr, wenn auch nicht nach oben ausgerichtet, sondern einfach nur: es aushaltend, indem er sich alle Fassung gab, zu der er fähig war, sich stellte und stehenblieb.

Da er so allein am Fenster steht, gut angezogen, am Fenster zur Ausfallstraße, sieht sie ihm lange in den Rücken und denkt:

Jeder gibt den Tölpel auf seinem Niveau. Ich hänge an ihm, um so mehr, als seine Einfalt wächst. Und das tut sie für mein Gefühl, in meinen Augen, da er meinen Betrug, meine Untreue nicht einmal ahnt. Obgleich er mich nicht nachlässiger anschaut als früher und ich mir doch immerzu etwas anmerken ließ … Irgend etwas muß doch an mir anders gewesen sein als zuvor. Von einem Fremden geliebt, brachte ich fremde Schönheit nach Haus. Ich liebe den Betrogenen, weil er der Idiot der Liebe ist. Ich habe ihn zum Narren gehalten mit meinem Schritt vom gemeinsamen Weg, und er weiß nicht, daß ich ihn zum Narren hielt – daß er einfältig ist in meinen Augen. Zum ersten Mal in unserer langen Geschichte rührt er mich.

Und der Mann entdeckt einen einzigen Fahrgast, zusammengesunken, in der nächtlichen Straßenbahn und denkt:

Du hast mich betrogen und verraten. Doch mein Leben besitzt nicht mehr die Kraft zum Bruch und Aufbruch zu etwas Neuem. Das Unerbittliche, das mich früher beherrschte, ist von mir gewichen wie ein Plaggeist, der aufgibt. Nun bin ich willfährig und duldsam. Ich nehme hin, was du mir antust. Du bist ein Zwitterwesen, das oberhalb des Nabels viel Kühle, Vorsicht und Diskretion besitzt – doch vom Nabel abwärts bist du rüd, rüpelig und sehr gewöhnlich. Du hast alle Erholung vom Benimm ausschließlich in den Unterleib verlegt. Du wirst jede Gelegenheit nutzen, mich aufs neue zu betrügen.

Als gehe ihr zu, was ihn bewegt – um sich hierin abermals zu täuschen –, sagt sie leise und fest: »Ich werde dich nicht verlassen.«

Beinahe hätte er sich zu ihr umgedreht, um ihr ins Gesicht zu sagen:

»Da bleibt mir nur zu ergänzen: ich verlasse dich nicht, denn sonst könnte ich dich ja nicht mehr betrügen.«

Aber er schwieg, denn er suchte kein Gespräch.

Er dachte: In der Macht der Liebe, die wir miteinander teilten, stand auch dein Betrug. Es schien mir in helleren Momenten, als hättest du ihn nur herbeigeführt, um ihn mir zu verheimlichen. Um das ganze Zeremoniell der Vorsicht und Rücksichtnahme zu entfalten und einmal deinem Mann mit den wärmsten Gefühlen der Schonung zu begegnen. Ein Ehebruch für ihn, ganz und gar ihm zugeeignet und gewidmet. Ein Ehebruch, nur damit ich dich einmal zu Haus so beschwingt und strahlend erlebe, als führtest du mir ein schönes neues Kleid vor. Im übrigen steckst du nach wie vor in einem Kokon von Einbildungen, vor allem was das angeblich Umstürzende deiner Handlung betrifft und deine Meinung, damit alles aufs Spiel zu setzen. Aus dieser Illusion resultierte ja die neue Zärtlichkeit, dem Opfer zugedacht, mir, zuweilen sogar eine von »Schuldgefühlen« erregte, kurz entschlossene, doch auf halber Strecke wieder abgebrochene Zuwendung – und über allem deine süße Verblendung, daß ich mich ahnungslos und in Unschuld neben dir befände, obgleich ich vom ersten Augenblick an Bescheid wußte. Denn in deiner Stimme schwangen die falschen Töne des Schmeichlers mit. Und in deinen Augen erkannte ich den Widerschein seiner halb verächtlichen, halb gierigen Blicke. Und du dauertest mich. Obwohl mir die Sache selbst eigentlich gleichgültig war.

Nach diesen Gedanken drehte er sich zu ihr, denn es war ihm, als hätte er sie laut ausgesprochen, und er erwartete, daß sie jetzt endlich aus ihrem Kokon ausbrechen und laut ausrufen müßte: Ist dir eigentlich bewußt, was du mit deinem vor mir versteckten Bewußtsein angerichtet hast? Begreifst du es nicht?

Nein. Er hätte ruhig und aufrichtig geantwortet: Nein.

Aber sie wich seinem Blick aus, sah an ihm vorbei und dachte:

Nicht der schwächste Duft von Betrug verfängt an diesem Mann. Nichts vom Flair, das die Untreue dem vertrauten Körper und seinen Bewegungen verleiht, habe ich je an ihm bemerkt. Für mich das sicherste Zeichen, daß er den Kern der Sache, die den Aufruhr stiftet, niemals berührte. Sex. Und zwar unberechenbare, allseitig bereite, sprunghafte Lust. Erst sie ergibt, gebändigt oder manchmal auch nicht, das wahre Stärkungsmittel einer Bindung, der eigentlich unmöglichen Liebe zwischen nur einem Mann und nur einer Frau. Denn jede Bindung lebt von der Kraft der integrierten Zügellosigkeit. Deshalb sage ich: er hat mich nie – berührt.

Selbst in ihren Gedanken vermied sie – in Rücksicht auf den Betrogenen – das passende Kraftwort. Aber sie lachte laut auf. Oder vielmehr: das dichte Erkennen der Lage selbst warf ein heiteres Lachen aus. Und er lachte mit, ein wenig, wenn auch nicht befreit.

Tags darauf drehte sie sich zu dem jungen Mann, den sie seit einigen Monaten besuchte, streichelte ihn und sagte: »Alles, was du mir bedeutest, ist die glühende Versprechung eines anderen.«

*

Ein Frauenbeseeler war er, ein Wandler, der aus einer fleißigen Spediteursgattin eine große Passionskreatur machte. Nicht eine, die bloß kurz dem amour fou verfällt, sondern eine, die aller *Ambivalenz* entkam. Er ist: der Töter von *Beziehung*, der Würger von Verhältnismäßigem. »Kein Arg« steht auf seiner Stirn. »Kein Arg« steht über ihrer Pforte.

Un cœur simple wird sie erst in seinen raufenden Armen. Unbescholtenheit entsteht ihr mit unentwegtem Exzeß. In der Lust grenzt sie ans Heilig-Debile.

Er sagt vom Akt: In mir gerieten Alt und Jung in Bewegung. Viel Volk zog durch meine Adern. Menschenmengen stürmten mein Herz.

Wie läßt's sich billiger sagen, daß zwei in viele übergehen und mehr als nur sich selbst vermehren?

Sie trennen sich. Sie verbergen ihre Bedürftigkeit, sie verfrachten ihr Leid plombiert wie eine Ware, die man unangetastet über viele Grenzstationen durchs Leben transportiert.

Noch einmal, ein Vierteljahrhundert später, von Angesicht zu Angesicht, werden sie erbleichen und erröten über die einfache Nacktheit ihrer Begegnung, *soli eravamo e senza alcun sospetto,* und die Röte entspricht dem Feuer, das Bleiche der Asche ihrer Umarmungen.

*

Im Fenster lehnt ein Mann, der ein Schimpfer ist und mit zynischen Bezichtigungen die Menschen der Straße verhöhnt. Ein anderer kritischer Mensch kommt mit seinem Freund debattierend des Wegs und bemerkt den Schimpfer im oberen Fenster.

Entgeistert blickt er hinauf und begleitet die Schmährede des Zynikers zunächst mit verwirrten Ausrufen: Ach? ... Was!? ... Sie! ... Was sagt er da? Er spricht wie ich ... Er redet mit meinen Worten!

Der Freund mit gelassener Lebensart antwortet: »Wahrscheinlich redet alle Welt inzwischen mit deinen Worten! Eh du dich versiehst, öffnen sich der Reihe nach viele Fenster auf die Straße, und Männer sprechen laut hinaus, was dir gerade selbst in den Sinn kommt.«

»Wie kann er wissen, was ich sagen will?« fragt verblüfft der kritische Kopf, der immer leise Schimpfende, seinen Freund. »Das bin ich ... ich bin dieser Kerl im dritten Stock!«

Dann wendet er sich an den Mann im Fenster und ruft hinauf:

»Sie sind kein echter Schimpfer, das sage ich Ihnen. Sie verabscheuen nicht wirklich, worüber Sie sich aufhalten. Haben Sie den Mut, Mann, und öffnen Sie mir die Haustür. Ich muß zu Ihnen. Ich werde Ihnen beibringen, was es bedeutet, ich zu sein!«

Es wird ihm geöffnet, er verschwindet im Haus, während sein in Geduld gerundeter Freund an einem Poller lehnt und die Straße die Straße sein läßt. Dabei denkt er zu seiner Genugtuung noch einmal, was er im Gespräch vergeblich beigesteuert hatte, da es vom erregten Freund überhört wurde: Von außen betrachtet, ist jeder nur einer. Innen jedoch ist er zusammengewachsen mit seinem Widersacher. Den lockte er freilich von außen herein.

Der Einzige und sein Gegen-Einziger bilden die ganze Person. Das ist eine alte Schelle. Aber wiederum läutet sie deinen nächsten Auftritt ein, mein Freund.

Nach einer knappen halben Stunde kehrt der leise Schimpfer erschöpft und geschlagen aus dem Haus zurück, wo nun auch der laute nicht mehr in seinem Fenster erscheint.

»Lieber Freund«, sagt er. »Ich bin kein kritischer Mensch mehr. Es ist vorbei. Was soll aus uns werden?«

Da antwortet der Freund: »Man sieht daran: Es kann aus Prinzip nur eine philanthropische, niemals aber eine misanthropische Gesellschaft geben. Schon die Begegnung zwischen *zwei* erklärten Menschenfeinden wird mindestens einen von sich abrücken lassen.«

*

Wir standen in einer sehr engen Baustellen-Unterführung und unterhielten uns über den blasphemischen Kitsch einer Assunta, eine zum Poster verarbeitete Tizian-Kopie, auf der, umgeben von lauter zum Himmel fahrenden Filmvedetten, von Brigitte Bardot bis Jennifer Lopez, die »neue Göttliche« emporstieg, deren Namen uns bis dahin nicht geläufig war. Mich ekelte der Anblick, so daß ich den Freund bat, den Platz im schmalen Gang mit mir zu tauschen und sich einstweilen dem Machwerk gegenüber zu stellen. Da näherte sich eine Frau, die nicht ohne weiteres an uns vorbeikommen würde. Sie hielt an und wartete einen Augenblick, ob wir uns nicht von selbst bequemten, ihr den Weg freizumachen. Aber wir taten nicht mehr, als uns bei lebhafter Unterhaltung etwas fester mit dem Rücken gegen die Bretter-Wand, ich, und er gegen die Barriere zur Straße hin zu pressen. Auch als sie uns aufforderte, ihr Platz für den Durchgang zu machen, konnten wir uns nicht entschließen, unser nahes, an Worten hängendes Gegenüber aufzugeben – ich auf keinen Fall mehr auf die andere Seite! Und er, gerade dabei, das volle Ausmaß der Assunta-Verhöhnung in sich aufzunehmen, zur Zeit auch nicht. Also kam sie ein paar Schritte auf uns zu, drehte sich nach rechts und dann nach links, indem sie jeweils einen von uns beiden fest ins Auge faßte, offenbar unschlüssig, wem sie ihre Vorderseite und wem den Rücken zuwenden sollte. Schließlich sagte sie: »Sie sind zwei in ein Gespräch vertiefte Männer, aber Sie sind Männer. Es wird mir nicht gelingen, zwischen Ihnen hindurchzukommen, ohne bei dem einen mit meinem Oberteil, bei dem anderen mit meinem Hintern anzustoßen. Und zwar gleichzeitig. Das liegt mir nicht. Wäre es nicht vielleicht eine Lösung, Sie beteiligten mich an Ihrem Gespräch und ich bliebe vorerst neben dem einen oder dem anderen stehen, ebenfalls meinen Rücken anlehnend? Sollte sich Ihr Gespräch mit der aufsteigenden Madonna befassen – und so scheint es mir bald –, dann hätte ich sogar einen geringen Beitrag zu leisten, denn unter den himmelfahrenden Weltberühmten, wenn ich so sagen darf, nicht ohne Verlegenheit, befinde auch ich mich, wenngleich nur im dritten Reigen des mittleren Wolkenkranzes, jedoch deutlich erkennbar ...«

Wie von ihr beabsichtigt, vertrieb die Neugier meine Bildscheu, ich wechselte die Seite, trat neben den Freund und suchte auf dem lästerlichen Abzug nach der Frau, die an uns vorbeiwollte. Wir beide starrten hinauf zu dem erbärmlichen Schandwerk. Die Frau, die wir nicht auf Anhieb identifizieren konnten, nutzte nun die Gelegenheit der geöffneten Passage und schritt mit freundlichem Dank an uns vorbei, ohne auch nur mit dem äußersten Ellbogen bei einem von uns anzustoßen.

*

In der Nacht befiel ihn der Eßekel. Es war ihm widerlich, an Mahlzeiten überhaupt nur zu denken. Der Appetit an sich war gestorben. Dabei war ihm nicht eigentlich übel. Er hatte nur das Gefühl, sich überwinden zu müssen bei jeder künftigen Nahrungsaufnahme.

Am Morgen erhob sich Bernd, der schlechte Schläfer, saß eine Weile ratlos und verdämmert auf der Bettkante und wußte, daß ihm nie wieder etwas schmekken würde.

Seine neue Freundin hieß Lydia. Sie brachte ihre »etwas langsame« Schwester Balda mit zum Rendezvous. Die Augen hinter der Brille lagen in wäßrigem Glanz. Sie war wohl etwas schwachsinnig. Sie schob ihm ein quadratisches ledergepolstertes Poesie-Album in die Hände. Darauf stand: Mein Leben. Für Bernd. Es war ihre Art, sich dem Liebhaber ihrer Schwester vorzustellen. Im Inneren hatte sie Fotos von sich eingeklebt ohne Fotoecken. Sie legte Wert darauf, bei allem, was ihre Schwester betraf, auch irgendwie vorzukommen. Das war das mindeste, was man ihr einräumen mußte; daß sie sich kleine Geschenke ausdenken durfte und dazu Fotos von sich zeigen.

Bernd dachte: Ich bin der Verderber, der Fanatiker, der Eiferer. Niemand ahnt etwas davon, niemals verriet ich meine Unbedingtheiten, denn ich halte meine Worte im Zaum. Aber wie lange noch? Wenn mein Eifer eines Tages aus mir hervorbricht, werde ich meine Liebe auf den Scheiterhaufen stoßen, und Lydia wird vor meinen Augen in Flammen aufgehen. Vielleicht ist es mir aber auch als einem auserwählten Menschen gegeben, die ganze Furchtbarkeit meines Willens und Wünschens in mir verschlossen zu halten und bis zum Tag der Erlösung mich durch Liebe und Mitleid davon abzulenken, daß ich furchtbar bin.

Mittags kam Balda heim von der Sportschule in einem Bus für Behinderte. Immer hüpfte sie von der niedrigen Plattform mit ihrem runden Gesicht und dem glatten, schwunglosen Kleinmädchenhaar. Immer schalt sie oder freute sich, es war nicht klar zu unterscheiden. Jedenfalls in hohen, klumpigen Tönen ihre Ankunft verkündend, lief sie stampfend, wackelnd ins Haus.

Man gönnte der Schwachsinnigen nicht den Frisör, nicht ein hübscheres Kleid? Der billigste Mantel, der fahlste Rock, die derbsten Schuhe, schmucklose Hände, selbst die Klemme im Haar ohne Zier – mußte das sein? Warum hatten sie das unförmige Geschöpf, das aussah, als wäre Kind-Teig nicht recht aufgegangen, verstoßen in solche Nachkriegsbüßertracht?

»Sie macht sich doch nichts daraus«, sagte ihre Schwester Lydia, »sie braucht ihr Aquarium, sonst nichts.« Nein, sie soll nicht locken, soll wie die Nonne abgeschirmt nach außen gehen. Genügend Perverse gibt es, die es besonders auf Schwachsinnige abgesehen haben. Man will nicht, daß irgend etwas an diesem Mädchen anderen gefällt. Es steht in der Zucht der Unscheinbarkeit.

Die Haltung wäre aber nur ehrenwert, wenn sie sagte: seht ihre Seele, nicht ihr Äußeres. Aber schlimm wäre sie, wenn sie sagte: bei der kommt es sowieso nicht drauf an.

»Sie ist nun mal nicht normal«, sagte Lydia und bemerkte ein wenig befremdet, wie einläßlich sich Bernd in Gedanken mit ihrer Schwester beschäftigte. »Und da wäre es doch nicht normal, einen solchen armen Menschen hübsch und auffällig herauszuputzen!«

»Darum geht es nicht«, erwiderte Bernd, und es fiel ihm jetzt leicht, sich über sein zurückgehaltenes, verderbenstiftendes Gedankengut hinwegzusetzen, ohne daß er im geringsten fürchten mußte, es könne jeden Augenblick hervorbrechen. »Es geht darum, daß sie nicht eine Vernachlässigung zur Schau tragen muß.«

»Aber nein, sie trägt immer saubere Wäsche, sie ißt unsere Speisen ...«

»Sie ißt, ja! Sie ißt viel zuviel!«

»Ich meine: Sie ist nicht anspruchsvoll.«

»Sie ist gezeichnet – nach außen muß es scheinen, als hätte sie für ihre Geistesschwäche auch noch mit Unansehnlichkeit zu büßen.«

So ließen im Verderber, angezogen von einem Geschöpf, bei dem nichts zu verderben, sondern nur zu verbessern war, sehr bald der Druck und die Last seiner Hintergedanken nach. Dazu noch: Je mehr er sich sorgte um Balda, um so familiärer, bequemer wurden seine Gefühle für ihre Schwester.

Dabei hatte Lydia unterdessen den Verdacht geschöpft, daß ihr Liebhaber vielleicht zum Schlag der hartgesottenen Menschenverbesserer gehöre, die es nicht unterlassen können, sich angesichts der Realität menschlichen Elends in engstirnige Programme und Heilsbotschaften zu verrennen. Sie sah ihn öfter von der Seite an und improvisierte erste Bedenken gegen sein allzu häusliches Verhalten, das eines entspannten und etwas bemüht verliebten Mannes. Mit solchen Blicken des Verdachts gingen dann die ersten Bitterstoffe des Verderbers auf sie über.

Schon am nächsten Tag übersah er Baldas Schwester, seine Freundin. Lydia zog seinen Blick nicht an, als sie mit Freundinnen im Fond eines Transporters saß, Nachbar Gregor am Steuer, der ihn in eine Unterhaltung über seinen kranken Labrador verwickelte. Er grüßte kurz zur Rückbank, sah nicht genauer hin und unterschied Lydia nicht von den anderen Frauen. Und sie sagte nichts.

*

In einer täglich leerer werdenden Stadt, Halberstadt, saß ich über einem Aufsatz zu Horaz. Ich hatte die Hälfte geschrieben, ich kam nicht weiter. Einen einzigen guten und zuverlässigen Freund hatte ich in dieser völlig untervölkerten Stadt, deren Leere bedrückend zunahm und meinen Geist absog wie eine Vakuumpumpe. Ich traf ihn auf dem breiten, ungesäumten, nicht mehr gepflegten Domplatz, und er lenkte mich einen Abend lang mit seinen schönsten Gedichten ab, die er klangvoll auf Plätzen voll verschwundener Menge rezitierte. Wir dachten an Eliot vor vierzehntausend Leuten im Baseball-Stadion von Minneapolis, in etwa die Menge, die in ganz Halberstadt fehlte und uns auszehrte. Wie stellungslose Schauspieler waren wir, die, wo sie sich auch aufhalten, stets vom Trugbild einer nahen Bühne gehänselt und schikaniert werden.

In der auslaufenden, verrinnenden Domstadt fühlten wir uns auf einmal der großen Moderne seltsam nahe, obwohl deren Dichtkunst für uns immer unerreichbar sein würde. Wir sagten einer zum anderen: Du klingst, wie man früher klang. Wir standen am Fenster, den Kopf gegen die Scheibe geneigt, zum leisen Singen und Sinnen verurteilt. Mit anderen Worten – wir gewöhnten uns daran, daß kein nach außen getragener Ton von uns noch verfing und unser Subjekt verbraucht war.

Wir überließen uns einer Folge von nachlässigen und gereizten, von abirrenden und sich verhakenden Beobachtungen, einer Stimmung höherer Zerstreutheit. In solcher Stimmung öffnete sich uns die geheime Ordnung scheinbar zusammenhangloser Begebenheiten, in die der unermüdete, unpoetische Betrachter niemals eindringt. Ein Sinn fürs Zerstreute entwickelte sich, wie es einst für literarisch reiche Spätzeiten nicht ungewöhnlich war. Was sich uns näherte, verlor sich sogleich wieder, und dem entsprachen unsere Ausdrucksversuche, ein verschwimmendes, entgleitendes Nennen und Zeichnen. Bloß nirgends bei der Sache bleiben!

Wir schauten vom entlegensten Rand unseres Könnens auf dessen Wohl und Wehe zurück. Das Überhebliche, das Anmaßende, das Platzgreifende, die Eroberungsskrupellosigkeit, das Schneisenschlagende in jedem Federstrich – von all dem hatten wir ja was und haben uns damit lächerlich gemacht, den geistigen Kraftmenschen zu geben.

Abends durchstreifte ich oft allein die Straßen dieser mitteldeutschen Stadt, in der ein Winkel dem nächsten sich entgegenstellte, jede Harmonie verweigerte und nie ein Gefüge zuließ. Vielleicht wird es uns schon bald genügen und gefallen, in vielfältig Zerborstenem herumzustaksen. Man wird in Zukunft ein Ausgrabungsfeld an das andere reihen. Und was geschieht, wird von vorneherein Vergangenes sein.

Einer von den zwielichtigen Männern, die ständig beteuerten, seit langem meine Freunde zu sein, obwohl ich nicht einen von ihnen kannte, trank mit mir am Stehtisch vor der Bahnhofskneipe und sagte: »Ich möchte so gern einen ausgeben für dich und meine Freundin. Aber sie ist nicht da.« Ich wußte sofort, er wollte sich, nachdem mehrere Runden an mich gegangen waren, vor der Gegeneinladung drücken. »Ich möchte, daß wir zu dritt einen zwitschern. Wo bleibt sie denn? ... Ah, dahinten! Das ist sie doch. Das ist meine Freundin.« Er hätte sie jetzt bei ihrem Namen nennen müssen.

»Nein. Sie ist es nicht. Sieht nur so aus wie sie. Warten wir noch.«

Er hatte keine Freundin – jedenfalls keine, die er in diesem Augenblick erwarten durfte. Ich allein wurde nicht eingeladen, er bestand auf einem Dreiertrunk.

Er betrachtete seine zartrosa schimmernden Schuhe. Wie härter gewickelte Ballettschuhe sahen sie aus und glänzten schuppig wie eine Rotbarbe. »Ja«, sagte er, »das sind besondere Schuhe. Schuhe speziell für Mörder. Sie geben dir die leiseste Sohle und zugleich den festesten Tritt.«

Es gelang ihm, indem er die bedrohliche, die abgründige Seite seiner Freundin schilderte, mir deren Realität etwas wahrscheinlicher zu machen.

»Ich fühle mich ihr gegenüber stark in meiner Dankbarkeit. In meiner beglückten Würdigung ihrer Person besitze ich Kraft. Doch sie, ohne es offen zu zeigen, bedauert mich nur. Ja, sie bedauert mich in meiner – sie nicht überzeugenden Dankbarkeit. In meiner Zuneigung, in meinen einfachen feinen Worten wittert sie den Mangel an Stärke. Und Stärke sucht sie. Scharrt in mir nach Stärke, wie der Trümmerhund nach den Verschütteten. Sie kommt sicher gleich. Sie wird wieder einmal verschlafen haben.«

Ich wollte eine nächste Runde bestellen, doch er hielt mich davon ab. Nur zu dritt würde jetzt weitergetrunken.

»Du mußt dir vorstellen, es gibt sogar Leute, die haben den Zusammenbruch der Twin Towers verschlafen, ja, die gibt's. Um zwölf Stunden und mehr verschlafen, mitten in New York, nichts mitbekommen. Andere auf Sumatra im Urlaub: den Tsunami verschlafen, nichts mitbekommen, außer später die Folgen.«

Die Katastrophenverschlafer hätten sich übrigens bereits zusammengefunden, sie hätten ihre eigene Website. Die Verschlafer seien irgendwie – seien besondere Kinder Gottes. Als ob der damit sagen wolle: seht, der selige Schlaf verschluckt alle Katastrophen.

Ich wagte den Einwand: »Aber sie sehen sie doch später auf den Bildschirmen und ärgern sich, daß sie nicht früher auf den Beinen waren, sie schämen sich für ihren Schlaf.«

»Sie waren ja unten drunter mit dabei, nah dran, aber auf eine subversive Weise. So wie meine Freundin, wenn sie schläft, ihren unguten Einfluß von fern auf uns beide lenkt. Man fragt sich, ob das ein oder andere Unheil nicht durch die Tore eines widernatürlich festen Schlafs überhaupt erst Einzug in die Welt hielt? Solche Leute schlafen und geben den drohenden Ereignissen die letzte Kraft, tatsächlich zu geschehen. Niemand schläft unschuldig. Auch meine Freundin nicht. Sonst wären wir ja noch so viele, wie wir früher waren in Halberstadt.«

*

Gestern kam Ronald vorbei, Spielkamerad meiner Töchter, als sie miteinander zur Schule gingen. Jetzt war er fünf Jahre nach dem Abitur und wußte immer noch nicht, welche Richtung er einschlagen sollte. Was beginnen? Eine kurze Drogenkarriere hatte er bereits hinter sich. Vom Rauchen seien die Adern schon etwas angegriffen. Also wurde er gläubig und begann evangelische Theologie zu studieren. Ein Junge unter Drang. Zeitweise neigte er zum rechtsradikalen Chauvinismus. Denkbar, daß es ein Fanatiker-Gen gibt, wie man ja auch von einem Sucht-Gen spricht. Alles was einmal der Seele gehörte, wird inzwischen auf Gene und Botenstoffe verteilt. Ein Eiferer wird man jedoch aus innerer Mißwirtschaft von Potenz und Schwäche, von Wille und Ohnmacht. Ich sah ihm in das stechende Auge, es war schwarz, hartschalig, unempfänglich. Ich hörte seine schnellen Urteile, verfolgte ein Denken ohne jede Nachdenklichkeit. Er sagte: »Wir haben kein Wort für Vertigo. Die Panikspirale abwärts in die große Leere.«

Ich: »Höchstens kosmisch, Pascal.«

Er: »Die Ewigkeit ist immer mit von der Partie.«

Ich: »Wahrscheinlich. Mag sein. «

Er: »Die Ewigkeit ist nicht aus meinem Zimmer, nicht aus dem Tageslicht, nicht aus einer einzigen Sekunde ist sie zu vertreiben.«

Ich: »Ich glaube, man kann die Ewigkeit nicht in unendlich kleine Zeitstrecken zerlegen. Die Ewigkeit ist gewissermaßen nicht der Pfeil des Zenon, wohlgemerkt!«

Er: »Was ist aber die elende Zeit im Buch Hiob?«

Ich: »Die elende Zeit? Oh, ich will dir sagen ...«

Er: »›Nun aber gießt sich aus meine Seele über mich, und mich hat ergriffen die elende Zeit‹?«

Ich: »Man muß ihr Beginnen unfehlbar genau bestimmen und nicht eine Minute zu ihr zählen, die noch längst nicht dazugehört. Manchmal fühlt man sich elend und sieht ringsum nur Elend. Aber das ist nicht die elende Zeit. Man muß genau sein.«

Er: »Aber das Anderswo bricht über mich herein! Die Verdammnis – was bedeutet sie? Ideengeschichtlich, gedächtnisgeschichtlich?«

Ich: »Die Verdammnis ist die Verdammnis. Wer wären wir, zum Aufräumen geheißen? Von welchem Kamm oder Grat blickend tun wir überhaupt so ordnend? Die Verdammnis – wann verliert sich des Menschen Maß im Inneren des Menschen? Bereits etwa in den feuernden Synapsen der Großhirnrinde? Echtzeit der Biochemie, Geschwindigkeiten, die das Selbst nicht berühren, nichts angehen.«

Er: »Es wüßte sie denn! Bewußtsein unserer blitzenden Prozesse im Innersten ließe uns auseinanderfliegen. Glaube und Wissen, Wissen und Weisheit, Schutt-Garben einer Sprengung, Licht-Linien aus Myriaden von Informationen. Und darunter ich, klein, vergessen, entstellt – ich, auf den allein das universale Feuerwerk herniederprasselt.«

Noch einmal versuchte ich mit einigen nüchternen Bemerkungen uns beide zu besänftigen. Doch das gemäßigte Wort entglitt mir wie nasse Seife, und ich sagte vollmundig: »Haltungen, Ronald, wie deine, Haltungen an sich sind nicht mehr haltbar. An ihre Stelle tritt künftig die Züchtung pluripotenter moralischer Stammzellen.«

Darauf lachte er ein einziges Mal und ausgiebig. Ein letztes Lachen, ein schriller Vorhalt, denn darauf ergriff uns der Sog des diabolischen Dialogs, des sich steigernden, irrsinnigen Vermutens, zog uns immer enger zusammen, und wir kreisten, uns anbrüllend, umeinander. Ein furchtbarer Schwindel zerstörte sämtliche Begriffe, wechselnd erlag ich Ronalds Einfluß, er dem meinen, beide wirbelten wir, wild gewordene Gedankenspieler, in der *Panikspirale abwärts in die große Leere.*

Als es vorbei war, sah mich eine schreckliche Mißgestalt an, Ronald, ein zwischen Mann und Frau auf der Strecke gebliebenes junges Ungetüm mit donnernden schwarzen Augen, Inbegriff des geschlechtlichen Feinds, Majorität eines gegen mich hetzenden Publikums in einer Person ... Aussichtslosigkeit saugte mich an, Ronald, Sammel-Phantom danebengegangener Schöpfungsvarianten ... Geist einer Wollmaus, die hinter dem lauten Auge rotierte, kreisender Flusen- und Faserklumpen, dessen Sog jeden anderen Geist, der in die Nähe geriet, raubte, hinüberholte in ein immer unförmiger werdendes Kognitionsknäuel, das wuchs und rollte, alles für sich behielt und den Beraubten mit Wahnsinn bedrohte.

*

Hier ist der Jüngling, bei dem nichts stimmt. Dicht und stoned, so gibt er sich, ein nachgemachter Ghettohero, schwarzer Gangsta-Rapper vom Kraushaar bis zum Goldring am kleinen Zeh. Er folgt dem Vorbild-Reiter durch die Nacht, vermummt in dicke dumme Selbstgefälligkeit, unterm gewölbten Afro-Auge, der ausgestülpten Blase eines Hirns, uns alle spiegelnd, verstreicht sein Feierabend. So in etwa die Allüre, mit der Hans-Christian zu Haus die Couch einnimmt, und hinter ihm an seinem Nacken zupft sein Kind. Es schiebt ihm die finstere Sonnenbrille von der Nase, während er mit seiner Schwiegermutter streitet, imitierte Fluch-Tiraden künstlich in die Länge zieht und der kleine Junge die Übung nutzt, um dem Hybrid-Vater die Frisur zu verquirlen. Da wechselt seine Laune plötzlich, von geduldig, cool und breit in einen scheinbar originalen eigenen Jähzorn, unter dem er den Zwerg ergreift und in hohem Bogen auf den Boden schmeißt. Das Kind plärrt wie von Sinnen, die Schwiegermutter schreit und greift den gewaltnachahmenden Vater an, die beiden schlagen sich, während das Kind, schon wieder zur Belustigung bereit, erneut auf die Couchlehne klettert und dem ausgepumpt tuenden Vater von hinten beide Arme um den Hals schlingt, worauf die Schwiegermutter ihre echten Hiebe einstellt und zu ihrer Couch zurückkehrt. Seinen kleinen Jungen läßt er nun gewähren, und der wühlt an ihm herum, als suche er nach seinem unverstellten Real-Papa. Da ein solcher Mann auch Emotionen bei sich sampelt, die er nur von anderen kennt, wollen sie von Zeit zu Zeit beschäftigt sein und wechseln wie im harten Videoschnitt. Schon überkommt ihn ein neuer falscher Koller. Er beklagt sich über die Schlampe, seine Frau, bei deren Mutter. Er liebe sie abgöttisch. Aber sie sei eine Hure. Eine Hure, nichts als eine verdammte Hure. Und so fort. Er tobt sich aus und tut nur so als ob. Und ohne Ende tut er so. Selbst wo's ihn schmerzt jetzt und Tränen die gefärbte Stimme fast ersticken, findet er einfach nicht mehr raus aus dem So-tun-als-ob.

*

Eigentlich hatte er sich vorgenommen, ein älterer Mann vom alten Schlag zu sein, kein Gernejung, kein Seniorenteenie. Aber er fand nicht recht zu seinem Stil, gab nach und benahm sich zeitgemäß. Auf einer Spanienreise fand er Anschluß an eine Schar von ungebundenen Männern und Frauen, die meisten etwas jünger als er und noch an weiteren Reisen interessiert. Gemeinsam in die Berge, auf dem Fahrrad über Hollands Deiche, Silvester auf Kreuzfahrt im Golf von Mexiko – sie waren eigentlich immer unterwegs.

Vor einer Rückkehr in die Heimatstadt kündigte er seine genaue Ankunft zu Hause an. Seine Frau war auf den Reisen nie dabei. Er fand, sie war geistig etwas zu langsam und hätte Mühe gehabt, die schnell wechselnden Eindrücke der interessanten Welt zu verarbeiten. Sie hatte in den letzten Jahren deutlich abgebaut.

Nun saß sie neben dem häuslichen Telefon, dem mit den vergrößerten Tasten, das er ihr zu Weihnachten geschenkt hatte, und erwartete seit Stunden seinen Anruf, da sie die genaue Ankunftszeit vergessen hatte. Unterdessen hatte sie sich einen besonderen ersten Satz zurechtgelegt, mit dem sie ihn begrüßen, überraschen, beeindrucken wollte. Und sie sagte ihn auch beim Abnehmen des Hörers, noch bevor er sich meldete: »Lebensborn trink ich heute, wenn du kommst.« Er überging die Poesie und fragte unvermittelt nach der Adresse der Wohnung ihrer Tochter, die leer stand und in der er mit den Frauen und Freunden, die ihn begleiteten, Quartier nehmen wollte. Dann kehrte er kurz zu Hause ein, um die Schlüssel zu holen. Er fragte, ob sie noch etwas Wein für ihn habe. Die alte Frau ging in ihre Küche und brachte eine volle Flasche Cinzano mit. Das ist kein Wein, Ursel. Sie hatte noch ein Fläschchen mit Kräuterlikör, das sie auf den Tisch stellte. Und eine angebrochene Flasche Grauburgunder, den Rest von seinem letzten Besuch. Im Korken steckte noch ein Teil des beim Öffnen abgebrochenen Korkenziehergewindes. Er schalt sie, daß sie derart die schalen Reste aufbewahre und womöglich ihren Gästen davon anbiete. Sie war traurig, aber noch nicht entmutigt. Sie schlug vor, schnell zur Tankstelle zu laufen, um dort im Shop eine Flasche frischen Wein zu kaufen, die er dann mitnehmen könne in die andere Wohnung. Unleidlich war er zu seiner Frau und fand kein einziges warmes Wort für sie. Auf der Straße gesellte er sich sofort den Frauen und Freunden und zog mit ihnen zur anderen Wohnung davon. Seine Frau, die er ihnen gar nicht erst vorstellte, ging allein in Gegenrichtung zum Tankstellen-Shop. Wie sie schon geht! sagte er zu den Frauen und Freunden, sie nickten und grinsten. Es war ihm, als wären sie nun voneinander Fortgehende für immer. Frauen und Freunde hatten ihn fest umschlossen, er fühlte sich weit entfernt von seiner Frau und murmelte noch ein paar abschätzige Urteile über sie.

*

Ein cremefarbener Strohhut mit dunklem Ripsband, ein tabakbrauner Leinenanzug, ein einzelner Bekleideter in der Masse der kaum angezogenen Sommerleiber, die meisten unförmig, übergewichtig, ein Herr im Gewühl der Bahnhofshalle. Er fiel wohl auf, aber das erklärte nicht, weshalb ihm dreimal hintereinander junge Bundeswehroffiziere einen militärischen Gruß entboten, dabei Haltung annehmend, als wäre er, obwohl in Zivil, ein herausragender, über alle Köpfe hin erkennbarer Vorgesetzter. Der Sommerherr zweifelte an seiner Identität, denn er war weder ein bediensteter noch ausgedienter Militär höheren Rangs, er hatte vielmehr in seiner Jugend den Wehrdienst verweigert.

Wer war er denn in ihren Augen? Er nahm einen kleinen Taschenspiegel aus der Jacke – nein, kein anderer sah ihn an, er war es selbst, ein Dienstloser sein Lebtag, nun von untergebenen Offizieren gegrüßt. Er spielte mit der Vermutung, ob sie, Männer in Uniform, nicht einfach nur dem einzigen ebenfalls anständig Bekleideten unter Hunderten von Halbnackten ihre Reverenz erwiesen, obgleich auch sie den Rock über dem Arm trugen und sich in kurzärmligen Hemden zeigten. Und dem Geschmack fürs Altmodische, der seine Kleidung bestimmte, nachgebend bis in ein längst ungebräuchliches Vokabular, nannte er sie bei sich »fesch«. Wie eine Mizzi sagt von ihrem Leutnant in Schnitzler-Stücken, aber nicht ein alter Wehrdienstverweigerer von ein paar staubgrauen Heeressoldaten mit rotem Barett – auch wenn sie unbegreiflicherweise wie ein Gustl vor ihm salutierten.

Kurz darauf trat aus einer Bucht mit verketteten Gepäckwagen eine schlanke Frau im geblümten leichten Kleid, lächelte ihn an, grüßte ebenfalls und machte alle Anstalten, auf ihn zuzugehen, als habe sie auf ihn gewartet, obwohl er doch allein und mit niemandem verabredet nach Zweibrücken reisen wollte. Sie trat also auf ihn zu, den ganzen Körper zu ihm ausgerichtet – und er war überzeugt, daß sie es sein müsse, die ihm im nächsten Augenblick das Rätsel des Grüßens löste. Doch im selben Moment, da sie schon mit in die Taille gestemmten Händen vor ihm stand, gigelte in ihrem Handgelenkbeutel die Melodie von einem Mobiltelefon. Sie holte es hervor, und schon verflachte ihre Miene. Neugier, Geschäftigkeit, Sachliches löschten ihr Lächeln von den Lippen, die ganze Aufgeschlossenheit zu dem Sommerherrn hin verfiel im Nu. Sie lenkte, in ein Problem verwickelt, ihre Schritte von ihm weg, als wäre sie nie mit heller Erwartung auf ihn zugegangen. Sie war nur noch Ohr, und hörend wurde sie ins Gewühl gezogen, trieb in der Menge zum Ausgang der Bahnhofshalle, ohne ein einziges Mal zurückzublicken.

Reizte es etwa die Leute, in der Menge den gut gekleideten Herrn als einen Fremdling in der Zeit auszumachen und mit Respekt zu grüßen? In seinem Aufzug lief er aber durchaus nicht für die gute alte Zeit Reklame, sondern mit den Jahren und seiner Vorliebe für bessere Stoffe war von selbst diese Hülle von heiterem Damals um ihn entstanden und hob ihn fast überall von seiner Umgebung ab.

Er lehnte sich an eine Anzeigetafel, da ihn wegen der Hitze ein leichter Schwindel befiel.

Ein junger Rucksacktourist trat neben ihn und fragte: »Sie sind sicher müde von der langen Reise.«

»Ach nein, von der Reise nicht.«

Niemand sehnt sich danach, es getreulich noch einmal zu erleben, wonach er sich sehnt. Nein, man sucht vielmehr ein Damals-Fühlen, Frühe-Fühlen, so wie andere den Rausch suchen und brauchen, um nicht von der brutalen Progression der Tage zermalmt zu werden. Unergiebig ist es hingegen, seiner besseren Tage sich nüchtern und absichtlich zu entsinnen, sie müssen vielmehr plötzlich und unverhofft im Medium der Gegenwart aufleuchten, und man muß bereit sein für ihr Zufallen, erst dann geschieht Erinnerung.

»Aber du warst doch auch bei den Kulturtagen auf Schloß Randow?«

»Kulturtage? Niemals.«

Was ist und wozu dient ein Mann in unzeitgemäßer Garderobe? Ist er ein Geck, ein eitler Sonderling? Das wäre noch kein Grund, weshalb ihn viele grüßen und einen Bekannten zu erblicken glauben. Vielleicht, daß seine ausgesuchte Kleidung ein bißchen wie Verkleidung wirkte, und so kannte man die ganze Erscheinung irgendwie von ungefähr.

»Du hast bestimmt übersehen, daß ich ein Herr bin. Ich habe mein Geld nicht mit dem Verkauf einer Briefmarkensammlung verdient. Allerdings habe ich auch keine Fabrik für Hutnadeln, die niemand mehr braucht.«

»Aber ich habe Sie hundert Prozent auf Schloß Randow gesehen.«

Der Sommerherr war also der allgemein Bekannte. Was er auch tat, um sich von der Menge zu unterscheiden, es vervollständigte nur das Bild eines Mannes, der bei diesem und jenem aus dunklem Grund als ein Bekannter auftauchte, vielleicht aus unsicherer Erinnerung, so daß man vorsichtshalber grüßte. Ob es eine Erinnerung an eine persönliche Begegnung oder bloß an eine YouTube-Figur war, das konnte niemand mit Gewißheit unterscheiden.

In Wahrheit war es eine Erinnerung, die sie noch gar nicht besaßen, sondern die der Anblick des Sommerherrn augenblicklich bei ihnen erst erzeugte. Niemand sah ihn zum ersten Mal.

*

Ein untersetzter, etwas kugelbäuchiger Iraner, kurzgeschorenes Haar mit größerer Tonsur, ging mißmutig mit seiner Frau und seiner kleinen Tochter am Ufer der Spree. Er gab das Bild des gesellschaftlich gekränkten Ausländers, des eitlen Fremden mit angeboren höherer

Gesittung. Ein Wasserbauingenieur, der aber an der Spree keine Anstellung fand – oder besser gesagt: der wohl eine gefunden hätte, doch keine genügte seinen Ansprüchen, der Qualifikation, die er sich zu Haus erworben hatte. Also blieb er arbeitslos und ging mit der Familie am Vormittag flußaufwärts. Mit Unlust und zu allen in Distanz, so ging der Orientale in den schwarzen Jeans. Freudlos auch gegenüber Frau und Kind und immer in der Einbildung, mehr zu sein, zu Höherem berufen, als man ihm in diesem Land zu bieten hatte. Das Töchterchen suchte seine Hand, wies auf die Brücke, der man sich näherte, und fragte gefällig, ob deren Unterbau nicht längst erneuert gehöre. Sie wußte ja, daß der Vater gern seinem Ingrimm Erleichterung verschaffte, indem er seine Expertenmeinung über den miserablen Zustand öffentlicher Bauwerke zum besten gab – halb bitter, halb hochnäsig über so viel Arbeit spottend, die hier anfiele, auch für ihn.

Der Vater antwortete der Tochter, verblieb aber in seiner halben Abwesenheit, seiner beschränkten Anteilnahme an jedem Vorgang, der nicht seinen persönlichen Mißstand aufs neue bekräftigte. Er sagte: »Shirin, du kannst dich darauf verlassen, es wird noch ein Unglück geschehen.«

Ob sich die Prophezeiung unmittelbar auf die sanierungsbedürftige Brücke bezog, war nicht eindeutig. Zu oft, zu gleichlautend und für die Familie auf abstumpfende Weise hatte er da oder dort ein bevorstehendes Unheil beschworen, und dabei doch immer nur das bereits eingetretene, die eigene Lage, gemeint.

Also trat sie aus dem Haus und unter das niedrige, grollende, pechschwarze Wolkengewölb, obgleich sie den Weg zum Bahnhof in seiner ganzen Länge vor sich sah, wo es nirgends einen Schutz vor dem drohenden Unwetter geben würde. Sie fühlte sich schon beim Losgehen durchnäßt bis auf die Haut, das tropfnasse Haar, anklitschende Hemd, der wassersaugende BH, schon jetzt fühlte sie nur nasse Kleider am Leib. O dies Vorfühlen des Leibs!

Sie dachte wieder einmal an die unbekannte Dame, deren Auftritt in einem Salon Proust erwähnt (obwohl die Beobachtung nicht von ihm selbst stammt, sondern wahrscheinlich von dem englischen Biologen Huxley). Eine Dame also, der man einen Sessel anbietet, auf dem sie bereits einen alten Mann sitzen sieht, denn sie leidet an Halluzinationen. Es beunruhigt sie zusätzlich, nicht unterscheiden zu können, ob es sich bei der Frau, die ihr den Sessel anweist, um ein Phantom handelt oder bei dem Mann, der bereits darauf sitzt. Diese Befangenheit ihrer Sinne geht einher mit der quälenden Täuschung, einen Vorgang bis ins kleinste am ganzen Leib zu erleben, bevor er stattgefunden hat. In diesem Fall also die panische Empfindung für die unachtsame Berührung ihrer Hinterbacken mit dem Schoß des alten Manns, die genaue Sensation, sich »aus Versehen« niederzulassen auf … einem sitzenden Mann. Und diese Einbildung verfolgt sie, wo immer sie Platz nimmt. Auch wenn sie schließlich auf einer glatten Lederfläche landet, war da zuvor stets dieser alte Mann, auf dem sie sich niederließ, mit all den ruchlosen Details, die sich daraus ergaben, falls sie es nicht vorzöge, sofort entsetzt aufzuspringen.

Ihr Vater war vor den Bahnhof getreten, besorgt wegen des niedergehenden Unwetters, in Erwartung seiner Tochter, die er auf dem langgestreckten, seit kurzem asphaltiertem Fahrradweg durch die Weizenfelder ganz von fern heranschreiten sah. Welch kleine Gestalt noch, ohne Schirm und Schutz, vielleicht durchnäßt bis auf die Haut ... Mußte er nicht all die Jahre mitansehen, wie seine Tochter sich allmählich in ihrer Proust-Verfangenheit zu erdrosseln drohte? Als Autorin langsam vor die Hunde ging? Während er selber als ihr verhängnisvoller Lehrmeister gelten mußte, der sie seit den frühsten Mädchenjahren zur Proust-Lektüre anhielt, jedoch nur als der akademische Interpret, der gelehrte Liebhaber. Sie indes wollte, schon bevor sie das Romanistik-Studium bei ihm aufnahm, selber erzählen, Romane schreiben, und verschrieb sich von Beginn an der alles auflösenden Proustschen Nuance, der winzigen, irrlichternden Unterscheidung, die ihr jede mitteilbare Geschichte zersetzte und verdarb.

Proust! Das Subtilste an sinnlicher Beobachtung, das die Welt kannte, außerdem das männlich Feinfühligste, das je über Frauen geschrieben wurde, ausgerechnet von einem Mann für Männer. Und nun, Spitze der Verdrehung, wurde dies vorgeblich weiblich empfundene, kostbar reflektierte Innenleben noch einmal aufgesogen von einer Frau wie ein Rauschmittel, von dem sie nicht mehr loskam. Diese Nachfolgende, die jetzt unter Blitz und Donner, hochgewachsen und allein, zielstrebig durch die Felder lief und doch niemals herausfinden würde aus der verlorenen Zeit.

Die Kleider lagen ihr schwer am Leib, modellierten ihre schöne Figur. Sie gefiel sich aufrecht voranschreitend. Für die Zeit des Unwetters war ihr Gesicht vom Regen verschleiert, und ihr Körperstolz ließ sie den einzigen Makel vergessen, der ihr anhaftete und der jedermanns Begehren für ihren Körper sofort knickte. Es war ihr rechtes gelähmtes Augenlid, das bis zur Hälfte der Pupille herabhing und unwillkürlich den Eindruck von Müdheit, Willenlosigkeit und Geistesschwäche hervorrief. Für sie war's vergleichbar mit dem schmerzlichen Fehler an der Kammerzofe der Baronin R., in die der erzählte Proust sich verliebt hatte. Er bemühte sich mit allen Mitteln um ein Rendezvous mit ihr. Das gelang aber erst ein Jahr später, nachdem sie sich auf einer Dampferfahrt das Gesicht verbrannt hatte und seitdem schwer entstellt war. Ohne Umstände war sie nun bereit, mit ihm zu Abend zu essen. (So jedenfalls in der Version, in der die Tochter des Romanisten die Episode fortsetzte.) Wenn er sie nicht ansah, damit ihre Narben seine Gelüste nicht vereitelten, fraß sie wie ein Schwein. Wenn es unumgänglich war, ihr ins gezeichnete Gesicht zu sehen, zauberte er sich im selben Augenblick ihren makellos schönen Körper vor die Augen und bemühte sich, ihre ebenso hochmütigen wie ordinären Bemerkungen über Kellner und Tischnachbarn zu überhören. Selbst dann, wenn sie in Erinnerungen an ihr Heimatdorf schwelgte – immerhin lag es Combray benachbart! – und an den Dienstherrn damals, der sie versaut hatte. Vermutlich war sie, die Gezeichnete, inzwischen viel ordinärer geworden, als sie es vor ihrem Unfall von Natur aus war. Sie verachtete alles, was sich nicht genügend hochstehend und vornehm zeigte.

Die Ernüchterung, daß sie, in ihrer Rolle als anmutige Bedienstete von ihm begehrt, sich außer Dienst sofort als grober Flegel entpuppte, stimmte sein Verlangen um, nämlich auf die Lust zur Rücksichtslosigkeit, mit der er sich ein abgebrühtes, rohes und unkompliziertes Habhaftwerden dieser kräftigen Person ausmalte, und dieser Lust gelang es, den Widerwillen zu besiegen, den ihr Gesicht erregte.

Sie hege die Absicht, so gestand sie ihm mitten im Liebesakt, sich in Kürze mit jemandem einzulassen, der ihr versprach, »das da« wegzumachen. Und sie faßte sich, weiterhin mitten im Liebesakt, an die Narbe, die ihre rechte Wange durchquerte.

Für den Vater war der Bahnhof von F. nur eine Zwischenstation, Treffpunkt, um mit der Tochter gemeinsam die Reise fortzusetzen nach Münster, wo ein alter Malerfreund darauf wartete, von ihr ein Porträt mit zwei gleich offenen Augen zu schaffen.

Der Vater seinerseits suchte nach einem inneren Selbstbildnis, wünschenswerten Vor-Bild von einem älteren Herrn, dem er gern entsprochen hätte, weder gütiger Großvater noch Griesgram noch lüsterner Don Perlimplin noch entrückter Visionär, dem das schlohweiße Haar vor Entsetzen zu Berge steht.

Denn für ihn hatte das Entsetzen sich erschöpft wie zuvor schon die Begierde. Unerschöpflich indes blieb das Alleinsein mit der vielen gelebten Zeit. Um die Meute der bösen Stunden zu besänftigen, redete er sich ein, sie insgesamt gut verbracht zu haben. Keine einzige Junk-Stunde darunter! Schrott, Ramsch, Dreck, Abschaum keine! So schien's ihm jetzt in der Erwartung der Tochter. Wertlos, schändlich, ekelhaft keine! Aber den mustergültigen Alten wollte seine Einbildung dennoch nicht herstellen. Allein sein ungekrümmtes Hinausschreiten, verunglimpft und zugleich betört vom fruchtbaren Regen, und ihr entgegenzugehen, dieser unbarmherzig ablaufenden Zeremonie des Abschieds zum Trotz, das schien zu ihm zu passen, das sah nach was aus.

Das Lächeln, mit dem sie ihn begrüßte, als er ihr nasses Gesicht küßte, war ein wenig verzwungen und paßte nicht recht zu der aufrichtigen Freude, den Vater wiederzusehen. Es befing sie nämlich im selben Augenblick jenes Lächeln der Überlegenheit, das Proust bei der sich hingebenden Frau beschreibt. Es kam ihr irgendwie dazwischen. Aber wie sah es eigentlich aus? War es schon ein souveränes, sobald sie ihren Gast auf der Türschwelle empfing? O nein, da liegt noch kein Schimmer von Überlegenheit auf ihren Zügen. Sondern Erwartung, Vorsicht, Freude. Das Lächeln taucht erst auf, wenn er sich jene letzte Blöße gibt. Dann spielt es von Neugier zu Belustigung, denn überhaupt möchte sie spielen, aber der Mann in seiner bierernsten Lust bemerkt es nicht.

Der alte Mann öffnete seinen Koffer und gab seiner Tochter Anzug und Hemd, Unterzeug und Schuhe aus seinem Gepäck. Sie trocknete ihr Haar und zog sich um hinter dem Vorhang des Fotomaten. Die Kleidung des Vaters war für ihren kraftvoll weiblichen Körper zu eng und zu kurz, aber sie wußte sie schnell für sich leger zu machen, mit aufgekrempelten Ärmeln, geöffnetem Hosenbund und aufgestelltem Hemdkragen. Was ging da mit ihr vor?! War es die männliche Kleidung, die sie in Verwirrung setzte? Irgendeine noch undeutliche Erregung gab ihr ein Vorgefühl für die rechten Worte, die sich wie von selbst miteinander verbanden und dabei eine unwiderstehliche Verlockung erzeugten, der Sprache noch verständiger zu gehorchen. Oft hemmte es sie, die Worte als Schriftzeichen zu betrachten, die schrumpelig und häßlich waren. Ja sie verspürte geradezu einen Ekel vor diesen Natternskeletten, Buchstaben, ein Nichts waren sie, aus dem sich niemals ein Etwas würde bilden lassen. Aber hier nun, in Vaters Kleidern, empfand sie auf einmal, wie sie sich fügten zu gelenkigen Sätzen mit einer zauberischen Wirkung, wie sie vergleichbar keine Musik, kein Gemälde erzeugen konnte ...

Anstelle der eifersüchtigen Pflege von Nuance und Detail trat jetzt aber das große kindliche Gefühl in den Vordergrund, trat nämlich die geliebte Großmutter in Erscheinung. Und das war, als sie Marcel am Abend nicht mehr empfing, unter dem Vorwand, es sei zu spät für sie. In Wahrheit war sie beleidigt, daß er ihr den ganzen Tag über alle möglichen Leute von Welt vorgezogen hatte. Und also stellte sie sich schlafend, als er endlich in ihr Haus trat.

Nämlich es wartet ein geliebter und liebender Mensch

den ganzen Tag, den der Erwartete geschäftig und gutgelaunt mit vielen ungeliebten, bedeutungslosen Menschen verbringt, ohne auch nur für eine Sekunde daran zu denken, wie oft die Großmutter zu Haus Geräusche seiner Ankunft vernimmt und sich täuschen muß. Hier beweist sich die ganze Schäbigkeit des aktiven Lebens, wohingegen das Warten, das reine Erdulden nicht vergehender Stunden, darauf vorbereitet, der Welt abhanden zu kommen.

*

Kleine Person auf ihrer Handtuchinsel im Sand, kramt in der Strandtasche, hakt Bikini-Oberteil aus, sieht sich um, ob wer sie sieht, kontrolliert Bräunungsfortschritt am Busen, legt sich auf linken, dann auf rechten Bekkenrand, stützt Kopf auf Ellbogen. Niemand kommt. Keiner auf dem Handy. Kramt wieder in Tasche, holt Zigarette und Feuerzeug, lehnt sich zurück, schiebt Tasche unter den Nacken, raucht, legt linke Hand flach auf flachen Bauch, nicht ganz unbefangen, nicht ganz ohne Empfindung für: eigene Hand wär fremde Hand am selben Platz.

Er legt später, als sie zum Wasser gehen, seinen Arm um ihre Taille – mit allem Fingerspitzengefühl für die erste Berührung einer ihm fremden Haut. Er sagt, du hast einen schönen Körper. Und sie antwortet: Ja, stimmt. Als habe er sie auf etwas von allgemeinem Interesse aufmerksam gemacht, das ihr zustimmungsfähig erscheint. Darin versteckt und unausgesprochen die Frage: Und was noch? Gern hörte sie mehr zustimmungsfähige Mitteilungen, ihre Figur und ihren Typ betreffend, die sie auf dem Weg zum Wasser überraschen könnten.

Man umarmt den schmalen Rücken der Nymphe und verkennt, daß es nur eine Wogenfalte im unendlichen Mantel des Ozeans ist.

Kaum hatten die beiden den Saum der Brandung berührt, da kam ein ungeheurer Klang über das Meer – wie von einem kolossalen Unterwasser-Gong. Und in dem Klang verzerrten sich die Umrisse der ufernahen Gebäude, als existierten sie samt und sonders nur als im Wasser gespiegelte. Alles Festerrichtete geriet in eine sanfte Wellenbewegung. Der aus Urtiefen hervorströmende Klang streifte mit einem langen, alles fließend machenden Nachhall über das Land. Gigantischer Wohlklang, Schlafruf der submarinen Giganten. Und die kleinen Menschen sanken in ihre Alphawellen und tappten schlummernd umher.

*

Er suchte Zuflucht in der Wohnung eines Freunds, der sich außer Landes aufhielt. Aber Bettie war da, die belebte Puppe. Eine Prinzessin im weißen Hochzeitskleid öffnete ihm die Tür und sprang ihm auf die Hüfte. Denn zur Hochzeit mit jedem neuen Gast war sie algorithmisch eingestellt. Er stieß sie von sich. Am Boden sitzend, zog sie ihr Kleid unter dem Hintern hervor, breitete es sorgfältig aus und gab aus ihrem Glossomaten empörte und traurige Bemerkungen von sich. Oberflächlich betrachtet, schien sie ihm wohlgebaut. Ein fleischähnlicher Überzug machte ihren Körper dem einer jungen schlanken Frau zum Verwechseln ähnlich. Nur das Gesicht war nicht lebendig genug. Arme, Brüste, Schenkel, alles wie Natur, doch selbst ihr Körpergeruch war ein künstliches Erzeugnis, lockmittelverstärkt, damit er verwirrte und von einigen nicht ganz echten Details ablenkte. Die von ihm Umgeworfene war tatsächlich nicht weniger begehrenswert als jede normale junge Frau, die ihn geblendet hätte. Es gab keinen Grund, ihre vorgesteuerte Gunst zu verschmähen, nur weil sie ihn ein bißchen zu stürmisch begrüßt hatte. Er würde sich bestimmt eines Besseren besinnen und sich mit ihr einlassen.

Offenbar war ihr hautechter Überzug im ganzen und überall eine erogene Zone. Wenn man ihr bloß die Hand gab, flüsterte sie: Super. Wenn man sie auf die Wange küßte, schnalzte sie mit der Zunge: Super! Wenn man ihre Brust kniff, schrie sie: Super, super! Eine Puppe war sie, aber platzte vor Lust aus allen Nähten.

Was und wie sie sprach, kam aus einem hochdifferenzierten Sprachautomaten, der im Gegenzug auch ziemlich zutreffend analysierte, was der Partner sagte, und fast passende Antworten gab. In dem »Fast«, dem leichten Verfehlen der ganz richtigen, der wirklich passenden Antwort lag sogar eine reizvolle Irritation, ein sprachlicher Flor und Flirt, der beinahe intensiver auf ihn wirkte als ihr Arom.

Er beschloß, Bettie sei eine gesunde junge Frau. Sie war Figur und sonst nichts. (»Ich bin das Ding, das ich sagt.«) Eine makellose Figur ist schließlich für sich schon eine meta-physische Erscheinung. Allerdings bestand diese Erscheinung aus instabilen flüchtigen Wellen, so daß sie sich im ersten Moment ihm zuwandte, im zweiten aber schon sich stumpf, hölzern und abgewandt verhielt. Infolge dieser wechselnden Wellen, die ihre Anwesenheit so unstet machten, hielt kein Blick, kein Wort, was sie eben noch versprachen, sondern jedes Anzeichen, jedes Merkmal war gleich wieder erloschen, vorbei, wie nie gewesen. Ein Geschöpf zwischen Schlaf und Tag, ein Vergißmichgleich. Und tatsächlich vergaß er sie unmittelbar neben sich. Doch dieses Schwanken von fern und nah, von für ihn da und gegen ihn verschlossen, dieses bei klarem Anblick abgründige Vergessen ihrer ganzen Person hörte auch nicht auf, als er sie mit einer Hand am Unterarm packte, um sie in ihrem Wechseln anzuhalten.

Er kannte Gesichter, die ihn unmittelbar verzauberten. Andere, die undurchdringlich und rätselhaft blieben. Solche, die wie ein gefälliger Spiegel oder aber wie ein dunkler Vorhang waren. Aber ein Gesicht, das ihn mit Amnesie schlug und aus jedem Vergessen wieder als ein unbekanntes auftauchte, mußte sich einer großen erscheinungstechnischen Neuerung verdanken. Folglich reizte es ihn, diese nicht faßliche, nicht feststellbare Hochzeitsprinzessin in ihren Fluktuationen und geheimsten Programmen zu entdecken. Dieses Machwerk! Zugleich ahnte er, daß zu ihr eine Annäherung nur im Unendlichen denkbar, also nur denkbar und nie erreichbar war. Daß sie also für ihn eine auf ewig verfehlte Geliebte sein würde.

Zunächst suchte er mit beiden Händen unter ihrem Kleid mehr von ihrem Körper zu erfahren, immer in der Hoffnung, daß er mit seinen Händen der fließenden Veränderlichkeit der schönen Instabilen zuletzt doch Einhalt gebieten könne.

Er drängte sie mit dem Rücken gegen eine Gymnastikstange, sie bog sich von ihm. Er umarmte sie, und sie bog sich widerstrebend weiter zurück, seine Hände stiegen unter ihrer Corsage über seltsam rauhe, wie mit Muschelsplitt bestückte Rippen bis zu den quallenlappigen Rändern ihrer Brüste, die breit und weich waren.

»Du brauchst keine Angst vor mir zu haben«, lispelte sie im falsch gewählten Ton der Schmeichelei, als sie merkte, daß ihn der kalte Schauder ergriff.

Da legte sie Tüll und Spitze ab, hob das Unterkleid und zeigte ihm freimütig einige Besonderheiten, auf die sie stolz war.

So war es nun eben, dachte er und versuchte sich zu gewöhnen. Man versetzte den menschlichen Körper seit jeher mit künstlichen Teilen. Inzwischen waren die Menschenbauer sogar in der Lage, mehrere Individuen in eines zu verlegen. Oder einen Körper mit frei erfundenen Fleischfiguren, genetischen Applikationen auszuschmücken. Die rechte Gesäßbacke war ein polierter Kolben aus Birnenholz, viel schöner zu umfahren als das gleiche Teil aus nachgiebigem Fleisch. Die Knieklappe links sprang auf, und ein Erguß von Rosenknospen sollte im gleichen Augenblick wie die Spende des Manns erfolgen, sollte also auf dekorative Weise das Ausbleiben der weiblichen Freude verhehlen, die vorzutäuschen der Puppe nicht eingeschrieben war. Über der rechten Leiste zeigte ein eingepflanztes Sichtfeld die Arbeit ihrer inneren Organe, auch sie nur Dekor, künstlich bewegte plastinierte Eingeweide. Die Oberlippe war aus speziellem »Kußguß«, nämlich einem unzerbeißbaren Kohlestoffprofil. Das Haar der linken Braue war durchsetzt mit Diamanten oder vielmehr einem kleinen Bogen winziger Sonnenkollektoren, die strahlten und blendeten wie Diamanten. Einen letzten Schock nahm er hin, als seine Hand in eine ihrer Hautfalten fuhr. Unter dem Nabel hing eine tiefe Tasche, wie Kellnerinnen sie unter der Schürze haben, und darin trug sie ihre Wertsachen, Kreditkarten und Papiere auf nackter Haut bei sich. Ebenso gab es eine Einsteckfalte auf dem Rücken, aus der sie ein schmuckvoll paspeliertes Band herausrollen ließ, je nachdem, wer ihr auf den Fersen war. Auf dem Band war ihr Bauplan in winzigen Piktogrammen verzeichnet, und sie wünschte nichts so sehr, als daß eines Tages endlich der Kundige hinter ihr liefe, der sie komplett verstünde.

*

Nur ein kleiner Fehltritt beim Überqueren der Fahrbahn, als die Ampel auf Grün schaltete und ich mit einem zu heftigen Schritt voran einem Vordermann auf die Hacke trat. Er drehte sich, er warf sich herum und ergriff mit beiden Fäusten meine Oberarme, schob mich auf den Bürgersteig zurück, drohte mir unter Zähnefletschen unvorstellbare Gewalt an, überschüttete mich mit Phantasien der Zerstörung und Zerstükkelung, meines Gesichts, meiner Kaldaunen, meiner Eier, und es schien, als hätte er die Floskeln des Hasses und der Menschenvernichtung gleichsam seit Jahren in sich aufgestaut, um sie in einem Schwall von sich zu geben, drückte und stieß mich immer weiter rückwärts, bis er mich gegen eine Hauswand pressen konnte, das angezogene Knie mir in den Unterleib bohrend, und mich, mehr zischend als brüllend, moralisch auseinandernahm, ohne mich im geringsten zu kennen, indem er mir, hemmungslos erfunden, die Legende eines ruchlosen Charakters, einer verkorksten Lebensführung anhängte, die nur Gemeinheiten, betrügerische Geschäfte, sexuelle Übergriffe und andere Verirrungen verzeichne – mir also die ganze Nichtswürdigkeit einer Person vorstellte, die zu fassen ihm nun endlich gelungen sei, als wäre ich seit Kindheitstagen sein erbitterster Feind, sein Lebensverhinderer gewesen, er hingegen ein ewig leidender Mann, der seine Kräfte niemals hatte austoben oder nützlich anwenden können, bis er in diesem Augenblick endlich *in Gerechtigkeit explodieren* durfte wie jene Pflanze, das Springkraut, die bei flüchtigster Berührung ihren Blütenstaub versprüht, so er die Sporen der Gerechtigkeit und der Generalabrechnung und ich nur das zufällige Opfer dieser ihn erleichternden Abfuhr, ich, ein beliebiger Mann aus der Menge, diesem wilden Angreifer, diesem Agenten des weltweit zu plötzlichem Ausbruch stets bereiten Bösen, hilflos ausgeliefert. Ein Druck, eine Stärke, ein Vernichtungswille nagelten mich an die Hauswand, ohne daß ich mich zur Wehr setzen konnte, weder körperlich noch mit lauter Gegenrede. Ich war von innen nach außen nichts als überrumpelt, und meine einzige Äußerung beschränkte sich auf ein falsch gestimmtes, blödes, bleiches, verzagtes und armselig geflüstertes: »Was soll das? Was soll denn das?«

Der Laut des kleinsten Unmuts, mehr hatte ich diesem Wüterich nicht entgegenzusetzen, während ich wie Jonas »unter den Wellen und Bulgen der Todesangst« bebte, an die Wand gestellt, von allen Passanten verlassen und übersehen, einem Ungeheuer zu Willen, das, wie der Wal die Fontäne, seinen lebenslang gesammelten Zorn hinaustrompetete.

*

Der verkrampfte Mann, der beim Essen, ungemochte Speise, in seiner Verklemmung gänzlich appetitlos, in der linken Hand ein Plastikfeuerzeug umklammert und gar nicht bemerkt, daß er während dieses sehr, sehr schwierigen Gesprächs auf einmal, überrascht von einer jähen Wende der ihn bedrängenden Anrede, die Hand über dem Tellerrand öffnet, so daß das Feuerzeug in den Rotkohl rutscht, wo es auch bleibt, wo er es, schockiert von einigen heftigen offenen Worten, sogar noch unter die Nahrung schiebt, zu Tode verblüfft, vollkommen unfähig zu antworten wie auch die Hände richtig zu führen, abgelenkt in jeder seiner Regungen von diesem bärenstarken Geistes- und Herzensattraktor, dem Mann ihm gegenüber, so daß er achtlos, unangebahnt und hastig einen Happen aus dem Teller hebt, dabei mit der Gabel gegen das Feuerzeug stößt, ohne es herauszufischen, als hätte ihn in diesem Augenblick jedes sinnliche Gespür verlassen, als sei die natürliche Aversion gegen einen Fremdkörper in der Speise einfach ausgefallen und er, der mit harten Bandagen Angesprochene, auf einen Schlag mischmatschig, tabulos, anarchisch wie ein Kleinkind geworden.

*

Ein von allen verlassener Conférencier saß auf der breiten Wendeltreppe, die hinunter in einen Ratskeller führte. Publikum, das das Lokal verließ, fröhlich und in angeregter Unterhaltung, unterschied er an den Beinen mit einem kaum erhobenen Blick. Anderes Publikum, das in seinem Rücken die Treppe hinabstieg, machte einen kleinen Bogen um den deplazierten alten Mann, ohne die Debatte über die gesundheitsbewußte Wahl der bevorstehenden Mahlzeit zu unterbrechen.

Noch – noch! dachte der Mann, könnte ich jemand sein, der sich bei einer Verabredung verfrühte und auf einer Treppenstufe seine Begleitung erwartet. Noch sehe ich in etwa so aus. Der Wahrheit entspricht es nicht. In Wahrheit sitze ich nur hier, um ein bißchen Publikum zu spüren, und ich sitze den Leuten im Weg, gewissermaßen ein letztes Mittel, um auf mich aufmerksam zu machen.

Und er dachte daran, daß er einmal ein Publikum hatte, vor dem er stand, und niemandem im Weg war. Ein sehr, sehr leiser Mensch war er auch damals, so trat er einst vor die Leute, ein furchtbar leiser Mann, der beinahe unverständlich vor sich hin murmelte, so daß sein Publikum immer atemlos gelauscht hatte, als wollte es tatsächlich einmal die sprichwörtliche Stecknadel fallen hören. Denn das war seine Variante zum allgemeinen Stöhnen, Geifern, Orakeln vorm Mikrophon. Daran dachte er jetzt, als die Leute einen kleinen Bogen um ihn machten, die von oben kamen genauso wie die, die von unten aufstiegen: Das wird mein letzter Auftritt sein! Mein letzter Auftritt ist es, ein Hindernis zu sein.

Er streckte sich schließlich, erschöpft von seiner Selbstbetrachtung, der Länge nach über die ganze Stufe aus und schlief ein. Es würde nun zwar schwierig werden für das Publikum, besonders für Damen in engem Rock, ihn, den Schläfer, zu überschreiten, den Schritt über zwei Stufen zu weiten. Aber keine würde es wagen, ihm ihre spitzen Absätze zwischen die Rippen zu stechen. Und wegräumen würde ihn auch so schnell niemand. Davor bewahrte ihn, daß er Mitleid erzeugte wie die Turbine Strom, so daß immer ein blaßes blaues Licht seine ganze Figur umfloß.

Sein alter Setter suchte ihn. Er stammte noch aus der Bulthaupt-Revue. Vor jedem unteren Anschlag einer Litfaßsäule nahm er Platz und kehrte wie einst auf der Bühne den lesenden Hund hervor. Ein fast schriftloses Plakat hielt ihn genauso lange auf wie eine dichtbedruckte Terroristen-Suchanzeige. Der Rest einer Dressur, die er nie wieder los wurde, ein leeres Lesen und anschließend ein menschenähnliches Kopfschütteln.

*

Sein einziger Schüler war ein Beau mit silbrigen Lokken. Mit fünfunddreißig war sein Haar früh ergraut, er wechselte alle zwei Jahre die Freundin und war mit keiner zufrieden. Von zuviel alter Lektüre, altem Kino, von Kunst überhaupt verbildet, enttäuschten ihn die nüchternen Kompromisse, das lässige Finden und Sich-Abfinden in der wirklichen Liebeswelt. So kam er noch einmal zu seinem Lehrer, um, inzwischen an Enttäuschung und Erfahrung reicher, mit ihm die Materie zu erörtern, in die er ihn einst eingeführt hatte.

Es zeigte sich aber, daß sein Meister die neueren Entwicklungen auf seinem Fachgebiet nicht mehr verfolgte und zu seiner Entschuldigung leise anführte, daß es auch jenseits von Mann und Frau noch schöne Gegensätze gebe.

Jenseits von Mann und Frau – was meinst du?

Jenseits von Mann und Frau gibt es immerhin Lehrer und Schüler.

»Einmal!« rief nun dieser Schüler aus, »ein einziges Mal im Leben möchte mir von einer Frau so verfänglich und gescheit repliziert werden wie von Madame Chauchat, als sie, noch auf dem Weg der gegenseitigen Annäherung, Castorps scheinbar gewöhnliche Bemerkung: ›Du hast heute ein neues Kleid an?‹ mit der bezaubernden Frage erwidert: ›Ah, du bist bewandert in meiner Garderobe?‹

Dies die ersten Worte mit Karnevals-Du, die beide wechseln, einem gesiezten Du. Und wie sie dann spielen mit diesem betörenden Doppelton, dieser süßen Fälschung! Manege frei für die Hochkultivierten, die letzten Artisten des erotischen Benimms. Überhaupt, so hast du's gelehrt, liege hier das am höchsten kultivierte Gebiet des erzogenen Menschen, der nicht Künstler ist. Jedenfalls an Finessen reicher als Handel und Sport sei der Flirt, das Werben, die Annäherung, jedenfalls von Zeit zu Zeit, da und dort, immer mal wieder gewesen.

Die Schönheit von Frauen ist unverändert da und blendet, aber das sie verschleiernde Benehmen ist verflogen. Und daher schwebt etwas Ausgestorbenes wie trocknes Laub um ihre hilflos nüchterne Schönheit.

Meine letzte Blendung war der weiße Rücken einer jungen Motorradbraut, die sich am Ufer entkleidete, um in den See hinabzusteigen. Schon schwammen ihre nackten Freunde ihr voraus, und sie zögerte noch, die weiße Blendung. Was mich da blendete, hatte sich gerade eben schwitzend vom Motorradsattel gelöst, es war das ideale Gesäß. Ihr Rücken ist alles, ihre Vorderseite ist nichts: ein Mund, Brüstchen mit Himmelfahrtsnasen, unten ein Zwickel von schütterem Bewuchs. Die Vorderseite, das ist vordringlich der rückenvergessene Mund und seine blöden lustbeugenden Worte, über den See gerufen. Und dies wiederum ist der Augenblick, da des Betrachters eigener, in seiner Vorstellungswelt sonst kaum vorhandener Rücken ins Spiel kommt, da nämlich die Schauder der Desillusion ihn überrollen.

Die Rückseite hingegen, wenn sie die Arme in die Hüften biegt, dieser Krug der Frische! Gefüllt mit dem reinsten Wasser: mit Ideal. Offenbar gehört die ideale Gestalt untrennbar zu der Stärke der Mittelmäßigkeit. Kaum vorstellbar ist die ideale Gestalt, die immer etwas Unverrückbares hat, bei einer sich selbst bewußten, sich selbst spielenden Frau! Es muß die ideale Gestalt in einem Zwiespalt stehen zur Person, der sie gehört. Der Betrachter ist gereizt, sein Gelächter in diesen Zwiespalt zu füllen. Er kann ihn sogar provozieren, gegen die sture Schönheit ausfällig zu werden, sie zu stören oder zu grotesken Bewegungen zu verleiten. Deshalb entsprechen die bildnerischen Zeugnisse, die die Souveränität, die kalte Herrschaft der idealen Gestalt zeigen, nicht der wirklichen Begegnung mit ihr. Da ist es immer der Augenblick der Abweichung, der Diskrepanz, und damit verbunden ein heimlicher Destruktionsschub, der die fleischlichen Einbildungen aktiviert.

Die ideale Gestalt blendet also nur in der Aura einer im übrigen erotischen Zweitklassigkeit. Bereits mit der ersten Körperbewegung, die sie ausführt, deklassiert sie ihren Wuchs, etwa wenn sie das stille Ebenmaß ihrer Schultern durch ein schnippisches, hastiges Achselzucken beschädigt, indem sie ein vom See her zugerufenes Wort ihrer nackten Männer nicht versteht oder nicht hören will.

Für einen Augenblick wandte sie sich um, zeigte jedoch keine Regung, den Erscheinungsforscher, ihren heimlichen Beobachter, aus ihrem Rücken zu vertreiben oder am Maßnehmen desselben zu hindern. Es war ihr gleichgültig, gesehen zu werden von einem Unbekannten.

Das Verhältnis von Gesicht zu Ungesehenem teilt sich auch bei einer bekleideten Frau sofort mit, manchmal recht aufdringlich. Die verborgene Scham, verborgen im Schritt, hat am offenen Gesicht ihren – falls die Pointe erlaubt ist! – schamlosen Anteil. Ja, es *erscheint* gleichsam ihre Verborgenheit auf dem offenen und sprechenden Gesicht! Wenn wir das Herz als den Fixstern der sinnlichen Sphäre ansehen, so sind Gesicht und Geschlecht, Offenes und Verborgenes, die beiden Planeten, die sich zuweilen in Konjunktion oder Oppositon oder aber in nichtssagender Weise zueinander befinden. Es gibt weibliche Gesichter, und es sind wohl die meisten, sind stets die nicht offenen, die in keinerlei Beziehung zu ihrem Ungesehenen stehen. Und es gibt andere, die das Dunkel, das weder Rasur noch Schmuck jemals unverborgen machen, solange sie eine

Frau bleiben, ins Sichtbare ihres Körpers berufen, ja, die mit ihrem Gang, ihrem Mienenspiel, ihrer Kopfhaltung immerzu von dieser Verborgenheit erzählen.

Als einfachste Übung des werbenden Benehmens wird wie eh und je das Lächeln ausgeführt und empfangen. Darauf folgen heute schnell kunst- und umweglos das Greifen und Sich-Nehmen, folgen die verschiedenen Versionen verfrühter, vorgezogener Traulichkeit – sie beherrscht eigentlich schon das Klima der ersten Begegnung.«

»Man kann es auch einmal umgekehrt sehen«, warf der Lehrer ein. »Das Artistentum der Annäherung führt nach Erreichen des Ziels oft genug zu einem Stimmungsabfall. Zu starkem Niveauverlust der Manieren oder gar zu einem jähen Absturz in die Gewöhnlichkeit. Dergleichen bleibt denen, die in der Vertraulichkeit beginnen, zweifellos erspart.«

Der Schüler nickte, wollte aber gleich fortfahren: »Die Leute verlieben sich wie eh und je, sie sind verliebt und sehr empfindlich, doch gibt es in allem, was man tut, einen starken Rückbezug aufs eigene Wohlgefühl. Häuslich ist die Liebe und sucht den entspannten Umgang miteinander, eine sexualisierte Form der Kameraderie. Die wird mit der Zeit vielleicht reizbarer und kritischer, bestimmt aber für die gesamte Frist der pervers so genannten ›Beziehung‹ den Modus der Mäßigung.

Solche Liebe meidet die Extreme, die heute ausschließlich für den Sport reserviert sind. Man gelangt nicht über mittlere Emphasen hinaus, erst wenn ›die Probleme‹ beginnen oder gar die ganze Fassung bricht, erst ganz zuletzt findet dann einer von beiden sein Extrem in der kindmäßigen Angst, verlassen zu werden.«

»Willst du dich auf die Suche nach dem verlorenen Eros begeben, mit Proustscher Wehmut, Akribie und Unerschöpflichkeit?« fragte schließlich der Lehrer seinen Schüler.

»Willst du nach den Resten von Riten forschen, die einst in der Begegnung die Menschen den Kranichen ähnlich machten? Willst du dich ins Unwiederbringliche verlieren, untertönt von der anhaltenden Klage über unzählige aufgegebene Verfeinerungen und Verführungen, weil man es allenthalben mit Händen zu tun hat, die wie bei einem leicht Debilen nur grobmechanische Arbeit verrichten können und zarte Dinge zerbrechen, bei allen Tüchtigkeiten des Liebesspiels, grobmechanisch beim Greifen und Begreifen der Person, deren ursprüngliche Unnahbarkeit man mißachtet?«

»Ja. Das will ich.«

*

Auch an dieser Erziehungsanstalt, deren Leiterin eine unduldsame Person war, hatte es einen Vorfall gegeben. Aber niemand wußte, was genau vorgefallen war. Dennoch nahm die Leiterin alle Verantwortung auf sich und beschloß, ihren Posten aufzugeben. Sie bestand darauf, sich von jedem einzelnen Schüler, jeder Schülerin zu verabschieden. Sie traten also einer nach dem andern vor sie hin, und sie schilderte jedem, welchen Eindruck er höchstwahrscheinlich bei ihr hinterlassen werde.

Später versammelte sie die Schülergemeinschaft insgesamt, jedoch ohne den Lehrkörper. Sie sagte zu allen: »Wir wissen nicht, was vorgefallen ist. Aber jeder an dieser Schule ist nun überzeugt, daß dieser Vorfall sein Verhältnis zu dem Institut grundsätzlich beschädigt, daß er eine zunehmende Entfremdung jedes von jedem herbeigeführt habe.

Es gibt bis jetzt keinerlei Beweise, nicht einmal Verdachtsmomente oder konkrete Anzeichen für a) sexuelle Verfehlungen, b) finanzielle Unregelmäßigkeiten, c) unkorrekte Lehrmeinungen, d) Verstöße gegen das Betäubungsmittelgesetz.

Hort des Entsetzens ist ein enger Kreis junger heranwachsender Frauen, sämtlich Schülerinnen der elften Klasse, die die Botschaft vom Vorfall gemeinsam empfingen und verkündeten. Gleichzeitig sind sie es, die seitdem auch in ihrer Gemeinsamkeit heftiger unter dem Vorfall leiden, als sei er jeder einzelnen persönlich widerfahren. Obgleich sie weder gemeinsam noch einzeln genauere Angaben über ihn machen können. Wie auch immer. Der Kreis von acht entsetzten und zitternden jungen Frauen, unterschiedlich begabten Schülerinnen, genügt, um die Realität des Vorfalls zu beglaubigen und etwas zur dumpfen Tatsache zu machen, wozu sich keinerlei überprüfbare Daten erheben lassen. Daraus habe ich die Konsequenzen zu ziehen und als Institutsleiterin zurückzutreten. Ihr nennt mich eine unduldsame Person. Ja, ich bin all die Jahre unduldsam gewesen. Warum? Um euch zu beschützen. Diese Schule befindet sich in der wahrscheinlich unruhigsten Region unseres Landes. Wie hätte sie anders geleitet werden können als mit einer starken Hand? Ihr beklagt nur euer kleines Schicksal, das Opfer eines ungeklärten Vorfalls zu sein. Zu wenig Transparenz, zu wenig Aufklärung! Keiner von euch wird je das Zeug besitzen, meinen Posten auszufüllen und vergleichbar lange den Frieden in einer solchen Schule zu erhalten. Ich habe euch beschützt. Ich liebe meine Schule, aber keinen einzigen von euch. Ich habe in dieser kleinen Welt eine Rolle gespielt, meine Pflicht war es, für Stabilität und eure Sicherheit zu sorgen. Es wird niemand, der guten Willens ist, leugnen können, daß es mir weitgehend gelungen ist. Vieles mußte ich im Inneren, auch in meinem Inneren, vernachlässigen, um im Äußeren, dem Alltag der Schule, alle widerstreitenden Kräfte zum Ausgleich zu bewegen. Ich habe Sorge getragen. Was ist dagegen das bißchen Mangel an Partnerschaft und Flexibilität, das ihr mir nachsagt – um nur das geläufigste Vokabular der Kritik anzuführen. Euch beschäftigt ausschließlich eure kleine gegenwärtige Verstörung, ihr kennt das Große und Ganze der Furcht nicht. Und was immer nach mir kommen wird, es wird von meinen Verdiensten zehren.

Lebt wohl. Von euch, die ihr zu danken unfähig seid, fällt mir der Abschied nicht schwer. Ihr werdet euch eines nicht zu fernen Tages wieder sehnen nach einer Unduldsamen, die ich in Wahrheit gar nicht war, sondern Machtmensch nur, wo es um den Erhalt meiner Schule ging, die ihr alle seid, die aber auch mehr ist als ihr, die ich nicht liebe.

Inzwischen habt ihr es zweifellos alle herausgefunden: ich allein, ich in meiner Person bin der Vorfall, der euch beunruhigt hat und der sich niemals aufklären läßt.«

*

Myriam! Ich sah sie wieder. Nur das falsche Pechschwarz ihrer gefärbten Haare war neu. Aber mir gefiel wie früher ihr herbes männliches Gesicht, als sie sagte: »Damals –« und offenbar von unseren langen Spaziergängen einst durch die Forste, die inzwischen vom Holzschlag arg gelichtet waren, sprechen wollte. Doch stockte sie gleich, als ob sie den Hebel zur Erinnerung nicht richtig angesetzt hätte.

Aber dieses eine anfängliche Wort versetzte mich in große Ruhe, denn es rief eine Stimmung herauf und nicht einen einzelnen Vorfall.

Es geht schließlich für uns alle darum, eine neue Art von Damals zu erfinden. Eine neue Art, sich zu erinnern, dem Subjekt den Sinn für die eigene Vergangenheit zu retten, es mit einigem Glück zwischen der Skylla des zunehmend Ephemeren und der Charybdis der kolossalen Speicher hindurchzusteuern, den beiden zudringlichsten Ungeheuern, die dem gelebten Gedächtnis, dem Gedächtnis des Erlebten, den Garaus bereiten wollen. Dergleichen lag mir auf der Zunge und wollte ich näher ausführen, um es ihrem abrupten »Damals –« anzubinden.

Nun stellte sich aber heraus, daß auch das Herz meiner alten Freundin von universaler Gleichzeit besetzt war, obschon frei von digitalen Datenströmen, doch kannte sie ebenfalls keine Melancholie.

Denn ich ging nun mit einer jesusverzückten Myriam durch denselben Wald, den wir »damals« häufig aufsuchten mit nichts als nur dem anderen im Herzen. Jetzt nahm sie meine Hand und küßte sie heftig. Es sollte heißen: Wenn du wüßtest. Wenn du's nur wüßtest!

Was? Wie glücklich sie sich fühle mit dem Erlöser im Herzen. Worüber sie nicht zu sprechen wagte. So daß sie überhaupt nicht sprach, denn sie hätte nur von Ihm sprechen können.

Und wenn ich sie fragte: was macht deine Schwester? Oder: sitzt Alfred immer noch im Café Richter? Dann galt ihre Antwort etwas völlig Belanglosem, und sie gab sie aus leicht abschätzigem Mundwinkel, eine lästige Nebensächlichkeit, zu weit entfernt von ihrem erfüllten Innen.

Ich fragte mich, ob ihr Heiland-Glück wirklich aus einer Kehre, einem Umkrempeln der ganzen Person aufgestiegen war, oder ob sie mit dieser Liebe nach allen Lieben nur eine gefräßige Leere stopfte? Für das erste sprach ihre strenge Zurückhaltung, das Ausbleiben von Bekennen, Belehren, falschen Tönen. Dafür sprach die Vorsicht ihres Schweigens. Sie fürchtete, daß mitteilende Worte unvermeidlich das Innere kleinmachen, verraten müßten. Ich sah die Angst in ihrem Blick, die Bitte, nicht unziemlich gefragt zu werden, um nicht etwas Unaussprechliches in banalen Worten verhökern zu müssen. Wie die Verschworene eines Komplotts, die ihr Leben riskiert, sobald sie verrät. Dabei bewahrte sie von früher die feline Bewegung ihres Körpers. Ihre Katzenvorsicht hatte sich um die Vorsicht vor den Wörtern eher noch verstärkt.

Also schlenderte ich allein in Erinnerung zerstreut auf unserem alten Weg, neben mir still vor Glück die unerreichbare Freundin, deren einziges uns betreffende Wort immerhin jenes »Damals –« war, das im Grunde genügte, um mich ein wenig zu benebeln und gegen ihr seliges Präsens abzuschirmen.

*

Wo noch gerade stehen? Krumm zog er mit seinem Sohn durch die Straßen der Vorstadt, gebückt, sich schleppend. Der Junge verschwand in einem chinesischen Teppichladen, in der Hoffnung, ein paar alte Vorleger aus häuslichem Bestand dort verkaufen zu können. Der verschuldete Vater wollte mit dem Erlös seine letzte Anordnung treffen. Er setzte sich einstweilen auf eine Bank – eine Sitzgruppe aus plumpem Holz vor dem Ladeneingang unter dem Vordach. Er wartete. Er war der zusammengefaltete Mann in seinem letzten dunklen Anzug. Den Oberkörper flach über die angezogenen Beinen gesenkt, die Hände gegeneinandergepreßt zwischen die Oberschenkel geschoben, war es kaum möglich, enger zusammengenommen zu sein, weniger Figur zu machen, endlich am anderen Ende des Imponiergehabes angelangt. Hinter jedem Baum versteckt sich immer noch mein Kind. Nie mehr die Arme weit auslegen, es zu empfangen, wenn es freudig, überraschend aus gelungenem Nichtgefunden hervorspringt und wieder da ist – da! In zwei ausgestreckte Arme läuft. Meine. Nie mehr.

Man faltet mich und faltet mich, ein breites Tuch war ich gestern noch überm Festtagstisch, nun auf Handtellergröße eingeschlagen, zusammengelegt bis auf den letzten Kniff.

Und der Sohn brachte die Teppiche zurück. Der Vater sah ein, daß keine Anordnung zu treffen war. Um ihn herum war alles häßlich und geschmacklos.

Er unterschied den Menschen nach der Körperhaltung in zwei Klassen. Den Aufrechten und den Gekrümmten. Seinen entwicklungsgeschichtlichen Erfolg nutzt der Mensch beim Gehen und beim Sport. Zum Bruch der Haltung führen Jammer, Unterwerfung, Rausch, Liebe und Not.

Die heute am meisten eingenommene Haltung, die vor einem Bildschirm, ist zwar sklavisch, stupide Myopie des einst weltoffenen Gesichts, gehört dennoch dem Aufrechten zu.

Vater und Sohn waren nun arm und konnten sich nur noch das Billigste leisten. Letztlich wußten sie nicht mehr, wer regierte und was für ein Land das war, in dem sie so heruntergekommen waren. Deutschland war jedenfalls verschwunden, obwohl die beiden immer am selben Fleck geblieben waren. War das nun Europa? Jedenfalls gab's nur noch Armut zu verteilen, und trotz ihrer verfallenen Sehenswürdigkeiten glichen weite Teile der Metropolen einer entvölkerten ostdeutschen Provinzstadt. Ja, im Grunde irrte man auch in den Zentren wie durch verwahrloste Vorstädte einer unauffindbaren, verschollenen Stadt!

Das Ganze war Barth. Der Un-Ort schlechthin, Barth an der Ostseeküste, nahe Zingst, der ödeste, widrigste Fleck, den Vater und Sohn je besucht hatten. Dort inmitten tiefster Trostlosigkeit war ihnen immerhin die Bedeutung des geschonten Schönen aufgegangen, das Reservat! Das jeder um sich bilden konnte, zum Schutz einiger vom Aussterben bedrohter Gedanken und Gefühle. Ein solches umgab auch ihre gemeinsamen Wanderungen und die vielen glücklichen Aussichten in alldem, was sie einander unterwegs erzählten.

Barth – Inbild der östlichen Gottverlassenheit, Armseligkeit, Unwirtlichkeit. Barth ist, was einer im schlimmsten Traum als Ort seiner Verbannung vor sich sieht. Einst schön gegliedert, ein Fischerdorf, jetzt qualvoll sterbend an Menschenentzug und der verfehlten Kur, mit baulichen Neuerungen Entstelltes wieder ansehnlich zu machen. Denn jedes Bauwerk, das man hier hinzufügt, vertieft die Verlorenheit des Ganzen.

Die bitterste Empfindung aber war, daß sich der Vater, von Barth schockiert, innerlich verfolgt wie von einem Nachzehrer, allmählich selbst verwandelte in Barth.

Ja, er selbst, der Vater, wurde Barth. Der Sohn sah scheu dies furchtbare beinerne Gesicht, mit dünner durchsichtiger Haut überzogen, aus halb geöffnetem Mund röchelnd … unter dem hohen Grat der Nase, und die verwaisten Gassen drohten ihm, dem Sohn, mit seiner eigenen Verwaisung.

Jeder einzelne wird erfaßt vom großen Nachlassen aller. Er kämpft wohl und müht sich – doch plötzlich entzieht sich's ihm. Er findet nur in der Zerstreuung seiner selbst den Anschluß an die anderen, die im gleichen Abfluß kreiseln. Alle Posten sind besetzt, alle Gipfel längst gestürmt. Wo soll ich hin, wo kann ich gerade stehen, was bleibt zu tun für mich? So der junge, von einem alten Drang ergriffene Mensch.

*

Die Tochter des Freunds war immer mit uns, wenn wir unsere gewagten, anspielungsreichen Unterhaltungen führten. Eine etwas pummlige und wenig aufmerksame, aber wiederum nicht aufmüpfige Person. Indem ich etwas Aufmunterndes zu ihr sagte, legte ich freundschaftlich meinen Arm um sie. Wer immer sie sein mochte, ich fühlte für einige Minuten, in denen ihr Vater und ich kein Blatt vor den Mund nahmen, eine weibliche Taille in meinem Arm. Sie sorgte gewöhnlich für ein paar praktische Dinge, regelte für uns, was wir aus Nachlässigkeit übersahen oder verbumfiedelten, zum Beispiel, wenn wir uns im Restaurant an einen Tisch setzten, der für andere reserviert war. Sie war immer mit uns. Wie kann ein etwas beschränktes Mädchen zwei solch anstrengende Kerle ertragen, lange Spaziergänge mit ihnen machen und selbst nur ein paar praktische Bemerkungen beisteuern? Ich dachte, sie müsse die ideale Spionin abgeben, die alles mitbekommt und registriert, während sie nach außen hin den vollkommen zuverlässigen Eindruck einer kaum interessierten unempfänglichen Person macht.

Ich dachte anders über sie, als ich eines Abends den letzten Zuckungen eines Schuhs beiwohnte, den sie einzeln abgestreift und liegengelassen hatte, bevor sie zu Bett hinkte. Ich sah zu, wie er vor mir auf den Terrakotta-Fliesen des Kaminzimmers verendete. Roter Pumps mit halbhohem Absatz, zur Seite gekippt. Menschliches Zubehör, fast Teil des Menschen, das sich biegt und windet, versucht sich aufzurichten, wieder auf den Absatz zu kommen, umfällt, ruht und schwer atmet, kriecht und sich streckt, sich einmal um die eigne Achse dreht wie ein Käfer, der hilflos auf dem

Rücken kreist, sich zusammenzieht und wieder ein wenig vom Boden hebt. Dann ist es vorbei, das Zubehör läßt alles sein und regt sich nicht mehr.

Etwas von der Melancholie dieser jungen Frau übertrug sich mir, als ihr Vater, mein Freund, erzählte, daß sie wieder einmal zu keinem Kind gekommen sei, nachdem ihr Körper die Frucht abgestoßen habe. So seine Ausdrucksweise im Beisein der Tochter, die zu seinen ihr unangenehmen Worten nickte. Sie habe indes nicht zur Selbstanklage oder zur Schicksalsschelte ausgeholt, so der Vater; sie habe keineswegs ausgerufen: eine Frau hat ihre Bestimmung verfehlt, wenn sie etc. Sie habe sich vielmehr einer gemäßigten Traurigkeit, einer gewissen Apathie überlassen, einer Stimmung jedenfalls, die wie ein bitterer Widerruf des Temperamentausbruchs anmutete, zu dem sie ein einziges Mal in ihrem Leben, nämlich beim Empfangen, gelangt und in dessen Genuß allein jener unwürdige Herr Erzeuger gekommen war.

Auf einmal, völlig unverhofft, sagte die Tochter mit dem Hüftspeck, als würde sie in diesem Moment aus der Sprache ihres Vaters schöpfen: »Ich habe diese wahnsinnige Lust überhaupt nur um der Frucht willen herausgelassen.« Punkt. Mehr nicht. Danach wieder nützliche Hinweise zu praktischen Dingen.

Ich verstand nicht, was die spinösen Übertragungen von Tochter zu Vater und umgekehrt bedeuten sollten und weshalb sie mir vorgeführt wurden. Deshalb suchte ich dem etwas anzüglichen Zusammenspiel auszuweichen und machte eine Bemerkung, die mir leider in die falsche Richtung entglitt. Ich erzählte –

nicht ohne einen Unterton von Wichtigtuerei –, daß ich in meiner Zeit als Freund von Ehefrauen, die in Trennung lebten, mehr als einmal ertragen mußte, daß ihr kleiner Sohn mich mit neugieriger Abschätzigkeit betrachtete und ich seinen hinterlistigen Fragen schon anhörte, was er seinem Vater beim nächsten Besuch vom neuen Galan an Mamas Seite berichten würde. Überhaupt sind mir die zweifelhaften Blicke dieser Kinder viel erinnerlicher als die sanften Augen ihrer Mütter! Ich will sagen: wenn erst der Fluß der Begierde verebbt, bleiben unliebsame Reste auf dem Trockenen zurück. Körner der Bitterkeit, der ganze Grieß, Vorwürfe, Ansichten, Ernährungsfragen. Alles, was das Flüssige so ausfällt.

Ja, das ist das richtige Wort! sagte mein Freund und wandte sich belehrend an seine Tochter: Hörst du? Grieß! Mit Sekrementen, trockenen Körnern hat er dich bestreut! Wie soll davon eine gesunde Frucht aufwachsen?

Da drückte sie beide Fäuste in ihren Hüftspeck und lachte so ungeübt, wie es manchmal einen einfältigen Menschen überkommt, wenn bei ihm der Nerv einer abgründigen Einsicht getroffen wird.

*

Vorerst nur den BH unter dem T-Shirt gelöst, hervorgezogen, nach einer Anlaufzeit von über fünfzig Zustellungen, langes Kennenlernen, stand nun endlich das Kuriermädchen so vor ihm, wie er es von Anfang an ersehnt hatte. Er schon entkleidet, doch vorerst gezwungen, sich gegen die Tür zu drücken, auf die die

Empörte vom oberen Stockwerk, die von ihm in letzter Zeit nur mühsam zurückgehaltene Pianistin, ihre Fäuste, die geballten empfindlichen Finger, trommelte, weil er sich kurz zuvor, um sich dem Kuriermädchen in Ruhe zuwenden zu können, darüber beschwert hatte, daß sie ihre Blagen bei offener Wohnungstür immerzu auf dem Treppenhaus spielen ließ, das ganze Kinderzimmer war dorthin ausquartiert, jetzt stürmte sie sein Schlafzimmer, jedenfalls drückte sie gegen die Tür, die er, nackt auf der anderen Seite, zuhielt, Wechselgebrüll zwischen beiden und sein donnernder Bescheid, daß ihr für alle Zeit der Zutritt zu seinem Schlafzimmer untersagt sei, sie aber mit der ganzen Kraft ihrer mannstollen Empörung schob ihn hinter der Tür beiseite, rannte in den Raum hinein, am Kurierdienst vorbei, der den gelösten BH in der Hand hielt, nach unten hängen ließ wie einen gehäuteten Hasen, ergriff das Bündel wertvoller Billetts, schwenkte es gegen ihn, Anschlag- und Phrasierempfehlungen des berühmten Kollegen Naggeth, ihr zugeeignet, die sie einst auf dem Nachttisch dieses Unmusikalischen deponiert hatte, ihn unterdessen verrufend als intolerant, anmaßend, Kinderschreck, Liebesschreck etc. und unter den Beleidigungen zurückrennend, die Tür hinter sich zuschlagend. Jetzt erst recht, dachte er und stürzte sich, vom Zorn beflügelt, auf das geduldige Kuriermädchen.

*

Es ist alles anders gekommen als begonnen. Wenn er aber dort, wo alles begann, Freunden von früher wiederbegegnete, kramten sie nach einiger Zeit, ganz nebenbei, scheinbar linkisch, scheinbar diskret, einen Zettel hervor, einen Beleg für Auslagen, die sie einst für ihn gemacht hatten, Schulden, die er bei ihnen nie beglichen hatte. Eine peinliche Knickerei, so schien es ihm wohl. Selbst eine ehemalige Geliebte, die vor Wiedersehensfreude Tränen vergoß, fingerte schließlich einen solchen Zettel aus ihrem Brillenetui. Aber auch in einem Reisebüro, das der Heimkehrer, noch einmal das einstige Fernweh verspürend, betrat, holte die inzwischen betagte Inhaberin nach kurzem harmonischen Austausch von Erinnerungen eine unbeglichene Rechnung unter dem Tresen hervor. Dasselbe geschah in der Apotheke, dem Schuhgeschäft, der Buchhandlung und schließlich im PC-Laden. Dort präsentierte ein ihm völlig unbekannter Verkäufer, der aber den Heimkehrer mit einem Blick zu identifizieren schien, eine offene Rechnung für den Erwerb von »e.-cost«. Was war »e.-cost«? Offenbar ein Programm aus einer der ersten, jeweils *Revolution* genannten Softwareproduktionen, das immerhin mit 110 DM zu Buche schlug, ohne daß sich der Fachmann geschweige denn der Schuldner hätten erinnern können, wozu es einmal diente. All diese Nachweise unbeglichener Schulden hatten ihre Berechtigung, und es war für ihn eine fatale Aussicht, daß er in diesem mit so viel heißem Heimweh besuchten Ort auf kein menschliches Wesen treffen würde, das ihm nicht im Augenblick des schönsten Wiedersehens sogleich einen Einblick in seine krämerische Seele verschaffte und ihm einen kleinen zerknitterten Zettel zuschob.

*

Im Fernbus auf Nachtfahrt nur ein Mann und eine Frau in großem Abstand voneinander, in einer Galeere von unbesetzten Reihen. Eine weite Bucht am Mittelmeer, nördlich der Mann, der sich entkleidet, im westlichen Auslauf die Frau, kaum daß sie einander ausmachen können nach dem Geschlecht. Beide gehen von ihrem Handtuch fort ins Meer. Der lange Schlafsaal, zeitweilig eine Notunterkunft für Katastrophenopfer, auch hier niemand sonst, nur sie linkerhand in ihrem Bett, und über ein Dutzend leerer Betten hin ganz rechts er in seinem. Doch nie ein einziger Ruf zwischen dem abständigen Paar. Zwei Isolierte, jeder in seiner Einzelheit sehr weit entfernt vom anderen, und doch einander zugeordnet wie Planeten in dieser pulsierenden Menschenleere, die ihr Element und ihre Sphäre ist. So auch in einem spärlich besuchten Theaterparkett, wo jeder für sich in einer ungefüllten Reihe sitzt, weit auseinander und doch in tieferer Beziehung, über die sie nicht verfügen können. In gleiche Richtung auf die Bühne starrend, wo eine Handlung mit vielen Darstellern auf engstem Raum abläuft, so daß sie sich in einem fort berühren. Ein Stück aus Zeiten enger Lebensräume!

In einem verlassenen Apartmenthaus die beiden letzten Bewohner auf ihren Balkons, sie im siebten, er im zwölften Stock. Die Letzten, die man vergaß zu evakuieren. Die freilich jedes Bewußtsein für- und voneinander längst verloren haben. Die nur noch schwach sich selbst erfahren in ihrer eisigen Isolation, in ihrer sphärischen Verlassenheit alleine hausen und doch wie Himmelskörper sich umkreisen, weil es die Gravitation so will, nicht ihr Gefühl.

*

Der dunkelrote Ballen, ein Klumpen Untergehsonne, doomig-gloomig, ein Geschoß, das durch den kahlen Wald flog, das Gerenke uralter Eschen zerbrach und schließlich auf einen Stamm prallte, an dem die rote weiche Photonen-Paste aufwogte, zeitlupenzäh wie ein Wellenkamm aus Harz. Wo waren wir, wer schoß die rote Kugel? Woher die nachglimmenden Schwären, von denen der Oberarzt seinem halbwachen Patienten erzählt, woher die unirdischen Wunden? Bilderreich spricht er und malt für den Fiebernden in Worten ein höheres Ereignis, das den jungen Mann zum Kranken erwählte, als seine traurigen Befunde ausweisen. Er rät der schweigsamen Geliebten, die da seitlich auf dem Krankenbett sitzt, sie möge ihrem Freund den Eiter aus den Schründen täglich säubern, fachgerecht, er werde ihr zeigen, wie, an ihrem eigenen Arm. Nebenan überm Handwaschbecken. Er bittet sie ihm zu folgen und lacht dazu, so daß sie sich's nicht zweimal sagen läßt und die Gelegenheit nutzt, endlich aus dem steifen Seitwärtssitz aufzustehen, vom Druck der Bettkante ihren Oberschenkel zu befreien, sich kurz die Füße zu vertreten, und den Arzt begleitet ins Bad. Dort bei angelehnter Tür, rauschendem Wasser, bereits aufgekrempelten Blusenärmeln plötzlich ihr klares Gesicht und der Entschluß, für einen lausigen Moment, nur einmal kurz, vom schön sprechenden Mund des Arztes und Erzählers zu kosten, taub für den Geschmack seines Raucherspeichels, gleich wieder sich lösend und mit Vorsicht die Hand, die schon um ihre kleine Brust griff, zurückführend an den Mann, da ihr Kuß nur etwas wissen wollte, doch in nichts einwilligte, ein Anfall von brennender Neugierde, den

Blicken des kranken Geliebten verborgen, nur für den fremden Mund, während die Hand des Arztes ohne Zögern das fachliche Tasten mit dem Vorgriff auf einen ausgedehnten Feierabend vertauschte.

*

Das Schlußbild gehört der Kammerzofe aus einem lange nicht gespielten Vaudeville. Sie steht vor hoher zweiflügliger Schiebetür, bis auf einen Schlitz geschlossen, durch den sie in den »anderen Saal«, in dem eine Gesellschaft wogt, das Leben spielt, späht und horcht. Wir sehen ihren schwungvollen Rücken, den knappen schwarzen Rock, die weiße Schürzenschleife, ein Reif aus rotem Samt im braunen Haar. Wenn sie nicht alles mitbekommt, öffnet sie den Spalt ein wenig, bis der Kopf hindurchpaßt, damit sie genauer hört und sieht, was diese Gäste da, die heftig durcheinanderlaufen, eigentlich bewegt. Dann weicht sie auch zurück, schiebt die Flügel eng zusammen und überdenkt, was sie mitbekam, mit fassungslosem Staunen, dabei sich leicht zur Seite wendend und mit der Schulter an die Tür gelehnt.

Jetzt käme sie zu Wort auf jeder Bühne. Sie deutete nach Kammerzofenart die Bewegung der geladenen Gäste. Hier aber bleibt sie stumm, wenn auch – nach Kammerzofenart – leicht vor den Kopf und abgestoßen.

Nebenan der Saal ist doch die Hölle!

Gern möchte man aufwarten und bedienen, wo es nötig ist, aber darf drei Kreuze schlagen, daß man nicht mit diesen Menschen heillos ins Getriebe kommt.

Männer, Frauen, Kinder, letzte Feste, Tanz im Schredder, Tombola zwischen Stahlplatten, die sich von vier Seiten unmerklich sacht zusammenschieben, langsame Zunahme von Beengung und Gedränge, aber alle noch bei Festtagslaune, stärkere Verdichtung eingeweihter Kreise bei immer noch sehr guter Stimmung, Lachen der Gezwängten, Männer, Frauen, fast schon eins ins andere gepreßt, schließlich Brust an Brust zerbrechend.

Wohin damit? fragt einer noch und reicht durch den Schlitz den Glutstummel seiner Zigarette. Es gab ja nirgends Aschenbecher, das Rauchen war verboten bis zuletzt. Die Kammerzofe erstickt den Rest in ihrer weißen Spitzenschürze.

*

Eine Ader platzt, der Gesprächsfaden reißt, die Fähre sinkt, eine Lebensgeschichte verdoppelt sich, das Meer zieht am Ehering, ein Nummerngirl geht vorbei, ein Fassadenkletterer gibt auf, ein Taucherpaar im Unterwasserstreit. All dies wir, aufgeschlagene Chroniken unter dem Himmel, in denen einmal mit ihren Flügelspitzen die Raben blättern werden.

Puer fabulae, der ewig unreife Erzähler. Ein Junge, noch in seinen abschüssigen Jahren grün und verbummelt. Der, was er vom Boden liest, was liegenblieb und hinterlassen ist, mehrmals wendet, prüft und sich als Bruchstück denkt einer ehmals sehr verführerischen Wirklichkeit. Der, was er fand, erfand. Denn wie's hier steht, so hat es sich nicht zugetragen.

Botho Strauß im dtv

»Ein Erzähler, der für Empfindungen der Liebe Bilder von einer Eindringlichkeit findet, wie sie in der zeitgenössischen Literatur ungewöhnlich sind.«
Rolf Michaelis

Die Widmung
Eine Erzählung
ISBN 978-3-423-**10248**-3

Paare, Passanten
ISBN 978-3-423-**10250**-6

Kalldewey
Farce
ISBN 978-3-423-**10346**-6

Trilogie des Wiedersehens
Groß und klein
Theaterstücke, Szenen
ISBN 978-3-423-**10469**-2

Die Hypochonder
Bekannte Gesichter, gemischte Gefühle
Zwei Theaterstücke
ISBN 978-3-423-**10549**-1

Die Fremdenführerin
Stück in zwei Akten
ISBN 978-3-423-**10943**-7

Der junge Mann
Roman
ISBN 978-3-423-**10774**-7

Angelas Kleider
Nachtstück in zwei Teilen
ISBN 978-3-423-**12437**-9

Theaterstücke I
1972–1978
ISBN 978-3-423-**11747**-0

Theaterstücke II
1981–1991
ISBN 978-3-423-**11748**-7

Theaterstücke III
1993–1999
ISBN 978-3-423-**12853**-7

Theaterstücke IV
2001–2005
ISBN 978-3-423-**13517**-7

Schlußchor
ISBN 978-3-423-**12279**-5

Beginnlosigkeit
Reflexionen über Fleck und Linie
ISBN 978-3-423-**12358**-7

Ithaka
Schauspiel nach den Heimkehr-Gesängen der Odyssee
ISBN 978-3-423-**12595**-6

Botho Strauß im dtv

»Botho Strauß ist und bleibt der große Zeitgenosse unter den deutschen Gegenwartsautoren.«
Volker Hage

Die Fehler des Kopisten
ISBN 978-3-423-**12656**-4

Die Ähnlichen
Der Kuß des Vergessens
Zwei Theaterstücke
ISBN 978-3-423-**12834**-6

Das Partikular
ISBN 978-3-423-**13031**-8

Der Narr und seine Frau heute abend in *Pancomedia*
ISBN 978-3-423-**13274**-9

Die Nacht mit Alice, als Julia ums Haus schlich
ISBN 978-3-423-**13399**-9

Der Untenstehende auf Zehenspitzen
ISBN 978-3-423-**13524**-5

Schändung /
Die eine und die andere
Theaterstücke
ISBN 978-3-423-**13627**-3

Mikado
42 kuriose Kalendergeschichten
ISBN 978-3-423-**13788**-1

Die Unbeholfenen
Bewußtseinsnovelle
ISBN 978-3-423-**13827**-7

Vom Aufenthalt
ISBN 978-3-423-**14133**-8

Die Fabeln von der Begegnung
ISBN 978-3-423-**14422**-3

Diese Erinnerung an einen, der nur einen Tag zu Gast war
Gedicht
ISBN 978-3-423-**19007**-7

Rumor
Roman
dtv AutorenBibliothek
ISBN 978-3-423-**19125**-8